리남행 비행기

(주)푸른책들은 도서 판매 수익금의 일부를 초록우산 어린이재단에 기부하여
어린이들을 위한 사랑 나눔에 동참합니다.

푸른도서관 21

리남행 비행기

초판 1쇄 / 2007년 12월 20일
초판 10쇄 / 2021년 11월 25일

지은이/ 김현화
펴낸이/ 신형건
펴낸곳/ (주)푸른책들
등록/ 제321-2008-00155호
주소/ 서울특별시 서초구 양재천로7길 16 푸르니빌딩 (우)06754
전화/ 02-581-0334~5 팩스/ 02-582-0648
이메일/ prooni@prooni.com 홈페이지/ www.prooni.com
인스타그램/ @proonibook 블로그/ blog.naver.com/proonibook

글 © 김현화, 2007

ISBN 978-89-5798-135-1 03810

이 도서의 국립중앙도서관 출판시도서목록(CIP)은 서지정보유통지원시스템 홈페이지(http://seoji.nl.go.kr)와
국가자료공동목록시스템(http://www.nl.go.kr/kolisnet)에서 이용하실 수 있습니다.
(CIP제어번호: CIP2007003288)

●제5회 푸른문학상 수상작●

리 남행 비행기

김현화 지음

푸른책들

• 차례 •

1. 짝패동무 금만이

보름 가까이 쏟아지던 눈발이 주춤한 사이 백사봉(함경북도 회령시 백두산맥) 골짜기에서 새파랗게 날선 바람이 건너왔다. 낡은 기왓장을 들쑤시며 밤새 마을을 불안하게 했던 바람은 처마 끝마다 팔뚝 길이만 한 고드름을 얼려 놓았다.

"거북이 등짝처럼 단단히도 매달아 놨구나."

김매옥 씨가 김이 모락모락 나는 물을 한 바가지 들고 마당으로 나오다 혀를 내둘렀다.

"눈도 시루떡처럼 쌓여서 난린데."

김매옥 씨는 세숫대야에 물을 부으며 소리쳤다.

"봉수야, 세숫물 식는다."

김매옥 씨는 장대를 들고 고드름을 쳤다. 앞니 부러지듯 고드름이 나가떨어졌다. 김매옥 씨가 수북하게 쌓인 눈 위로 떨어진 고드름을 비질하고 나서야 봉수가 머리에 까치집을 지은 채로 마루로 나왔다. 봉수는 진저리를 치며 마당에 내려서서도 한참을 어물거렸다.

"서둘러야 되지 않니?"

봉수는 담장 위에 쌓인 눈을 바가지로 푸더니 뜨거운 물에 타고 휘저었다.

"어차피 수업도 없어요. 애들이 학교에 와야 말이죠."

"쯧쯧, 중등반(고등중학교 6년 과정 중 중등반은 4년, 고등반은 2년이다) 아이들이 보고 배울 게 없겠다."

"그 아이들은 우리 고등반보다 더해요."

"그럼 쓰나. 얼른 씻고 가서 앉아 있다 오기라도 해라."

봉수는 얼굴에 더운 물을 끼얹었다. 까치집 머리에 물을 바르고 일어나는데 은장도 씨가 묵직한 자루를 지고 마당으로 들어왔다.

"아버지, 다녀오셨습니까?"

"오냐."

안방 문이 열리며 은효만 씨가 얼굴을 내밀었다.

"애비 왔니?"

"예, 아버님."

"밤새 애썼다. 아이고……."

은효만 씨가 찬바람을 맞자 연거푸 기침을 쏟았다.

"아버님, 문 닫겠습니다."

은장도 씨가 안방 문을 닫자 작은방 문이 열렸다. 은영도 씨가 부스스한 얼굴을 내밀었다.

"형님, 좀 늦으셨네요?"

"야근 끝내고 와서 막 잠이 들었을 텐데 뭣 하러 일어나니. 어서 문 닫고 더 자라."

"새벽에 와서 눈 좀 붙였습니다. 이제 갱에 나가 봐야지요."

"아서라. 인민탄(함경북도 탄광들이 전력 부족으로 생산을 중단하자 주민들이 직장·가족·동네별로 직접 석탄을 캠. 이 굴을 사굴 또는 '인민갱', 이 때 캔 석탄을 '자체탄' 또는 '인민탄'이라고 부른다) 캐러 가는 일은 내가 하마. 네가 나 대신에 벌써 며칠째 다녔잖니."

은장도 씨가 손을 내저으며 말했다.

"형님보다 제가 팔팔하게 젊지 않습니까?"

은영도 씨가 웃으며 말했다.

"녀석아, 암만 팔팔해도 그렇게 무리하다간 일 나. 오늘은 꼼짝도 마라."

"일없습니다(괜찮습니다)."

"안 된대도 웬 고집이냐?"

"형님이야말로 웬 고집입니까? 정말로 일없다니까요."

"어허, 참."

은장도 씨가 낯빛을 바꾸자 은영도 씨는 뒤로 물러나는 척했다.

"알았습니다, 알았어요. 그럼 오늘까지만 제가 가고 내일부터는 형님이 쭉 가십시오. 전 작정하고 며칠 쉴 겁니다. 됐지요?"

은영도 씨는 은장도 씨가 하는 말을 기다리지 않고 방문을 닫았다. 부엌에서 김매옥 씨가 의아한 눈으로 나왔다.

"그것은 또 웬 자루입니까?"

은장도 씨는 힐끔 담장 너머 마 씨 노인 집을 엿보고는 부엌으로 들어갔다. 김매옥 씨도 그 쪽 눈치를 살피며 부엌으로 들어갔다. 마 씨 노인 집 마당은 조용했다. 암탉 한 마리가 눈을 파헤치며 마당을 돌아다닐 뿐이었다.

"봉수 아버지, 이 귀한 쌀이 자꾸 어디서 오는 겁니까?"

봉수가 부엌으로 들어가자 은장도 씨가 흰쌀이 든 자루를 벌리고 있었다. 김매옥 씨 눈이 불안하게 떨렸다.

"당신이 사흘 전에 구해 온 쌀이 아직도 저 쌀독에 있습니다. 어서 말씀 좀 해 보십시오. 보리쌀도 아니고 좁쌀도 아니고 이 귀한 쌀이 자꾸 어디서 온단 말입니까?"

"내 아는 데서 구했소."

눈을 피하는 은장도 씨를 보며 김매옥 씨는 더욱 불안했다.

"그러니까 그 아는 데가 어디냔 말입니다. 강냉이 죽만 먹다가 쌀밥을 먹으려니 생선가시라도 삼키는 것처럼 목구멍이 따끔거려 죽겠습니다."

"걱정할 것 없어요. 내 다 알아서 하는 일이니. 이따 가시어머님(장모님)께도 살짝 퍼다 드려요."

"봉수 아버지."

"어허, 참."

은장도 씨가 혀를 차자 김매옥 씨는 체념한 듯 말머리를 돌렸다.

"뭐, 올 동짓날엔 오그랑이(새알심) 한번 찹쌀로 원 없이 빚어 보게 됐습니다. 영도 도련님 난날상(생일상)에도 쌀밥을 올릴 수 있고요."

김매옥 씨가 갑자기 웃음을 터트렸다.

"우리 영도 도련님은 동짓날마다 참 배부르겠습니다. 옛날부터 말이 있잖아요. 원래 동지부터 한 살씩 더 먹는 거라고. 거기다 영도 도련님은 난날까지 동짓날이랑 겹치잖아요. 동지 돼서 한 살 더 먹고 난날 밥 먹고 한 살 더 먹고. 우리 도련님이 먹을 복은 타고 났나 봐요."

그 소리에 은장도 씨도 웃음소리를 냈다. 김매옥 씨가 부산하게 쌀자루를 열었다.

"이러고 있을 때가 아닙니다. 쌀을 나눠서 숨겨 둬야 합니다. 누가 와서 야금야금 퍼내 갈지 알 수 없습니다."

"누가 와서요?"

봉수가 웃으며 끼어들었다.

"누군 줄 알면 눈 뜨고 코 베인단 소릴 하니? 금만이네 못 봤니? 지붕 너와들을 몰래 몰래 빼 가서 그 집 꼴이 그렇게 된 거. 엊그제 들렀다가 아주 기절할 뻔했다. 헛간은 아예 지붕도 없이 다 쓰러져 버렸더구나. 아무리 땔감이 없어도 그렇지 어째 그렇게 인심들이 고약해졌는지. 봉수 아버지, 언제 금만이네 가서 지붕 너와 좀 메워 줘야겠어요."

"그러리다."

"이웃처럼 좋은 게 없다고 세상없이 떠들어도 소용없습니다. 금만이 아버지가 그렇게 되고 그 집 가세가 기운 지 겨우 일 년 됐습니다. 그런데 저렇게들 낯을 바꿔서야 쓰겠습니까? 금만이 아버지가 살았을 때는 지도원(북한의 공무원 직급으로 내각원, 행정일꾼으로 불린다. 지방의 직급체계는 지방인민위원회장, 부위원장, 국장, 부국장, 처장, 과장, 지도원 순이다) 동지, 지도원 동지 하면서 입 속에 든 혀처럼 굴더니. 금만이네 아버지한테 보리쌀 한 됫박씩이라도 다 얻어먹고 살았던 사람들이 아닙니까?"

김매옥 씨가 한숨을 내쉬며 말했다.

"세월이 흉흉하니 인심도 변하는 게지."

"그래도 그럼 못씁니다."

그 때 밖에서 사발 깨지는 소리가 났다.

"아이고, 이놈의 닭 새끼. 어째 오늘도 닭알(달걀)을 안 내 놓았니? 내가 너더러 금 닭아, 옥 닭아 그러니까 네가 진짜 금도 되고 옥도 되는 줄 아니? 닭알을 내 놔야 네가 금도 되고 옥도 되지. 또박또박 잘도 내 놓던 닭알을 어째 사흘이 넘도록 안 내 놓니?"

이웃집 마 씨 노인이 마당에서 내지르는 소리였다. 김매옥 씨가 화들짝 놀라 쌀독 안에다 쌀자루를 통째로 밀어 넣고 뚜껑을 닫았다. 은장도 씨가 헛기침을 쏟으며 마당으로 나갔다.

"봉수야, 아버지 씻게 물 좀 한 바가지 내 오련?"

봉수가 김이 오르는 물을 퍼서 밖으로 나가자 마 씨 노인이 담장 위에다 암탉을 올려놓고 괴팍스레 말했다.

"여보게, 요 놈의 닭 새끼가 내일도 닭알을 안 내 놓으면 잡아서 함께 푹 고아 먹자고. 흰쌀 좀 한 됫박 넣고 걸쭉하게 끓이면 좋겠지만 어디 우리 집구석에선 쌀 구경을 할 수가 있어야 말이지."

은장도 씨는 대꾸 없이 얼굴에 세숫물만 끼얹었다.

"아무튼 제 배만 생각하는 이런 놈들은 혼이 나야 돼. 알아들었니? 내일도 닭알을 안 내 놓으면 저 은 씨네 가마솥에다 네 놈을 통째로 집어 넣고 그냥 콱……."

그 때 암탉이 마 씨 노인 손아귀에서 빠져 나와 봉수네 마당으로 뛰어내렸다. 암탉은 봉수 어깨로 날아들었다. 봉수가 놀라서 바가지를 던졌다. 바가지는 펌프에 부딪쳐 깨지고 말았다. 마 씨 노인이 밉상 맞은 소리를 했다.

"재수 없게 아침부터 바가지는 왜 깨지누? 아무래도 집안 단속을 잘해야겠네. 재수가 없으려면 뒤로 넘어져도 코가 깨지는 법이지."

"어르신, 아침 댓바람부터 어째 그런 소리를 하십니까?"

"말이 그렇다는 거지. 이놈의 닭 새끼, 저기 은 씨네 가마솥 보이지? 네 놈을 잡아가지고 저기다 삶으면……."

"또 그러십니다. 닭을 잡으면 잡았지, 어째 우리 집 가마솥을 들썩이십니까?"

은장도 씨가 듣기 거북해서 한 마디 쏘아붙였다. 마 씨 노인은 눈초리를 올리고는 이죽거렸다.

"아, 우리 집 솥단지야 강냉이죽만 가득하니 도무지 뭘 끓여댈 맛이 나야지."

"우리 집 솥단지라고 뭐가 달라서요."

"그래도 자네 집 가마솥에다가는 시루떡이라도 찌지."

"시루떡도 어디 매번 찐단 말입니까? 봉수야, 아버지 수건 좀 다오."

"시루떡만 찌는 것 같지 않던데?"

은장도 씨는 못 들은 척 방으로 들어가려고 마루로 올라섰다. 마 씨 노인이 은장도 씨 뒤통수에 대고 물었다.

"그런데 자네 동생은 돌아왔나?"

"벌써 왔습니다."

마 씨 노인은 믿지 못하겠다는 투로 봉수에게도 물었다.

"정말로 네 삼촌이 온 게 맞니?"

"지금 자고 있습니다."

"분명히 자고 있니?"

은장도 씨가 돌아서서 어이없는 눈으로 마 씨 노인을 쳐다보았다. 마 씨 노인이 눈 쌓인 담장을 손바닥으로 쳤다.

"내가 이놈 하나 사이에 두고 자네 집이랑 붙어 사는 죄로다 고생문이 훤해."

"어르신!"

"말이야 바른 말이지 자네 동생이 또 일을 저질러 보게. 지난번처럼 나까지 보안서(경찰서)로 불려 다니며 취조 받을 게 아니냔 말일세."

"다시는 그런 일 없을 테니 염려 마십시오."

"흥, 열 길 물 속은 알아도 한 길 사람 속은 모른다고 언제 어느 때 또……."

"대체 우리 영도가 어쨌다고 아침마다 그 소리십니까? 일 년 반도 더 된 일을 가지고 참 어지간하십니다."

"일 년 아니라 십 년도 더 된 일이라도 얘기 못 할까. 그게 어디 보통 일이어야 말이지."

"제발 그만 좀 하시라니까요. 애꿎은 사람 좀 그만 만들고."

"애꿎기는. 동네 사람들이 다 아는 일인데."

"알긴 뭘 안단 말입니까."

"애비야, 더 말할 것 없다. 들어오너라."

방 안에서 은효만 씨 목소리가 들려 왔다.

"봉화는 어째 안 일어나니?"

은장도 씨는 마 씨 노인을 뒤로 하고 방으로 들어갔다.

마 씨 노인이 심술궂은 눈으로 봉수를 바라보았다. 봉수는 어정쩡하게 서 있다 세숫물을 하수구에 부었다.

"얘, 봉수야. 네 아버지는 어째서 내가 하는 소리마다 저렇게 파르르 떤다니? 네 삼촌 얘기가 그렇게 귀에 거슬린다니? 아님 너네 집에 뭐 숨겨 놓은 거라도 있어서 그런다니?"

봉수는 찔끔 놀라서 입을 열지 못했다. 마 씨 노인이 째진 눈으로 화를 냈다.

"나이 열다섯에 벌써 귀가 어두운 거냐? 어른이 묻는데 어째 귀먹은 장승마냥 우두커니 서 있어? 네 동생 봉화도 너처럼 잔뜩 귀가 먹었더라. 이제 겨우 아홉 살짜리가."

"그게 말입니다……."

암탉이 울면서 마당을 돌아다녔다.

"봉수야, 그 닭 좀 내보내라."

은장도 씨가 방에서 소리쳤다

봉수는 냉큼 암탉을 대문 밖으로 몰았다. 마 씨 노인이 골목으로 나와서 봉수를 흘기며 암탉을 채뜨려 갔다. 봉수는 한숨을 내쉬고는 작은방으로 들어갔다. 은영도 씨가 반듯하게 누운 채물끄러미 천정을 바라보고 있었다.

"삼촌, 안 자고 있었어?"

봉수는 마 씨 노인이 떠들던 소리를 은영도 씨가 들었나 싶어 눈치를 살폈다.

"에이, 저 할아버지는 진짜 고약해. 날마다 다른 사람 괴롭히는 게 일이야."

봉수가 부지런히 가방을 챙겨 일어서는데 은영도 씨가 불쑥물었다.

"네 친구들도 내 얘기 많이 하지?"

"응? 뭘?"

"비겁하다고."

봉수는 크게 손을 내저었다.

"아니. 애들이 왜 그런 말을 해. 삼촌이 뭘 어떻게 했다고."

"짜식. 갔다 와라."

은영도 씨는 싱긋 웃어 보이고는 눈을 감았다. 봉수는 그런 은영도 씨를 물끄러미 바라보다 안방으로 건너갔다.

"봉수 아버지, 아침 드세요."

김매옥 씨가 부엌에서 안방으로 난 지게문을 통해 밥상을 들여왔다. 은장도 씨가 품에 안고 있던 봉화를 내려놓고 밥상을 받았다. 눈곱을 떼며 밥상 앞으로 다가와 앉는 봉화를 보며 봉수가 놀렸다.

"게으름뱅이. 안 씻고 밥부터 먹어?"

"먹고 씻을 거야."

"삼촌은 자니?"

은장도 씨가 은효만 씨 앞으로 반찬들을 밀며 물었다.

"네."

"내 널 믿고 맛나게 이밥(쌀밥)을 먹는다마는 이웃들 몰래 이러는 게 맘이 편치 않구나. 아무래도 저 눈치 빠른 마 씨가 무슨 냄새를 맡은 모양이야. 글쎄 어제는 위생실(화장실) 앞을 지키고 서서는 '이밥이라도 먹고 누는 똥인가. 참 아껴서 오래도 싼다.' 그러잖니."

은장도 씨가 밥 위에 김치를 올려서 먹는 모습을 보며 은효만 씨가 말했다.

"할아버지, 마 씨 할아버지가 나한테는, '너 왜 그렇게 딸꾹질을 하니? 이밥이라도 몰래 먹었니?' 했어요."

봉화가 밥을 오물거리며 말했다.

"그 늙은이도 참."

"제가 구해 오는 쌀로는 겨우 우리 가족들 목에 풀칠하는 정도이니 나눠 먹기가 뭣합니다. 반 됫박씩 돌려 봐야 몇 집 못 주고요. 또 매일 돌릴 수도 없고요. 영도 난날 함께 먹을 겸 동짓날 팥떡이나 해서 한 그릇씩 돌리겠습니다."

"좋지. 올해는 동지가 언제냐?"

"12월 22일입니다. 한 열흘 남았습니다."

"그럼 영도가 스물일곱인가?"

"스물여덟 됩니다."

"내년엔 꼭 짝을 채워 줘야지. 그래야 저도 맘 좀 잡지. 동네 사람들이 수군거리는 통에 공연히 기가 죽어서 다니는 걸 보면 맘이 안 좋다."

봉수가 문을 열고 서서 꾸벅 고개를 숙였다.

"할아버지, 아버지, 학교에 다녀오겠습니다."

김매옥 씨가 봉수한테 부엌으로 따라오란 눈짓을 했다. 봉수가 들어가자 김매옥 씨는 자루를 내밀었다.

"쌀 몇 되 담았다. 금만이네 전해 주고 가."

봉수는 가방 안에다 쌀을 넣고 집을 나섰다. 마 씨 노인은 여전히 마당에서 암탉을 닦달하고 있었다.

"이놈의 닭 새끼, 주인 입에 이밥은 못 넣어줄망정 닭알은 뱉어 놔야지. 그래야 닭알두부(계란찜)든 닭알부침(계란부침)이든 해 먹고 기운 차리지. 옆집은 뭘 먹나 아침저녁으로 별난 냄새 풍기는 거 아니, 모르니?"

마 씨 노인 눈에 띌라 봉수는 눈 쌓인 골목을 부리나케 달렸다. 텃밭이며 마을을 감싼 야트막한 야산도 온통 눈에 쌓여 있었다. 눈보라가 얼굴을 때리자 유리 조각이 날아와 박히는 것처럼 살갗이 아팠다. 봉수는 자꾸만 뒤로 벗겨지는 털모자를 눌러쓰며 달렸다. 금만이네 집이 있는 마을 끝으로 갈수록 바람은 더욱 사납게 달려들었다.

백사봉이 건너다보이는 야산 아래 금만이네 너와집이 있었다. 묵정밭 가운데 쓰러질 듯 서 있는 너와집 모양이 을씨년스러웠다. 왼편 나무 벽이 허물어져 지붕이 기우뚱 기울었을 뿐만 아니라 군데군데 나무판자들이 빠져서 그 사이로 바람이 제 맘

대로 들락거렸다. 바퀴를 잃어버린 손수레만 덩그러니 남아 있는 헛간에 기둥 하나만 말뚝처럼 박혀 있었다.

"금만아, 홍금만."

봉수가 처마에서 미끄러지는 고드름을 피하며 금만이를 불렀다. 방문이 열리고 김순실 씨가 들어오란 손짓을 했다. 간신히 손만 움직이는 김순실 씨 혼자 방에 누워 있었다.

"춥지? 손 넣어라."

김순실 씨가 이부자리를 걷어 주었다. 이불에 손을 밀어 넣으며 봉수가 물었다.

"금만이는요?"

"방금 전에 집 뒤 산으로 올라갔어."

"거긴 왜요?"

"웃기만 하고 말을 안 해. 요즘 계속 새벽같이 올라갔다 내려와."

봉수가 가방에서 쌀자루를 꺼냈다.

"엄마가 또 보내 주셨니?"

"아버지가 오늘도 구해 오셨습니다."

김순실 씨가 봉수 손을 잡았다. 눈가에 물기가 고였다.

"매번 고마워서 어쩐다니. 부모님께 감사하다고 꼭 전해 다오. 엄마가 주신 쌀이 좋은 약이 됐나 봐. 목도 이리저리 가누기가 한결 부드러워졌어. 볼래?"

김순실 씨가 누운 채 목을 좌우로 움직여 보였다.

"엄마께 그대로 전해 드리겠습니다."

봉수가 웃으며 쌀독에다 쌀을 부었다.

"금만이한테 가보겠습니다."

봉수는 눈을 헤치며 너와집 뒤편으로 올라갔다. 삭정이 하나 눈에 띄지 않을 만큼 벌거벗은 산비탈을 올랐다. 금만이를 찾는 일은 쉬웠다. 눈길에 금만이 발자국이 또렷하게 박혀 있었다. 발자국을 따라 눈 쌓인 계곡으로 내려서자 금만이가 보였다. 금만이는 널찍한 바위 뒤편에 몸을 웅크리고 앉아서 계곡 위쪽을 보고 있었다.

"뭐 하니, 홍금만?"

봉수가 어깨를 툭 치자 금만이가 놀란 눈으로 돌아보았다.

"뭘 보는데?"

금만이는 씩 웃기만 했다.

"뭘 보냐고?"

금만이는 대답 대신 바윗장처럼 꽝꽝 얼어붙은 소로 내려갔다. 금만이가 선 자리에 얼음이 깨져 있었다.

"요 정도는 금방 다시 얼어붙겠지?"

금만이는 머리통만 한 돌을 주워 얼음 구멍을 더 넓혔다.

"뭐 하는 건데? 학교에 안 가니?"

"먼저 얼음 좀 깨고."

"밥물로 쓸 거야? 아직도 아침밥을 안 한 거야? 그냥 눈을 퍼 가지?"

금만이는 대꾸하지 않고 돌을 내리치기만 했다.

"홍금만, 안 들려? 왜 얼음 구멍을 만드는 거냐고?"

금만이는 여전히 입을 열지 않았다. 봉수도 더 묻지 않고 돌을 주워들었다. 둘은 함지박만 한 크기가 될 때까지 얼음 구멍을 깼다. 털장갑에서 물이 뚝뚝 떨어질 때쯤 되어서야 얼음 깨는 일을 멈추었다. 봉수가 털장갑을 벗어 비틀어 짜자 물이 주르륵 쏟아졌다.

"자, 이제 말해 줘. 왜 이런 건지."

금만이는 뒷머리를 긁었다.

"사슴 때문에."

"사슴?"

"응. 밥물로 쓰려고 얼음 깨러 왔다가 봤어. 사슴이 이 소로 내려오는 걸."

"정말로 사슴이었어? 저 백사봉 골짜기에 백두산 사슴이 산다는 이야기는 들었어. 거기서 건너온 사슴일까? 암만 그래도 이런 텅 빈 야산으로는 오지 않을 것 같은데."

"똑똑히 봤다니까. 여기로 내려와서 물을 마시고 갔어. 이리 와 봐."

금만이가 소 위로 봉수를 데리고 갔다. 바람에 눈이 날리는 계곡 위쪽을 가리키며 금만이가 말했다.

"어제도 이 쪽으로 사슴 발자국이 나 있었어. 지금은 바람 때문에 지워져서 안 보이지만."

"새끼였어?"

"아니, 큰 놈이었어. 뿔이 내 양쪽 다리 길이만 하고 몸집은 송아지만 했어. 눈은 내 주먹만 했는데 나를 보고도 놀라지 않았어. 천천히 물을 마시고 말발굽처럼 딱딱 바위를 치면서 걸어 갔어. 온몸이 홍시처럼 붉은 사슴이었어."

금만이가 꿈꾸는 듯한 눈으로 말했다.

"난 그런 사슴은 처음 봤어. 어깨에 위엄이 가득하더라. 날 보고 놀라지도 않아. 태연하게 보란 듯 바위를 넘어 갔어. 여기가 이상하게 뭉클했어."

금만이가 손바닥으로 가슴을 지그시 눌렀다.

"어쩌면 내가 오랫동안 바라던 소원이 이루어질지도 모른단 생각이 들었어."

봉수가 웃으며 금만이 어깨에 팔을 둘렀다.

"그래서 그 사슴을 다시 만나려고 지키고 있었던 거야?"

금만이가 진지한 얼굴로 봉수를 바라보았다.

"웃지 않겠다고 약속해."

"약속해."

"인민학교 때 들었던 백두산 약수천 얘기 기억나지?"

"사슴이 은혜 갚느라 약초꾼한테 파 주었다는 약수 이야기?"

"응. 그 때 약초꾼 아들만 그 약수를 먹고 병이 나은 게 아니라 다른 사람들도 그 물을 마시고 병이 나았댔잖아."

"그런데?"

금만이는 다시 씩 웃을 뿐 대답하지 않았다.

"그런데? 그래서, 뭐?"

봉수가 답답해서 재촉했다.

"난 어째 내가 본 사슴이 그 사슴 같다."

"뭐라고? 홍금만, 그건 전설이야. 몇천 년도 더 된 전설이라고. 설마 어릴 때 들었던 전설을 진짜로 믿는 건 아니겠지?"

"전설이니까 믿어야지."

"홍금만, 다른 사람들이 들으면 비웃을 거야. 열다섯 살짜리가 그런 전설을 진짜로 믿는다고 하면."

"비웃어도 괜찮아. 난 말이 된다고 생각하니까."

"억지야. 전설은 전설이지."

"말도 안 되는 거면 사람들이 처음부터 얘기로 전하지도 않았을 거야. 난 믿고 싶어. 아니, 믿을 거야. 어떤 일이든 믿는 만큼 보인다니까."

봉수는 문득 금만이가 왜 그런 생각을 하게 됐는지 궁금했다.

"네가 본 사슴이 왜 꼭 전설 속 사슴 같은데?"

"그랬으면 하니까."

"그러니까, 왜?"

금만이는 백사봉을 건너다보며 말했다.

"정말로 그 사슴이 백두산 약수천 사슴이라면…… 우리 엄마 병도 고칠 수 있으니까."

그 소리에 봉수는 입을 꾹 다물었다.

"나는 우리 엄마가 일어나 앉았으면 좋겠어. 일어서서 걷는 건 바라지도 않아. 그냥 일어나 앉아서 엄마가 바라는 꿈 하나만 이루어졌으면 좋겠어."

금만이는 계곡 위로 두었던 눈을 돌려 봉수를 바라보았다.

"우리 엄마 꿈은 단 한 번만이라도 일어나 앉아서 문턱 너머 바깥을 내다보는 거야. 그러니까 바깥에서 걸어다니는 사람들 걸음걸이를 보는 거지."

금만이는 눈밭에 왼발 오른발 발자국을 꾹꾹 찍었다.

"엄마는 내가 두 살 때부터 누워만 계셨어. 엄마는 몸이 너무 굳어서 고개조차 가누지 못하셨어. 문턱 너머에서 갑자기 사람이 나타나면 너무 궁금하더래. 저 사람이 어떻게 걸어왔지? 종종 잰걸음으로 왔을까? 뜀박질하듯 왔을까? 발을 팔자로 벌리고 왔을까? 안짱다리처럼 하고 왔을까?"

금만이는 눈밭에 오른발을 꾹꾹 누르며 한 바퀴 돌았다. 금만이가 발을 떼자 눈밭에 활짝 핀 꽃 모양이 나타났다.

"또 우리 엄마는 땅에서 어떤 일들이 일어나나 몹시 궁금하더래. 문턱 너머에서 어느 날 갑자기 아지랑이가 흔들려도 그렇고, 마당 감나무에서 갑자기 감이 떨어져도 그렇고. 아지랑이 발목이 붙어 있는 땅이 보고 싶어서. 땡감이 머리통을 박고 떨어져서 떽데굴 구르는 땅이 보고 싶어서."

이번에는 왼발을 빙 돌려가며 찍었다. 가지런한 꽃잎의 꽃송이가 눈밭에 피었다.

"우리 엄마는 봄에도 여름에도 가을에도 또 겨울에도 문턱 너머 하늘만 보고 사셨잖아."

봉수는 가만히 금만이 어깨에 손을 올렸다. 금만이가 돌아보자 털모자를 벗었다. 봉수는 금만이 앞에 머리통을 가져다 댔다.

"장난처럼 말한 거 미안해. 한 대 쳐. 난 맞아도 싸."

"어유, 은봉수."

금만이가 봉수 손에서 털모자를 낚아채 머리에 씌워 주었다. 봉수가 금만이 목에 팔을 둘렀다.

"네가 믿는 건 나도 믿어. 내 짝패동무(짝꿍) 홍금만의 소원이니까. 백두산 약수천 전설을 보면 사슴이 샘물 속에다 샛노란 자갈을 물어다 넣으니까 약물이 됐잖아. 네가 본 사슴도 언젠가 그런 노란 돌을 물고 올 거라 믿어."

금만이도 봉수 어깨에 팔을 둘렀다.

"고마워, 은봉수."

"아침마다 나도 여기로 와도 되지? 그 사슴을 꼭 보고 싶다."

"그럼. 그만 학교에 가자. 벌써 많이 늦은 것 같다."

"잠깐만."

봉수가 계곡 위쪽에다 손나팔을 하고 외쳤다.

"사슴아, 백두산 사슴아! 내 친구 금만이 얘기 들었지! 네가 거기 있다는 거 믿는단 말 들었지! 내 친구 금만이처럼 나도 믿는다는 거 너도 알지!"

눈바람에 실려 봉수 목소리가 메아리쳤다. 백사봉 골짜기에서 언뜻 여린 피리 소리가 들려 오는 듯했다.

"저 소리, 사슴이 우는 소리 같다. 네가 한 말 다 알아들었다고."

둘은 어깨동무를 한 채 눈길을 밟고 내려왔다. 비탈을 내려오며 주르륵 미끄러지면서도 서로 어깨동무한 팔을 풀지 않았다. 얼음을 깨느라 축축하게 젖은 장갑을 끼고 있었어도, 눈밭을 걷느라 발목까지 젖었어도 전혀 추운 줄을 몰랐다.

2. 영도 삼촌

    학교 운동장에도 눈보라가 몰아치고 있었다. 봉수와 금만이는 교문 안으로 들어서려다 같은 반 친구 운식이가 나오는 것을 보았다. 가방까지 들고 있었다. 봉수가 의아해서 물었다.

    "어디 가?"

    "애들 겨우 일곱 왔어. 선생님이 자습하라는데 그게 되냐? 난 집에 가서 형이랑 땔감이나 구하러 갈래."

    "선생님이 그러래?"

    "그냥 내빼는 거지, 뭐. 간다."

    봉수와 금만이가 교실에 들어서자 턱이 유난히 뾰족한 형기가 어서 오란 손짓을 했다.

    "운식이는 땔감 주우러 간다더라."

    금만이가 의자에 앉으며 빈 책상들을 둘러보았다.

"다른 애들도 마찬가지야. 광호랑 문수는 청진에 사는 친척들한테 양식 구하러 갔어. 용성이랑 호철이, 재국이는 어젯밤 제철소로 석탄 훔치러 가서는 아직 소식 없고."

"걸린 거 아냐?"

"그랬으면 학교로 바로 연락 왔을걸? 선생님이 아무 말씀도 안 하시는 걸 보면 무사한가 봐."

형기 말이 끝나기 무섭게 교실 뒷문이 열리며 용성이와 나머지 두 명이 들어왔다. 형기가 반갑게 소리쳤다.

"야, 너희들 아무 일 없었어?"

세 명은 헤벌쭉 웃으며 친구들에게 다가왔다. 모두들 얼굴에 까만 때를 묻히고 있었다. 용성이가 신이 난 목소리로 떠들었다.

"우리가 어디 갔다 왔게?"

"어디?"

"남문시장(러시아 등지에서 반입된 식품과 생필품이 거래되며 자유 시장 경제가 활성화된 회령시의 시장)."

"거긴 왜?"

"석탄 팔러."

금만이가 목소리를 키웠다.

"정말로 제철소에서 석탄을 훔친 거야?"

"아니, 그냥 횡재했어. 얘네 아버지 때문에."

재국이가 봉수를 가리키며 웃었다.

"우리 아버지?"

봉수가 놀라서 묻자 호철이가 끼어들었다.

"응. 제철소에 석탄이 들어와야 훔치든 말든 할 건데 아예 공장이 문을 닫았더라고. 그래서 기찻길 따라서 걷다 보니까 남문 시장이더라. 야, 거기 가니까 러시아 사람이랑 중국 사람이랑 무지 많더라."

"그래서 우리 아버지가 뭐?"

봉수는 마음이 급해서 호철이 말을 잘랐다.

"기차역에서 배가 고파 쭈그리고 앉아 있는데 누군가 우리 앞에다 석탄 양동이를 턱 내려놓는 거야. 깜짝 놀라서 쳐다보니까 너네 아버지였어."

용성이가 호철이 대신 뒷말을 이었다.

"봉수네 아버지가 석탄을 세 양동이나 주셨어. 그것을 한 양동이에 천 원씩 받고 팔았어. 그래서 쌀을 팔아서 집으로 가져갔지. 아꼈다 추석 때 쓴다고 엄마가 벽장 깊숙이 숨겨 놓았어."

재국이가 감격한 눈으로 말했다.

"은봉수, 네 아버지 말이야. 석탄 철차(열차) 호송원이라고

했지? 요즘처럼 석탄 값이랑 쌀값이랑 맞먹는 때 너네 집은 정
말 좋겠다. 네 아버지가 석탄 몇 양동이쯤은 매일같이 **빼내** 올
것 아냐?"

용성이가 봉수에게 다가앉으며 호들갑을 떨었다.

"너희들이 잘못 알았어. 봉수네 아버지는 호송 중인 철차에
서 석탄을 함부로 **빼낼** 수 없어. 나라 거잖아. 봉수네 아버지가
석탄을 사서 너희들한테 주셨겠지."

봉수 표정이 일그러지는 것을 본 금만이가 고개를 저었다.

"네가 봤냐? 봉수네 아버지가 석탄을 사서 준 건지, 아닌
지?"

재국이가 피식 웃음을 흘리며 말했다.

봉수는 어이가 없었다.

"그럼 넌 봤냐? 우리 아버지가 철차에서 석탄을 빼내는 걸?"

"꼭 봐야 아냐? 석탄 철차 호송원들이 석탄을 빼돌린다고 요
즘 얼마나 말이 많은데."

용성이가 이죽거렸다.

"다른 사람은 그러는지 몰라도 우리 아버지는 안 그래. 말도
안 되는 소리 가지고 자꾸 떠들지 마라."

"말도 안 되는 소리 같아도 나중에 보면 꼭 사실로 밝혀지더
라."

"뭐라고?"

"너네 삼촌 일도 그랬잖아."

"야!"

봉수가 화난 눈으로 몸을 벌떡 세웠다. 금만이가 봉수를 말리며 따라 일어섰다.

"구용성, 엉뚱한 소리 그만 해."

"내가 없는 말 했냐? 애네 삼촌이 한 일을 모르는 사람이 어디 있다고."

용성이는 얄밉게 이기죽거렸다.

"우리 삼촌이 뭘 어쨌는데, 이 자식아!"

봉수가 목에 핏대를 세우고 소리쳤다.

"몰라서 물어? 네 삼촌이 친구들 밀고하고 혼자만 살겠다고 빠져 나온 거?"

용성이도 지지 않고 소리쳤다.

"우리 삼촌이 그랬다고 누가 그래?"

"그럼 광호네 형이랑 율수네 형이 왜 붙잡혀 갔냐?"

"그걸 왜 우리 삼촌한테 떠넘기냐?"

"그 형들이랑 같이 두만강에 있었던 게 누군데? 너네 삼촌이잖아. 아니냐?"

봉수는 입을 꽉 다물었다. 그저 주먹을 쥔 채 용성이만 노려

보았다. 더 깐족이려는 용성이 입을 금만이가 막았다.

"구용성, 영도 삼촌에 대해서 더 이상 함부로 말하지 마. 네가 오해하고 있는 거니까."

"웃기네. 그 밥에 그 나물이라더니 딱 너랑 봉수 저 자식을 두고 하는 말이네. 사람들이 그러는데 그 때 네 아버지가 쟤네 삼촌 안 잡혀가게 힘 좀 썼다며? 그런데 왜 광호랑 율수네 형은 내버려뒀냐?"

"그만 하라고, 좀!"

봉수가 용성이 책상을 발로 걷어찼다. 용성이는 뜨끔 놀란 눈이 되어서 뒤로 물러나 앉았다.

"한 번만 더 우리 삼촌 얘기 가지고 떠들어 봐라. 진짜 용서 안 한다."

봉수는 용성이를 노려보다 교실을 나갔다. 현관 밖으로 나오니 겨울바람이 가슴팍을 때렸다. 봉수는 바람을 잔뜩 집어삼켰다 훅 내뱉었다. 금만이가 뒤따라 나와 봉수 눈치를 살폈다.

"쟤랑 싱갱이(실랑이) 벌일 거 없다. 오죽하면 운식이가 용성이한테 주먹질을 했겠냐."

"맞을 짓을 했지."

"그래. 산판에서 일하는 운식이네 아버지가 오십 년 이상 된 소나무만 빼돌려서 비싸게 팔아먹는다고 얼마나 떠들어 댔니."

"제 놈은 제철소로 석탄이나 훔치러 다니면서."

"그러니까 대꾸할 필요도 없다고."

"속상해. 영도 삼촌은 절대로 친구들을 밀고하지 않았어."

"알아. 영도 삼촌은 그런 사람이 아니란 걸."

"하지만 마을사람들은 아무도 안 믿잖아. 애들까지도."

"언젠가는 오해가 풀릴 거야."

"모르겠다. 이젠 우리 아버지가 하는 일까지 오해하잖아."

"오해는 오해일 뿐이야. 맘 상할 필요도 없어. 기분 풀어."

하지만 실타래처럼 꼬인 기분은 방과 후 집으로 돌아온 뒤에도 풀리지 않았다. 왜 그런지 마음 한 구석이 돌로 누르는 것처럼 무거웠다. 봉수는 부엌으로 가 쌀독을 열어 보았다. 은장도 씨가 구해다 놓은 쌀이 담겨 있었다. 김매옥 씨가 쌓아 놓은 옥수숫대 밑에도 한 말 가량의 쌀이 숨겨져 있었다.

보리밥도 배불리 먹을 수 없어서 강냉이 죽으로만 끼니를 잇던 때가 불과 몇 달 전이었다. 그런데 어느 날부턴가 은장도 씨가 흰쌀을 구해 왔다. 명절 때도 좀처럼 보기 어려웠던 쌀이었다. 봉수는 흰쌀을 보는 것만으로도 즐거웠다. 그 쌀이 어디에서 오는지는 궁금하지 않았다.

그런데 갑자기 불안해졌다. 은장도 씨가 야간 근무를 하러 나가고 은영도 씨가 새벽에 돌아와 몸을 눕힐 때까지 뜬 눈으로 뒤척였다. 자꾸만 쌀독에 든 쌀이 신경 쓰였다. 은영도 씨 발이 얼음장처럼 차가웠다. 봉수는 일어나 앉아 양말을 벗었다. 이불을 젖히고 은영도 씨 발에 양말을 신겼다.

봉수는 계속 뒤척이다가 마 씨 노인 집 암탉이 시끄럽게 울어 대는 소리를 들으며 일어났다. 마당으로 나가 세수도 하는 둥 마는 둥 은장도 씨를 기다렸다. 바람은 전날보다 기세가 한풀 꺾여 있었다. 곧 은장도 씨가 귓불을 부비며 마당으로 들어왔다.

"추운데 왜 마당에서 서성이고 있어?"

"아버지⋯⋯."

쌀자루는 보이지 않았다. 은장도 씨가 가방에서 신문지에 싼 것을 꺼내 봉수에게 주었다.

"이거 엄마 가져다 드려라. 때살(살코기)이다."

그러며 마 씨 노인 집을 힐끔 돌아보는 것도 잊지 않았다. 봉수는 부엌으로 가서 김매옥 씨에게 고기를 건네며 자기도 모르게 한숨을 쉬었다. 김매옥 씨가 눈을 동그랗게 떴다.

"아침부터 웬 한숨이야?"

"저녁 때 때살 먹을 생각에 좋아서 그러지요, 뭐."

봉수는 시무룩한 표정을 감추며 둘러댔다.

"봉수야, 금만이네랑 나눠 먹자."

김매옥 씨가 고기를 썰며 말했다.

봉수는 마음이 내키지 않았다. 자꾸만 전날 학교에서 친구들이 떠들었던 말이 떠올랐다.

"그냥 다음에 나눠 먹어요."

"다음은? 때식(끼니)마다 때살 먹니? 아버지가 애써 구해 오셨을 때 나눠 먹어야지."

김매옥 씨는 고기를 썰어서 신문지에 둘둘 말았다.

"마 씨 할아버지 눈에 안 띄게 가방에 넣어 가. 어째 오늘은 조용하다. 닭알이라도 생겼나 보다."

"엄마, 애들이요……."

"애들이 뭐?"

봉수는 뒷말을 꿀꺽 집어삼켰다.

"아닙니다."

김매옥 씨가 가마솥 뚜껑을 열자 부연 김이 솟았다. 봉수는 그 틈에 선반 위에 엎어져 있던 소쿠리 속에다 슬쩍 고기를 밀어 넣었다. 봉수가 지게문으로 안방에 들어가자 은영도 씨가 기다렸다는 듯 양말을 벗었다. 그러고는 그 양말을 봉수 발에다 신겨 주었다.

"어때, 훨씬 따뜻하지?"

"삼촌, 양말을 두 켤레나 신고 가라고?"

"새벽에 오는데 발이 시리더라. 이렇게 두 켤레는 신어 줘야 따뜻하겠어."

"영도 삼촌, 나 발 안 시려. 오늘은 날도 많이 풀렸고."

아침밥을 먹던 은장도 씨가 돌아보며 웃었다.

"봉수는 좋겠다. 양말도 벗어서 신겨 주는 삼촌도 있고."

은영도 씨가 갑자기 봉수 얼굴을 두 손으로 잡고 마구 비볐다.

"새벽에 네가 또 내 발에다 양말을 신겨 줬지? 짜식, 네 덕에 오늘도 따뜻하게 한숨 잘 잤다. 넌 누굴 닮아 그렇게 정이 많아? 형님, 이런 앨 어디에서 데려왔데요?"

"두만강에 가니까 둥둥 떠가더라. 그래서 냉큼 건져 왔지."

"거 아주 잘 건져 오셨습니다, 형님."

방 안에 웃음소리가 굴렀다. 봉화만 샘이 나서 눈 모양이 좋지 않았다.

"영도 삼촌, 나도 그때 그때 내 귀마개 삼촌한테 줬잖아."

은영도 씨는 봉화도 끌어안고 얼굴을 비볐다.

"알지. 그 때 봉화가 준 귀마개를 하고 일하러 가다가 귀에 불이 확확 나는 줄 알았어."

"왜?"

"장작불이라도 붙은 것처럼 따뜻해서."

그 소리에 모두들 한바탕 흥겹게 웃었다. 봉수가 가방을 들고 일어나자 은장도 씨가 말했다.

"영도야, 너도 건너가서 더 자라. 저녁까지 푹 자."

"갱에 나가 봐야지요."

"어허, 오늘부터는 내가 나간다고 하지 않았니?"

"오늘 하루만 더 나갈게요. 잠도 다 깼는데요, 뭐."

"안 된다. 꼼짝 말고 잠이나 자."

"형 말 들으렴. 푹 쉬었다 또 네가 거들면 되지 않니."

은효만 씨가 은장도 씨를 거들었다.

"아버지, 갱 일 하기엔 제가 더 나아요. 지난번에 형님 보니까 갱 안에 들어가서 어지럼증 때문에 고생하더라고요. 형님도 이제 나이 생각하며 일할 때가 됐다 이 말입니다."

은장도 씨가 동치미 국물을 후루룩 들이키며 웃었다.

"녀석도. 아버님 앞에서 별 소릴 다 한다. 아무튼 오늘부터 꼼짝 마라. 갱엔 내가 나갈 테니."

"제가 나간다는데도 그러십니다. 그렇지 않아도 오늘까지만 갱에 나가고 내일은 광해랑 율종이한테 가 볼 생각이었습니다."

그 소리에 방 안 공기가 무거워졌다. 은장도 씨가 가라앉은 소리로 말했다.

"거긴 또 뭣 하러 가니. 네가 면회 가 봐야 만나 주지도 않는 다면서."

"그래도 가 봐야지요."

"그렇게 애쓸 것 없다. 그 애들이 그렇게 된 게 네 잘못도 아 니고."

"아닙니다. 제 잘못이기도 합니다."

은장도 씨가 젓가락을 소리나게 내려놓았다.

"그게 어쩨 네 잘못이냐?"

"어쨌거나 저도 같이 있었으니까요. 혼자 돌아온 건 잘못입 니다."

"또, 또 쓸데없는 소리. 제 녀석들이 두만강을 건너다 붙잡 힌 거지. 그리고 그 애들이 국경수비대에 발각됐을 때 넌 이미 집에 돌아와 있었다."

"……."

"두 번 다시 네 잘못이란 소리 하지 마라. 그렇게 물러터진 소리를 해 대니까 사람들이 네가 친구들을 밀고했다는 둥 배신 했다는 둥 떠들어대지."

어색한 침묵이 한동안 감돌았다. 봉수가 눈치를 살피며 일어 서자 은영도 씨가 밝게 목소리를 띄웠다.

"자, 우리 봉화랑 봉수도 학교 가야지?"

봉화가 밥을 오물거리며 말했다.

"삼촌, 난 삼십 분 더 있다 가야 돼."

"그럼 봉수 먼저 배웅해야겠네."

은영도 씨가 대문 앞까지 봉수를 따라 나왔다. 봉수는 털양말을 두 켤레나 신어서 걸음이 뒤뚱거렸다.

"영도 삼촌, 나 걷는 게 꼭 오리 같지 않아?"

"걱정 마라. 네가 오리가 된다고 해도 삼촌이 꽉 끌어안고 잘 테니까."

"못 말려."

피식 웃는 봉수를 바라보다 은영도 씨가 넌지시 물었다.

"어제 학교에서 무슨 일 있었니? 밤새 뒤척이더라."

"알고 있었어?"

"좋아하는 여학생이라도 생겼니?"

봉수는 다시 웃음을 쏟았다.

"그런 거 아냐. 그냥…… 그냥 좀 그랬어."

은영도 씨가 양팔을 벌렸다.

"이리 와, 조카. 왠지 널 꼭 안아 보고 싶다."

"낯간지러워."

"그럼 박박 시원하게 긁으면 되지."

은영도 씨가 봉수 얼굴에 간지럼을 태웠다. 봉수가 미꾸라지

처럼 몸을 비틀며 웃어 댔다. 은영도 씨가 봉수를 꽉 끌어안았
다.

"아, 좋다!"

"삼촌, 숨 막혀. 좀 놔 봐."

은영도 씨는 버둥거리는 봉수 몸을 더욱 힘주어 안았다.

"이래서 못 갔어."

"뭐라고?"

"이래서 못 갔다고."

은영도 씨는 턱으로 봉수 정수리를 지그시 눌렀다.

"이렇게 네가 좋아서, 이렇게 내 가족이 좋아서 못 갔다고.
두만강 너머로."

"영도 삼촌."

"광해랑 율종이랑 두만강까지는 같이 갔는데 차마 못 건너
겠더라. 그래서 돌아섰는데…… 집으로 돌아왔는데…… 그 애
들이 그렇게 될 줄은 정말 몰랐어."

"삼촌 잘못이 아니야."

"그래도 미안해. 왠지 나 혼자만 빠져 나온 것 같아서."

"서로 선택이 달랐을 뿐이야. 괴로워하지 마, 삼촌."

"짜식. 넌 어쩜 하는 말마다 그렇게 예쁘냐."

"그야 착하디착한 우리 영도 삼촌 조카니까 그렇지."

봉수가 장갑 낀 손바닥으로 은영도 씨 등을 마구 비볐다. 은영도 씨가 간지럼을 타며 봉수를 떼어 놨다. 은영도 씨는 하늘을 향해 팔을 벌리고 말했다.

"아, 하늘은 하늘대로 좋고 바람은 바람대로 좋다."

이윽고 봉수를 물끄러미 바라보았다.

"은봉수, 모든 시간은 흘러가게 돼 있어. 그리고 또 모든 일은 그 매듭이 풀리게 돼 있고. 삼촌은 지금 그 시간을 기다리고 있지. 뭔지는 모르겠지만 널 슬프고 언짢게 하는 일도 시간이 지나면 해결될 거야."

"고마워, 삼촌."

봉수는 골목 끝에서 뒤를 돌아보았다. 은영도 씨가 여전히 대문 앞에 서 있다가 손을 흔들었다. 봉수는 그만 들어가란 손짓을 하고는 큰 길로 나왔다. 바람 속에 섞여 아침햇살이 한 점씩 떨어지고 있었다. 봉수는 아침바람을 들이키며 혼잣말을 했다.

"삼촌 말이 맞아. 시간이 지나면 애들도 아버지랑 삼촌에 대해서 함부로 말했던 걸 사과하게 될 거야."

봉수는 금만이네 너와집으로 들어가지 않고 곧바로 야산 계곡으로 향했다. 금만이는 전날처럼 소에 얼음 구멍을 내고 있었다. 봉수를 보고 금만이가 안타까운 소리로 말했다.

"어젯밤에도 와서 얼음 구멍을 만들어 놨는데 밤새 다시 얼어붙었어."

"그래도 사슴은 올 거야. 네가 여기서 얼음 깨는 소리를 듣고."

"그럴까?"

"그럼. 백두산 사슴은 귀가 아주 밝대. 네가 여기서 샘물 파는 소리 정도는 다 듣지."

금만이는 신이 나서 돌 소리를 더욱 쩌렁쩌렁 울렸다. 둘은 얼음 구멍을 전날보다 두 뼘은 더 넓혀 놓고서야 학교로 향했다. 봉수와 금만이가 교실 안으로 들어서자 열댓 명 남짓한 아이들이 갑자기 조용해졌다. 아무래도 낌새가 이상했다. 봉수는 아이들 틈에 서 있던 용성이를 쏘아보았다. 용성이가 못 본 척 고개를 돌리는 순간 명승이가 호들갑스레 봉수를 불렀다.

"야, 은봉수. 용성이 말이 진짜냐? 네 아버지가 얘들한테 석탄을 줬다는 게? 아유, 나도 같이 따라갔어야 했는데."

봉수는 대꾸하지 않고 자기 자리로 가서 앉았다. 명승이가 후다닥 다가왔다.

"봉수야, 너네 아버지가 매일매일 석탄 철차 호송하는 거냐?"

"그건 왜 묻는데?"

"나도 석탄 좀 얻게. 용성이 말로는 너네 아버지가 석탄 한 양동이쯤은 쉽게 내온다며."

"뭐라고? 야, 그게 무슨 말이냐?"

봉수가 용성이를 향해 매섭게 눈을 떴다. 용성이는 고개도 돌리지 않고 대꾸했다.

"들은 대로야."

"이상한 소리 그만 해라. 그 석탄은 우리 아버지가 돈을 주고 사서 너희들한테 준 게 맞으니까."

그러자 용성이가 목소리를 키웠다.

"야, 자기 돈으로 산 석탄을 그 자리에서 다시 되파는 사람도 있냐?"

용성이 말에 재국이와 호철이도 거들었다.

"우리가 봤어. 봉수네 아버지가 석탄 양동이를 쌀이랑 바꾸는 걸."

"맞아. 우리 눈으로 똑똑히 봤어."

봉수가 의자를 넘어뜨리며 벌떡 일어났다.

"이것들이 정말! 야, 그럼 우리 아버지가 철차에서 석탄을 도둑질이라도 했단 말이냐?"

"그럼 샀다는 거냐? 네 집은 돈이 넘쳐나서 장난치나 보다? 처음부터 쌀을 사지 왜 석탄을 샀다가 다시 쌀로 바꾸는데? 말이 되냐? 애들한테도 물어 봐라. 말이 되나."

"에이, 아니라니까."

봉수가 책상을 발로 걷어찼다. 모두들 입을 다물고 봉수 눈
치를 살폈다. 금만이가 봉수를 다독였다.

"봉수야, 앉아. 네 말대로 애들이 뭘 잘못 알았을 거다. 그리
고 너희들도 그러면 안 된다. 봉수네 아버지는 너희들이 불쌍해
서 비싼 석탄까지 주셨는데 그렇게 말하면 되겠니?"

용성이가 지지 않고 중얼거렸다.

"사실을 말했을 뿐인데, 뭘."

"사실이 아니라니까!"

다시 봉수의 주먹이 책상으로 떨어졌다. 그 순간 교실 뒷문
이 떨어져 나갈 듯 열렸다. 운식이가 새파랗게 질린 소리로 외
쳤다.

"은봉수, 영도 삼촌이 갱 속에 갇혔대!"

"뭐라고?"

"영도 삼촌이 인민탄 캐러 들어갔다가 갱 속에 갇혔다고! 사
굴이 무너졌대!"

봉수는 책상을 밀어붙이고 교실을 뛰어나갔다. 금만이도 봉
수 뒤를 따라 달렸다. 운식이와 같은 반 친구들도 봉수를 따랐
다.

"영도 삼촌……."

봉수는 심장이 터질 것 같았다. 발이 엇갈려 연거푸 땅바닥으로 엎어졌다. 금만이가 돌에 긁힌 얼굴에서 피가 흐른다고 소리쳤지만 봉수는 앞만 보고 달렸다. 사굴이 있는 곳에 도착하자 여기저기서 곡성이 퍼지고 있었다. 갱에 갇힌 사람들의 가족들이 땅바닥에 주저앉아서 울고 있었다.

"위생차(구급차)는 왜 안 오는 거야. 이러다 죄 죽이겠구나."

부상을 당한 사람들도 열댓 명 언 땅에 누워서 앓는 소리를 내고 있었다. 모두들 피투성이였다. 봉수는 무너진 갱 앞에서 미친 사람처럼 흙을 파내고 있는 가족들에게 달려갔다. 은장도 씨가 사람들에게 외쳤다.

"제발 기계삽(굴착기) 좀 빨리 가져와요! 이러다 내 동생이 죽는단 말입니다!"

"아버지!"

봉수를 보고는 은장도 씨가 흥분한 채 말했다.

"봉수 왔구나. 봉수야, 이놈의 굴이 미쳤나 보다. 저 사람들이 빠져 나오자마자 다시 무너져 내렸어. 영도 삼촌이 못 빠져 나왔어. 영도 삼촌이 저 안에 있다고."

언 땅에 주저앉은 은효만 씨는 기력을 잃고 은영도 씨 이름만 불렀다. 봉수도 김매옥 씨 옆에서 흙을 파냈다. 은영도 씨와 갱 안에 갇힌 사람들의 가족들도 삽으로 흙을 파고 있었다. 봉수를 뒤따라온 친구들도 뭐든 손에 잡히는 대로 잡고 흙을 파냈다.

"영도야, 조금만 참아라. 이 형이 구해 주마."

기다리던 굴착기는 해가 저물고서야 도착했다. 갱 안에 갇혀 있던 사람들은 다음 날 아침이 되어서야 찾아 낼 수 있었다.

"아이고, 영도야!"

그들은 이미 숨을 거둔 뒤였다. 은효만 씨가 싸늘한 은영도 씨 몸을 붙잡고 쓰러졌다. 설마 하던 기대가 무너지자 은장도 씨와 김매옥 씨도 울부짖었다.

"영도야, 내 동생 영도야. 이렇게 가면 어떡하니."

"도련님, 눈 좀 뜨십시오. 영도 도련님!"

봉화가 고개를 젖히고 울음을 터트렸다. 봉수도 은영도 씨 손을 잡고 울었다.

"영도 삼촌, 일어나. 일어나라니까."

은효만 씨가 땅을 치며 울었다.

"아이고, 영도야. 네 조카가 부르잖니. 눈 좀 떠 봐라. 내 아들 영도야. 꽃같이도 젊은 네가 어째 눈을 감니. 이 늙은 애비를 두고 어째 네가 먼저 가니."

은효만 씨는 서럽게 울다가 몸이 뒤로 넘어갔다. 이웃들이 은효만 씨를 부축했다.

"삼촌! 영도 삼촌!"

봉수는 은영도 씨 몸 위로 쓰러져 울었다. 은장도 씨가 벌떡 일어나 손에 잡히는 대로 갱 입구에 돌을 집어던졌다.

"내 동생 살려 놔라! 내 동생 영도를 살려 놔!"

은장도 씨는 정신 나간 사람처럼 비명을 질렀다. 마을사람들이 달려들어 언 땅을 구르는 은장도 씨를 잡고 말렸다.

"은 씨, 이러면 안 돼요. 가족들을 생각해야지. 정신 차려요, 제발."

눈물로 부연 봉수 눈에 문득 은영도 씨 발이 보였다. 양말도 신지 않은 맨발이었다.

봉수는 은영도 씨 맨발을 잡고 울다가 양말을 벗었다. 전날 은영도 씨가 신겨 준 양말이었다.

"신고 가. 삼촌 거잖아."

봉수는 은영도 씨 발에 양말을 신겨 주며 울었다. 갱 앞은 온통 울음소리로 가득했다. 이상하리만치 주위가 고요했다. 백사봉 골짜기에서 몰아치던 바람 소리도 그 날만은 숨을 죽였다.

3. 동짓날에

떼 한 포기 입히지 못한 은영도 씨 무덤 앞에 은장도 씨와 봉수가 바람을 맞으며 서 있었다. 은장도 씨가 목이 메어 말했다.

"영도야, 네가 내 대신 갔구나. 불쌍해서 어쩌니. 아직 장가도 못 갔는데."

은장도 씨는 들고 온 보자기를 풀었다. 하얀 쌀밥과 무국을 은영도 씨의 무덤 앞에 놓았다.

"영도야, 밥 먹어라. 오늘이 네 난날이잖니."

은장도 씨는 팥죽도 꺼내서 쌀밥 옆에 놔 주었다.

"오늘은 또 동짓날이니 팥죽도 먹어야지. 천천히 많이 먹어라."

은장도 씨는 은영도 씨 눈을 들여다보는 것처럼 뚫어져라 무덤을 바라보았다.

"영도야, 형이 말이다. 더는 여기 못 살 것 같다. 가족들을 데리고 좀 멀리 가야겠어. 널 두고……."

은장도 씨는 멀리 하늘로 눈을 두었다. 봉수가 의아해서 물었다.

"아버지, 그게 무슨……."

은장도 씨는 이내 은영도 씨 무덤으로 눈을 돌렸다.

"널 두고 가서 미안하다만 어쩔 수가 없구나. 더는 여기서 이렇게 살 수가 없어. 아버지 모시고 가야겠다. 이해해 주겠니? 이렇게 떠나더라도 언젠가는 널 보러 오게 될 거야. 그 때까지만 기다려 다오."

"아버지."

귓불이 아리도록 찬 바람이 산등성이를 넘어왔다. 눈발이 하나둘 날렸다. 은영도 씨 봉분 위로도 희끗한 것이 내려왔다.

"그래, 눈이라도 배불리 내려라. 내려서 우리 영도 등이라도 따습게 덮어 줘라."

은장도 씨는 일어나서 봉수를 돌아보았다.

"봉수야, 너 아버지 믿지?"

"네."

"아버지 믿고 어디든 갈 수 있지?"

"네."

"됐다, 그럼. 내려가자꾸나."

봉수는 묻고 싶은 것을 눌러 참고 은장도 씨를 따라 산을 내려갔다. 은장도 씨는 그 길로 남문시장으로 향했다. 남문시장 앞에 도착했을 때는 땅거미가 지고 있었다. 두 사람이 시장 입구에 들어서자 화물차가 경적을 울렸다. 대머리 남자가 은장도 씨에게 이 쪽이란 손짓을 했다. 은장도 씨는 봉수를 데리고 화물차에 탔다. 대머리가 수상한 눈으로 물었다.

"데리고 온 애는 누구요?"

"아들이니 걱정하지 마시오. 새벽에 물건은 잘 받았소?"

"물론. 김관철 기관사가 나머지 물건은 오늘 밤 그 간이역에서 받아가랍디다. 철차를 세울 수 있는 시간이 고작 20여 분이라니까 은 씨도 나와서 석탄 내리는 일 좀 거들어야겠소."

은장도 씨와 대머리 남자가 나누는 이야기가 예사롭지 않았다. 봉수는 불길한 생각이 들었다. 대머리가 창문 너머로 침을 탁 뱉었다.

"그런데 김관철 기관사가 돈을 더 내놓으랍디다. 안 그러면 석탄을 실은 철차를 세우지 않겠다고. 이제 와 그런 생떼를 쓰다니. 그래서 우선 내 돈을 줬으니 오늘 물건을 팔면 그 돈은 따로 계산해 줘야 하오."

"그러리다. 출발합시다."

봉수가 지그시 은장도 씨 팔을 잡았다. 은장도 씨는 앞만 본 채 봉수 손등을 가볍게 두드렸다. 걱정하지 말란 뜻이었다. 화물차는 시장 뒤편으로 움직였다. 인적이 끊긴 으슥한 곳에 이르자 또 한 대의 화물차가 기다리고 있었다. 그 화물차에는 세 사람이 타고 있었다. 대머리를 따라서 은장도 씨와 봉수도 차에서 내렸다. 대머리가 화물차 뒤편으로 가서 천을 걷어치우자 석탄이 나타났다.

"아버지!"

봉수가 놀라서 은장도 씨 소매를 뒤로 끌었다. 은장도 씨는 걱정 말라는 듯 봉수 어깨를 지그시 누르고는 기다리는 남자들에게 갔다. 배가 나온 남자가 봉수를 흘깃거리자 은장도 씨가 아들이라고 하는 소리가 들려 왔다.

'아버지……'

봉수는 눈앞이 하얗게 변했다. 용성이와 몇몇 아이들이 떠들어 댄 말들이 귓가에서 둥둥 떠다녔다. 봉수는 다리가 후들거려서 겨우 서 있었다. 은장도 씨와 화물차 대머리가 다른 화물차에서 내린 남자들과 등을 돌리고 서서 무언가를 하고 있었다. 봉수는 벌렁거리는 가슴을 누르며 가까이 다가갔다.

"하하, 이만하면 좋은 값으로 쳐 주는 거요."

배 나온 남자가 두툼한 돈다발을 건네자 은장도 씨가 받았다. 그것을 두 몫으로 나누더니 하나를 대머리에게 주었다. 돈 다발을 받은 대머리 남자가 흰 이를 드러내며 웃었다. 은장도 씨는 돈을 주머니에 찔러 넣고 급히 걸음을 돌렸다. 바로 뒤에 봉수가 서 있는 것을 보고 은장도 씨는 잠깐 놀라는 눈치였다. 하지만 곧 봉수를 끌고 그 자리를 떠났다.

은장도 씨는 봉수를 데리고 큰길로 나와서 바쁘게 걸었다. 거리에는 희미한 불빛이 하나 둘 들어오고 있었다. 은장도 씨는 불빛을 어깨에 이고 걸으며 아무 말도 하지 않았다. 그저 굳은 얼굴로 앞만 보고 걸었다. 봉수는 발바닥에 가시라도 박힌 것 같아서 더 걸을 수 없었다. 그래서 은장도 씨 앞을 막고 물었다.

"아버지, 궁금해서 더는 못 가겠습니다. 아까 그 사람들 말입니다."

"석탄 장사꾼들이다."

"네?"

"아버지는 돈이 필요해. 그래야 우리 가족을 데리고…… 아니다. 이 얘긴 집에 가서 하자꾸나."

어느덧 하늘에 별들이 걸리고 있었다. 은장도 씨는 집으로 돌아올 때까지 입을 열지 않았다. 봉수는 가슴이 답답하게 옥죄여 오는 것만 같았다. 은장도 씨는 늦은 밤 가족들과 마주앉자 말문을 열었다.

"아버님, 두만강을 건너야겠습니다."

김매옥 씨가 소스라치게 놀라 방문 밖을 살폈다.

"봉수 아버지, 그게 무슨 말입니까?"

"더는 여기서 살 수 없단 말이오. 두만강을 건너서 북경으로 갑시다. 거기만 가면 남한으로 가는 길이 있다고 들었소."

"봉수 아버지!"

김매옥 씨는 엉겁결에 봉화를 끌어안았다. 은효만 씨는 우두커니 담뱃대만 빨았다.

"영도 도련님 일로다 보안원(형사)들한테 이리저리 불려 다닌 게 바로 엊그제 일입니다. 금만이 아버지 도움으로 무사히 넘어갔으니 망정이지 안 그랬으면 우리도 지금 여기서 살지 못하고 있을 겁니다. 영도 도련님 친구들 못 봤습니까? 수용소에 갇혀서 언제 나올지 기약도 없습니다."

"봉수 엄마."

"안 된단 말입니다. 일이 잘못되면 이 어린 것들까지도 옥방살이(감옥살이)를 하게 됩니다. 절대로 안 됩니다. 생각을 고치십시오."

"그러기엔 이미 늦었소."

은장도 씨가 품에서 지폐 세 다발을 꺼내 방바닥에 내려놓았다. 모두 중국 돈이었다.

"이, 이게 어쩐 돈입니까?"

"그동안 내가 호송하는 철차에서 석탄을 조금씩 **빼내** 밀매꾼들한테 넘겼소."

김매옥 씨는 넋을 잃고 입술을 떨었다.

"왜, 왜 그런 짓을 했습니까? 왜요?"

은장도 씨는 김매옥 씨 눈길을 피했다.

"어쩔 수 없었소. 말은 안 했소만 사실 금만이 아버지가 죽은 뒤부터 난 이미 회사에서 끈 떨어진 신세였소. 영도 일로 두고두고 말이 많았다오. 언제 석탄 호송원 자리에서 쫓겨날지 알 수 없었소. 급기야 수삼일 전에는 내 후임자를 데려오더니 겨울이 지나기 전에 자리에서 물러나라는 압력을 받았소. 식량 배급도 끊긴 이 마당에 일자리까지 잃고 나면 우리 가족이 어떻게 살아간단 말이오. 나도 뭔가 결단을 내리지 않을 수 없었소."

방 안에 무거운 침묵이 감돌았다. 은효만 씨가 피우는 담배 연기만 굼실거리며 방 안을 돌아다녔다. 방바닥을 뚫어져라 쳐다보던 은장도 씨가 힘겹게 말을 꺼냈다.

"일 년 반 전에 영도가 가려고 했던 길을 우리가 가는 거요."

김매옥 씨는 대답하지 않았다. 그저 깊은 한숨만 내쉬었다.

"오늘 밤 구하는 돈까지 합치면 중국을 거쳐서 태국 국경으로 가는 자금으로 충분할 거요. 태국까지만 가면 리남행이 쉽다고 들었소.”

은장도 씨가 은효만 씨를 향해 말했다.

“아버님, 계속 여기서 갱이나 파고 살다가는 언제 우리 봉수까지 잃게 될지 알 수 없어요. 가다 죽더라도 여기서 벗어나고 싶습니다.”

봉수가 두려운 눈으로 방문 앞을 지켰다. 혹시라도 누가 엿듣나 싶어서였다. 은효만 씨는 한동안 담배 연기만 내뿜었다.

“영도가 혼자서 외롭겠구나.”

“영도가…… 영도가 이해해 줄 것 같습니다.”

“중국에서는 남한으로 갈 방도가 없니?”

“중국은 요즘 탈북자들을 잡으면 바로 북한으로 송환시킨답니다. 그래서 대부분 태국으로 간답니다.”

“태국이란 데로 가면 정말로 리남으로 보내 준다니?”

“거기서는 탈북자들을 북한으로 보내지 않고 리남으로 보내 준답니다. 그렇게 하기로 리남이랑 어떤 얘기가 있었답니다.”

은효만 씨가 담뱃재를 재떨이에 대고 탁탁 털었다.

“두만강은 언제 건너니?”

“오늘 밤에 돈이 들어오면 며칠 내로 바로 출발할 생각입니다.”

김매옥 씨가 돌아앉아서 눈물을 찍었다.

"본가집(친정집) 어머니를 두고 어떻게 간단 말입니까?"

"아무렴 가시어머님을 두고 갈 생각을 했겠소? 염려 마시오. 모시고 가리다."

"아들딸들을 다 여기 두고 가실 양반이 아니니까 그렇지요."

은장도 씨는 묵묵히 앉아 있다가 일어섰다.

"미안하오. 내일 찾아뵙고 직접 사정을 말씀드리리다. 우선 자금을 구하러 나가야겠소."

은장도 씨가 나간 뒤 김매옥 씨는 아궁이 앞에 앉아서 한숨을 쏟았다. 봉수와 봉화도 그 곁에 앉아서 일렁이는 불길을 바라보았다.

"네 아버지를 따라서 갈 수도 없고 안 갈 수도 없고."

봉화가 김매옥 씨 눈가에 고인 눈물을 닦아 주었다.

"엄마, 리남에 가면……."

"쉿!"

김매옥 씨가 화들짝 놀라 봉화 입을 막았다. 그와 동시에 마당에서 요란한 발자국 소리가 났다. 무언가 바닥으로 넘어져 구르는 소리도 났다.

"은장도 호송원! 은장도 호송원!"

보안서(경찰서) 보안원 세 명이 갑자기 들이닥쳐 안방이며 작은방을 구둣발로 돌아다녔다. 김매옥 씨는 봉수와 봉화를 부엌에서 못 나오게 하고는 마당으로 나갔다.

"은장도 호송원은 어디 있소?"

눈매가 예리한 보안원이 김매옥 씨를 쏘아보았다.

"일, 일하러 갔습니다."

"사실대로 말하시오. 그 자가 석탄 밀매꾼들과 내통해서 국가의 석탄을 객차째 팔아 넘겼단 말이오. 어디로 갔소?"

"모, 모릅니다."

"너희들 이리 나와라."

보안원이 부엌문을 빠끔 열고 밖을 내다보던 봉수와 봉화에게 소리쳤다. 겁에 질려 밖으로 나온 봉화는 금방이라도 울 것처럼 입을 삐죽거렸다.

"너희들 아버지가 국가 재산을 빼돌렸다. 그러니 네 아버지를 숨겼다간 너희들도 용서 못 받는다. 알아들었니?"

"젠장, 벌써 내뺀 거 아냐? 위생실이고 헛간이고 다 뒤져도 없어."

다른 보안원 두 명이 먼지 털 듯 집 안을 뒤지고는 마당으로 나왔다. 그 모습을 낮은 담장 너머에서 마 씨 노인이 지켜 보고 있다가 한 마디 했다.

"어쩐지 이밥 씹는 소리가 아침저녁으로 들리더라니 고약한 짓을 하고 먹던 소리였군. 나라에 충성 맹세는 못할망정 그런

못된 짓은 하지 말아야지."

그리고 보안원들을 향해 부산을 떨었다.

"분명히 말하지만 난 죄가 없소이다. 은 씨가 어떤 죄를 지었건 난 모르는 일이오."

마 씨는 암탉까지 채뜨려서는 소리쳤다.

"여기 이 놈, 이놈이 닭알을 안 내놔서 두들겨 댄 게 죄라면 또 모를까. 아무튼 은 씨네가 어떤 짓을 했든 난 결코 몰라요. 예전처럼 공연히 나까지 의심해서 보안서로 들락날락하게 하지 말란 소리외다."

은효만 씨가 기침을 자지러지게 쏟았다. 김매옥 씨가 안방으로 뛰어들어가 은효만 씨를 자리에 눕혔다. 눈매가 예리한 보안원이 김매옥 씨에게 일렀다.

"오늘 밤이라도 은장도 호송원이 나타나면 바로 보안서로 연락하시오."

마 씨 노인이 히죽거리며 김매옥 씨 대신 대답했다.

"신고하고말고요. 발자국 소리만 들려도 보안서로 달려가지요. 아무 염려들 마시고 일들 보시오."

보안원들이 마당을 나가자 봉수와 봉화가 안방으로 뛰어들어갔다. 마 씨 노인이 그 뒤에다 대고 사납게 떠들었다.

"여봐요, 은 씨. 아들 그림자만 봐도 당장 보안서로 가서 알려요. 공연히 이웃까지 불안하게 하지 말고. 댁네 아들들은 간도 참 크구려. 두만강을 넘보질 않나, 객차째 석탄을 팔아치우질 않나. 내 자식들 같으면 엄두도 못 낼 일이지. 한 자루도 아니고 객차째 떼어먹는 짓을 하다니 허, 그거 참."

봉수네 가족은 어두운 방에 웅크리고 앉아 은장도 씨가 돌아오기만을 기다렸다. 은효만 씨인지 김매옥 씨인지 어둠 속에서 자꾸만 긴 한숨소리를 냈다. 밤 12시가 가까워 올 즈음이었다. 뒤뜰로 난 안방 창문을 누군가 톡톡 두드렸다. 김매옥 씨가 벌떡 일어나서 창문을 열었다.

"봉수 아버지, 부엌 뒷문으로 오세요."

은장도 씨가 부엌 뒷문을 통해 안방으로 들어왔다. 은장도 씨가 앉자 차가운 밤공기가 쏟아졌다. 봉수가 방문 앞에 앉아 밖을 살폈다. 김매옥 씨가 두려운 눈으로 속삭였다.

"봉수 아버지, 보안원들이 왔다 갔습니다. 벌써 당신이 한 일을 알고 있습니다."

"알고 있소. 석탄 밀매를 같이 하던 자들 가운데 하나가 마음을 바꿨소. 그가 보안서에 신고하는 바람에 현장에서 덜미가 잡혔는데 난 소피를 보고 나오다가 간신히 도망칠 수 있었소."

은장도 씨는 아직도 떨리는지 두 손으로 얼굴을 벅벅 쓸었다.

"아버지, 오늘 새벽에 두만강을 건너야겠습니다. 두만강까지 가는 써비차(달리기차라고도 하며, 돈을 받고 사람들을 태워 주는 장사 차량)를 매수해 뒀습니다."

"오늘 새벽이라고요?"

한순간 방 안에 침묵이 흘렀다. 그러나 곧 김매옥 씨는 옷장에서 자루를 꺼내 들고 일어섰다.

"본가집 어머님께 인사라도 드리고 와야겠습니다."

"같이 갑시다."

"안 됩니다. 당신은 한 발짝도 나가서는 안 됩니다. 내 서둘러 다녀오겠습니다."

"엄마, 저랑 같이 가요."

봉수가 김매옥 씨를 따라 부엌으로 갔다. 김매옥 씨가 자루를 봉수에게 주며 말했다.

"쌀독에 있는 쌀을 담아라."

봉수가 자루에 쌀을 퍼 담는 사이 김매옥 씨는 아궁이 불씨들을 긁어내 탁탁 쳐서 모두 꺼뜨렸다. 그 위에 물까지 한 바가지 끼얹어 완전히 재로 만들었다. 그런 다음 옥수숫대 속에 숨겨 놓았던 쌀자루를 꺼내서는 아궁이 속 깊숙이 밀어 넣었다. 그리고 잿더미도 아궁이 속으로 밀어 넣었다.

"봉수야, 이거 지고 갈 수 있겠니?"

"그럼요."

봉수가 쌀자루를 등에 지고 김매옥 씨를 따라 집을 나섰다. 모든 것이 정지된 그림처럼 고요했다. 개도 짖지 않았다. 빙판 길을 걸어가는 김매옥 씨와 봉수 발자국 소리만 울렸다. 김매옥 씨는 몇 번이나 발을 헛디뎠다. 그 때마다 봉수가 쌀자루를 집어던지고 김매옥 씨를 부축했다.

"할머니 드실 양식인데 그럼 쓰니."

김매옥 씨는 자루를 정성스럽게 안아 올려 봉수 등에 져 주었다. 삼십여 분 뒤 김매옥 씨와 봉수는 앙상한 대추나무가 대문 앞을 지키는 친정어머니 집에 도착했다. 두 사람은 장독대 앞을 가로질러 불 꺼진 방문 앞으로 살그머니 갔다. 김매옥 씨가 방문 고리를 잡고 작게 말했다.

"어머니, 봉수예요."

아무 대답도 들리지 않았다. 김매옥 씨가 톡톡 문을 두드렸다.

"누구요?"

"어머니, 저 봉수예요."

"누구라고?"

"매옥입니다."

방문이 벌컥 열리고 친정어머니 문 씨가 놀란 얼굴을 내밀었다.

"어여 들어오너라. 어여."

김매옥 씨와 봉수가 방으로 들어가자 문 씨가 불을 켜려고 했다. 김매옥 씨가 문 씨를 말렸다.

"어머니, 그냥 달빛에 말씀드리겠습니다."

"오냐. 그렇잖아도 내일쯤이면 봉수 애비 일로 네가 올 줄 알았다. 아까 보안원들이 들이닥치더니 봉수 아버지를 찾더구나. 내가 공연히 네 집에 찾아가고 그러면 너랑 봉수 애비한테 해를 끼칠까 봐서 가만히 있었다. 그런데 애야, 보안원들이 하는 말이 다 사실이냐?"

김매옥 씨는 대답 대신 눈물을 흘렸다.

"그 사람이 영도 도련님을 잃고는 더 맘을 잡을 수 없었나 봐요. 아버님이랑 봉수, 봉화를 데리고 강심살이(고생살이)하는 것도 화기병(울화병) 들고요. 그래서 그런 일을······."

문 씨는 가만히 김매옥 씨 어깨를 다독였다.

"봉수 아버지를 저대로 잡혀 가게 둘 수는 없잖아요."

"그럼, 그럼."

"그래서 말입니다, 어머니. 저는 봉수 아버지를 따라서 여길 떠나야겠습니다."

김매옥 씨 어깨를 두드리던 문 씨 손이 힘없이 아래로 떨어졌다.

"봉수 아버지는 중국을 거쳐서 리남으로 갈 모양입니다."

"……."

"오늘 새벽에 두만강을 건넌대요."

"……멀리 가는구나."

김매옥 씨는 더 참지 못하고 방바닥으로 쓰러져 흐느꼈다.

"어머니, 이럴 땐 정말이지 내 몸이 두 개라면 좋겠습니다. 하나는 봉수 아버지를 따라가고 하나는 어머니 모시고 여기서 살면 얼마나 좋겠습니까."

문 씨는 김매옥 씨 등을 쓸어 주며 눈시울을 붉혔다.

"내 걱정은 할 것 없다. 네 오라버니들이랑 동생들이 다 여기 있는데 무엇을 슬퍼하니. 한시가 바쁘지 않니. 봉수 데리고 어서 길 떠나라."

문 씨는 봉수 손을 잡고 일렀다.

"봉수야, 할아버지 모시고 잘 가거라. 네가 있어서 할머니 맘이 더 든든하구나."

"할머니……."

김매옥 씨가 눈물을 훔치며 말했다.

"어머니, 부엌 아궁이 속에 쌀을 한 말 숨겨 두었습니다. 오라버니 시켜서 살짝 꺼내 오십시오. 어머니, 다시 만날 때까지 오래오래 사십시오.”

김매옥 씨는 영 자리를 못 뜨고 울고만 있었다. 문 씨가 손가락에서 금가락지를 빼 김매옥 씨 손에 들려 주었다.

“여비 보태라.”

그리고 베개를 베고 돌아누웠다.

“봉수야, 어서 가라. 난 아무 일도 없었던 것처럼 잠에 들었다 일어나련다. 이왕 가는 길이니 아주 가라. 가다가 돌아오지도 말고 붙잡혀 오지도 말고 멀리멀리 가라. 동짓날 긴긴 밤이래도 때 되면 얼레달(조각달)도 지고 만다. 서둘러라.”

김매옥 씨는 금가락지를 문 씨 머리맡에 두고 비틀거리며 일어났다. 김매옥 씨가 마당으로 내려선 순간 방문이 열리더니 눈밭으로 금가락지가 떨어졌다.

“먼길 가잖니.”

문 씨가 슬픈 눈으로 문을 닫았다. 김매옥 씨는 눈물이 터지는 것을 참으며 금가락지를 주웠다. 그러고는 봉수와 달빛 떨어지는 골목으로 나왔다. 김매옥 씨는 몇 번이나 뒤를 돌아보며 걸었다. 집 가까이 오자 봉수가 걸음을 세웠다.

“어머니, 금만이한테 잠깐 갔다 올게요.”

봉수는 송곳날 같은 밤바람을 맞으며 빙판길을 뛰었다. 금만이 얼굴이라도 보고 가고 싶었다. 하지만 막상 금만이 얼굴을 보자 말문이 열리지 않았다. 파도처럼 술렁이는 봉수의 마음을 읽은 듯 별똥별 하나가 죽 남녘을 향해 떨어졌다.

"나 말이다."

봉수는 별똥별이 사라진 쪽을 바라보며 입을 열었다.

"저 별찌(별똥별)가 떨어진 쪽으로 간다."

"뭐라고?"

"남쪽으로 간다고."

"은봉수, 알아듣게 말해."

"바보야, 리남으로 간다고."

금만이 얼굴이 돌처럼 굳었다.

"언제?"

"오늘 새벽에."

금세 금만이 눈에 눈물이 고였다.

"어쩔 수 없어. 아까 보안원들이 아버지를 잡으러 왔었어. 석탄 때문에…… 용성이랑 애들이 했던 말이 사실이야."

봉수는 울컥 눈물이 넘어왔다. 재빨리 손등으로 눈물을 훔치고는 금만이를 바라보며 웃었다.

"홍금만, 그래도 우리 우정은 변치 않기다."

"안 가면 안 되니?"

"가족 모두 가는데 나만 남을 수 없잖아."

어깨를 들썩이며 울던 금만이가 옷에 붙어 있던 단추 하나를 떼어 주었다.

"은봉수, 이 단추 매일 보던 거니까 나라고 생각해."

봉수도 자기 옷에 붙어 있던 단추 하나를 떼어 금만에게 주었다.

"나중에 만나면 서로 돌려 주기다."

그리고 둘은 서로 부둥켜안았다. 봉수는 금만과 헤어져 어두운 밤길을 달렸다.

"봉수야, 잘 가! 잘 가라고, 은봉수!"

봉수는 돌아보지 않았다. 눈물과 콧물이 뒤섞여 쏟아졌다. 집까지 달리는 내내 목이 아팠다. 어룽거리는 눈물 속으로 별똥별이 또 하나 땅으로 지고 있었다.

4. 두만강을 건너다

두만강 기슭으로 달리는 써비차 안에서 봉수네 가족은 말이 없었다. 어두운 창 밖만 응시했다. 얼마 뒤 달리기차 기사 황 씨가 침묵을 깼다.

"국경 경비를 서는 내 아들이 나올 거요. 은 씨네 가족이 강을 건널 거라고 얘기해 뒀으니 돈만 찔러 주면 되오."

"은혜는 잊지 않겠습니다."

은장도 씨가 무겁게 가라앉은 소리로 대답했다.

"은혜라니. 내가 이 달리기차 장사를 하는 게 누구 덕인데. 은 씨가 석탄을 조금씩 빼내 줘서 그나마 이 차를 마련한 게 아니오. 이것으로 우린 서로 돕고 도운 거외다."

"고맙소이다."

"혹시 다른 국경수비대한테 붙잡혀 돌아오더라도 우리 얘긴 절대로 꺼내면 안 됩니다."

"잘 알고 있습니다."

다시 말이 끊겼다. 덜컹거리는 바퀴소리만 요란하게 울렸다. 한참을 달리던 달리기차가 멎은 곳은 두만강 기슭이었다. 봉수네 가족은 황 씨를 따라 달리기차에서 내려 수풀 속에 몸을 숨겼다. 은효만 씨는 수건으로 입을 가리고 있었다. 자꾸만 터지는 기침 때문이었다. 황 씨가 나무 뒤에서 나타나는 그림자를 가리켰다.

"저기, 내 아들이 기다리고 있구려."

달빛에 군복이 흰히 드러났다. 황 씨가 아들과 얼굴을 맞대고 무언가 낮은 소리를 주고받았다. 황 씨는 아들에게 봉수네 가족을 맡기고 돌아섰다.

"무사히 잘 건너가시구려. 요즘 돈을 바라고 은 씨네 같은 탈북자들을 노리는 중국인들이 많다고 하니 조심하시고."

황 씨 아들이 강 쪽으로 봉수네 가족을 이끌었다.

"얼음이 단단하게 얼기는 했습니다만 혹시 모르니 수심이 얕은 쪽으로 가시지요."

봉수네 가족은 별빛에 의지해 강가로 내려섰다. 꽝꽝 얼어붙은 두만강이 별빛에 시렸다. 얼음장 위를 건너오는 바람에 모두 바들바들 몸을 떨었다. 살갗이 바늘에 찔리는 것처럼 아팠다.

"아버님, 제 등에 업히십시오."

은장도 씨가 은효만 씨를 업었다. 김매옥 씨는 봉화를 잡고 걸었다. 그 뒤를 봉수가 바짝 붙어서 걸었다. 바람 소리가 천둥 소리처럼 귓전을 때렸다. 봉수는 돌에 걸려 앞으로 고꾸라지길 되풀이했다. 등 뒤에서 누군가 목덜미를 낚아챌 것만 같아서 자주 뒤를 돌아보았다. 황 씨 아들은 거의 4백 미터 가까이 걷고 나서야 걸음을 세웠다.

"여깁니다."

봉수네 가족은 황 씨 아들을 따라 납작 몸을 숨겼다. 마른 풀 잎이 바람에 쓸려 서걱거렸다.

"이 곳은 강폭도 좁고 수심도 얕은 곳입니다. 그럴 리는 없 지만 혹시라도 얼음이 깨져서 빠지더라도 걸어서 건널 수 있는 곳입니다. 저 건너편 보이시죠? 저기서부터 중국 땅입니다."

황 씨 아들이 강 건너 어룽거리는 불빛을 가리켰다. 은장도 씨는 품에서 지폐를 꺼내 건네며 그 사람의 손을 잡았다.

"수고 많으셨습니다."

황 씨 아들은 지폐를 받아 몸에 지니고는 시계를 보았다.

"제가 이 쪽에서 국경수비를 보는 시간은 새벽 두 시부터 네 시까지입니다. 사십 분 뒤면 다른 국경수비병들이 올 겁니다. 그 안에 서둘러 강을 건너십시오. 무사하시길 빕니다. 그럼."

황 씨 아들은 빠른 걸음으로 왔던 길을 되짚어 사라졌다. 은장도 씨가 가족들을 돌아보았다. 모두 잔뜩 긴장한 눈이었다.

"아버님, 두만강만 건너면 우선 안심입니다. 봉수 엄마, 빙판이 미끄러우니까 넘어지지 않도록 조심해요. 그리고 봉화는 엄마한테서 떨어지지 않도록 하고. 봉수야, 뒤처지면 안 된다. 여기만 건너면 돼. 그럼 우린 자유야."

은장도 씨가 은효만 씨를 업고 먼저 빙판 위로 올라섰다. 강물은 단단하게 얼어 있었다. 김매옥 씨도 봉화를 잡고 뒤를 따랐다. 봉수는 뒤쪽을 돌아보며 그 뒤를 따랐다. 꽁꽁 언 두만강은 칼날처럼 미끄러웠다.

"쿨룩쿨룩…… 아이고, 쿨룩쿨룩……."

은효만 씨가 강바람을 맞고 다시 기침을 쏟았다. 은효만 씨는 어떻게든 기침소리를 막아 보려고 은장도 씨 등에 바짝 붙었다. 두만강 한가운데쯤 닿았을 때였다. 앞서 걷던 은장도 씨가 불안한 얼굴로 걸음을 세웠다. 발밑이 움직이고 있었다. 바늘귀만큼씩 얼음이 흔들렸다. 김매옥 씨가 두려운 얼굴로 목소리를 떨었다.

"봉수 아버지, 아무래도 이상합니다."

"이상할 것 없어요. 두만강은 11월부터 얼어붙는 곳이오. 서둘러 건너요. 봉수야, 부지런히 걸어라."

은장도 씨가 애써 태연한 소리로 대답했다. 은장도 씨는 뛰다시피 얼음 위를 걸었다. 발밑에서 삐걱거리는 소리가 점점 커졌다. 그러더니 얼음이 쩍 갈라지는 소리가 났다. 은장도 씨는 부지런히 두만강을 건너 은효만 씨를 내려놓았다. 그리고 모래밭을 팠다. 돌아보니 세 사람은 강물 중간쯤 건너오고 있었다.

"아버님, 이렇게 하고 계시면 조금이라도 덜 추우실 겁니다."

은장도 씨가 은효만 씨 다리에 모래를 덮어 주고 일어섰을 때였다. 김매옥 씨가 비명을 질렀다.

"아이고, 봉수 아버지. 우리 죽어요!"

얼음 갈라지는 소리가 장작 패는 소리처럼 크게 났다.

"봉수 엄마, 그대로 있어요. 내가 가리다."

봉화를 끌어안고 서 있는 김매옥 씨 발밑이 움직이고 있었다. 몇 미터 뒤에 서 있던 봉수가 다급하게 소리를 질렀다.

"아버지, 얼음이 깨지고 있어요! 엄마랑 봉화가 물 속에 빠지겠어요!"

봉수가 두 사람을 잡으려고 몸을 움직였다. 그 순간 봉수 발밑에서도 얼음 깨지는 소리가 울렸다. 그러더니 얼음판이 기우뚱 기울어지며 물이 솟아올랐다.

"움직이지 마라. 그대로 가만히 있어. 우선 엄마랑 봉화부터 구하마."

은장도 씨가 털목도리를 풀러 김매옥 씨 쪽으로 던졌다.

"봉수 엄마, 이걸 잡아요. 그리고 내가 이끄는 대로 천천히 발을 움직여요."

"봉화부터 보낼게요."

김매옥 씨가 봉화 팔목에 털목도리를 칭칭 둘러 묶어 주었다. 은장도 씨가 조심스럽게 털목도리를 잡아끌었다. 봉화는 잔뜩 겁에 질려 그대로 주저앉았다.

"오냐, 그러고 가만히 있어라. 겁낼 것 없다."

발밑에서는 계속해서 얼음 갈라지는 소리가 무시무시하게 났다. 봉수는 자주 뒤를 돌아보았다. 곧 국경수비대가 나타날 시간이었다. 살짝 왼발을 들어 보았다. 빙판에 굵은 거미줄이 생기며 몸이 기우뚱 기울었다.

"봉수야, 움직이지 말래도."

이제 막 봉화를 안전한 곳으로 끌어낸 은장도 씨가 소리쳤다. 김매옥 씨와 봉수가 밟고 선 얼음판 위로 동아줄처럼 굵은 틈이 벌어져 있었다. 봉수는 납작 몸을 엎드린 채 다리를 덜덜 떨었다.

"봉화야, 저기 할아버지 보이지? 그리 가라, 어서."

은장도 씨가 이번엔 김매옥 씨를 향해 털목도리를 던졌다.

김매옥 씨가 봉수를 돌아보았다.

"봉수야, 이리 오너라."

"안 돼요, 봉수 엄마. 봉수가 당신 쪽으로 움직이면 둘 다 물에 빠져요. 당신 먼저 건너요. 봉화처럼 꽉 쥐고 내가 잡아끄는 대로 가만히 있구려."

김매옥 씨가 엉거주춤한 자세로 털목도리를 잡았다. 은장도 씨는 바늘귀만큼씩 김매옥 씨를 끌었다. 툭툭, 얼음은 계속 깨지고 있었다. 엉덩이를 뒤로 빼고 움직이던 김매옥 씨가 균형을 잃고 앞으로 무릎을 찧었다. 그와 동시에 얼음이 기울며 김매옥 씨 몸이 물 속으로 미끄러졌다.

"아이고, 봉수 아버지!"

은장도 씨가 재빨리 김매옥 씨를 잡아 얼음 위로 올렸다. 다행히 두 사람은 물 밖으로 빠져 나왔지만 강물 속으로 가라앉았던 얼음판이 수면으로 올라오며 봉수가 엎드려 있던 얼음판을 쳤다. 얼음판이 기우는 대로 봉수 몸이 쏠렸다.

"아버지!"

요동치던 물결이 가라앉을 때까지 봉수는 얼음판을 붙잡고 견디었다. 간신히 물결이 가라앉고 나자 은장도 씨가 털목도리를 던졌다. 이미 얼음판 사이에 난 틈이 넓어져서 털목도리는 봉수 손에 미치지 못했다.

"봉수야, 아버지가 그리 건너가마."

"안 돼요, 아버지. 이렇게 엎드려 있기만 해도 얼음이 뒤집힐 것처럼 흔들려요. 제가 일어나서 가 볼게요."

봉수는 무릎을 세우고 겨우 몸을 일으켰다. 뿌리 없는 물풀처럼 물결을 따라 얼음판이 흔들렸다. 봉수는 이를 악물고 일어섰다. 은장도 씨가 가슴을 졸이며 기다리는 곳까지 가려면 깨진 얼음판 두 개를 건너뛰어야 했다.

"봉수야, 조심해라."

"아버지, 걱정 마십시오. 아까 들었잖습니까. 수심이 얕아서 걸어서 건널 수도 있다고요. 물에 빠지더라도 별 탈 없을 겁니다. 한번 뛰어 보겠습니다."

"아무래도 위험하다. 기다려 봐라. 다른 방법을 생각해 보자."

"안 됩니다. 이러다간 정말 국경수비대에 붙들리고 맙니다. 아버지, 갑니다."

봉수는 부들거리는 다리에 힘을 주고 벌어진 틈 너머 얼음판을 향해 냅다 뛰었다. 봉수 몸은 가까스로 얼음판 위로 떨어졌다. 하지만 세차게 흔들리는 물결에 얼음판이 기울며 봉수는 물속으로 빠지고 말았다.

"아이고, 봉수야!"

강 건너편에 있던 김매옥 씨가 놀라서 뛰어왔다.

"봉수 엄마, 거기 그대로 있어요."

은장도 씨가 점퍼를 벗어서 봉수에게 던졌다.

"봉수야, 이걸 붙잡아라."

봉수는 다행히 얼음판에 허리를 걸치고 매달려 있었다. 물 속에 잠긴 다리를 어떻게든 얼음판 위로 올려 보려고 애썼지만 그럴수록 몸은 점점 물 속으로 빨려들었다. 봉수는 강바닥에 발을 짚어 보려고도 했다. 하지만 그 곳은 발이 닿지 않는 수심이 깊은 곳이었다.

"봉수야, 이걸 잡으래도."

봉수는 가까스로 은장도 씨가 내지르는 소리를 들을 수 있었다.

"으……."

봉수는 은장도 씨가 한쪽 끝을 잡고 있는 점퍼를 간신히 잡았다.

"꽉 잡아라. 아버지가 끌어올리마. 절대로 놓으면 안 된다."

봉수는 기절이라도 할 것 같았다. 끓는 물에 빠진 것처럼 허리 아랫부분이 고통스러웠다. 차가운 얼음물에 금방 온몸이 마비되어 나무 토막처럼 변했다. 깨진 얼음 조각들이 둥둥 떠서 몸을 치는 바람에 더욱 고통스러웠다. 살갗이 쓰리고 아팠다.

아니, 뱃속까지 냉기가 스며들어 숨마저 쉬기 어려웠다.

"봉수야, 눈 떠라. 손에 힘이 없으면 이빨로라도 옷을 물어."

은장도 씨가 있는 힘을 다해 점퍼를 잡아당기며 소리쳤다. 봉수는 두 손으로 움켜쥔 옷을 부들거리는 입으로도 물었다. 어느덧 김매옥 씨도 달려와 점퍼를 함께 당기고 있었다.

"봉수야, 엄마다. 엄마 소리 들리지? 정신 놓지 마라."

봉수는 온몸을 떨며 고개만 끄덕였다. 눈은 이미 감긴 상태였다.

"봉수야, 아버지 소리 들리지? 봉수야, 눈 떠라. 눈 뜨라고."

"예…… 예……."

봉수는 지친 나머지 손을 놓고 말았다. 봉수 몸이 물 속으로 잠기려는 찰나 은장도 씨와 김매옥 씨가 손을 뻗었다. 봉수는 물귀신처럼 젖어서 얼음 위로 올라왔다. 은장도 씨가 자꾸만 눈을 감으려는 봉수 얼굴을 소리나게 쳤다.

"봉수야, 일어나라. 이러다 우리 모두 죽는다. 봉수야, 어서 눈 떠."

김매옥 씨가 젖은 봉수 몸을 품에 안고 정신없이 비볐다.

"봉수야? 봉수야?"

은장도 씨가 얼얼할 정도로 볼을 내리쳤다. 봉수는 가까스로 정신을 차리고 비틀거리며 일어났다.

"아버지 등에 업혀라. 어서 강을 건너야 돼."

은장도 씨는 봉수를 업고 얼음 위를 건넜다. 강 건너편에 이르자 봉수는 겨우 숨을 내쉴 수 있게 되었다. 가족들이 달려들어 봉수 몸을 주물렀다. 김매옥 씨가 점퍼를 벗어서 봉수에게 입혔다.

"봉수야, 움직일 수 있겠니? 여긴 너무 위험해. 어서 피해야 한다."

"걸어…… 볼게요."

"오냐. 조금만 참고 움직여 보자꾸나."

은장도 씨는 은효만 씨를 업고 길을 재촉했다. 김매옥 씨가 비틀거리는 봉수를 부축했다. 봉수는 여러 번 무릎을 찍으며 고꾸라졌다 일어났다. 코에서 입에서 그리고 귀에서 김이 새어 나왔다. 팔다리가 돌덩이처럼 무거웠다.

"봉수 엄마, 따라오고 있소? 그대로 멈춰 서서는 안 돼요. 봉화야, 오빠 정신 나게 머리카락 좀 잡아당겨라. 여기서 꾸물대다간 중국 공안한테 붙잡혀."

은효만 씨가 거친 기침소리를 냈다. 수건으로 입을 가려도 참을 수 없는 모양이었다. 은장도 씨는 맘이 급해서 자꾸 헛발질을 했다.

"아버님, 추우시죠? 조금만 참으십시오. 여기서 조금만 벗어나면 불을 지펴 드리겠습니다."

봉수네 가족은 허수아비처럼 바람에 흔들리며 어둠 속을 걸었다. 봉수네 가족이 힘겹게 모래밭을 건너고 난 뒤 그 자리로 홀연히 나타나는 그림자가 있었다. 군화를 신은 그 그림자는 모래밭에서 한동안 어물대다가 봉수네 가족 뒤를 따라 움직였다.

봉수네 가족은 강 언덕 너머 농토로 들어섰다. 모두들 발을 질질 끌다시피 하고 있었다. 두만강을 건너온 바람이 너른 들판으로 몰려왔다. 서리가 유리조각처럼 내린 밭두렁으로 내려서자 김매옥 씨가 허물어지듯 쓰러졌다.

"아버지, 엄마가 쓰러지셨습니다."

"봉수야, 잠깐만…… 봉수 아버지, 잠깐만 쉬었다 갑시다."

김매옥 씨가 몸을 떨며 말했다.

"봉수 엄마, 일어나요. 그러다간 얼어 죽어요."

앞서 걷던 은장도 씨가 허둥지둥 돌아왔다.

"잠깐만, 잠깐만요."

김매옥 씨는 밤하늘을 올려다보며 눈을 뜨려고 애썼다. 그러다 휘황하게 빛나는 별들을 보았다.

"별은 왜 저리 밝대요?"

김매옥 씨는 울컥 서러운 감정이 솟구쳐서 울먹였다.

"우린 물귀신처럼 젖어서 이렇게 힘든데 저 별은 아무 일도 없는 것처럼 밝네요."

"엄마."

봉화가 김매옥 씨 가슴에 얼굴을 묻었다. 은장도 씨는 은효만 씨를 업은 채 우두커니 별을 바라보았다.

"아무래도…… 내가 못할 짓을 한 것 같소. 굶어 죽더라도 고향을 떠나는 게 아니었는데. 다 내 잘못이오."

그 소리에 김매옥 씨가 벌떡 몸을 일으켰다.

"아닙니다. 당신을 탓하는 게 아닙니다. 난 그저 별빛이 너무 밝아서 그게 서운하다는 말이었습니다. 이제 와 떠나온 고향을 돌아보면 무슨 소용 있습니까? 어서 갑시다, 봉수 아버지."

김매옥 씨가 봉수와 봉화 손을 잡고 걸음을 옮겼다. 은효만 씨는 잠이 들었는지 기척이 없었다.

"여기만 건너면 웬만큼 마음을 놓아도 될 거요. 그 때 불을 지피고 몸 좀 녹입시다."

은장도 씨가 앞장선 채 어둠 속을 걸었다. 농지는 광활했다. 가다 쉬고 가다 쉬고 하는 일이 반복되었다. 봉수는 봉화 손을 잡고 걷다 서리에 미끄러져 밭두렁 사이로 고꾸라졌다. 돌부리에 턱을 부딪치고 말았다. 봉수는 비명이 터지는 것을 눌러 참았다. 입 안에서 물컹한 것이 흘렀다. 입술이 터진 모양이었다.

봉수는 물컹하게 고인 것을 뱉어 내다 문득 뒤에서 인기척을

느꼈다. 봉수가 돌아보자 어둠 저편에서 무언가 땅으로 납작하게 엎드리는 것이 있었다. 봉수는 눈을 가늘게 뜨고 그것을 한동안 주시했다. 더 이상 움직임이 없었다. 봉수는 아무래도 그것이 수상해서 겁이 더럭 났다. 슬그머니 주먹만 한 돌을 주워 들었다.

"봉수야, 뒤처지면 안 돼. 어서 움직여."

은장도 씨가 부르는 소리에 봉수는 머뭇거리다 돌아섰다. 너른 농토 너머에 숲이 보였다. 봉수네 가족은 그 숲을 향해 움직였다. 바람에 숲이 쓸리며 웅성거리는 소리가 들렸다. 작은 실개천을 하나 더 건너 산기슭으로 올라섰다. 밭두렁에 납작 엎드러 있던 그림자도 잽싸게 일어나서 봉수네 가족을 따라 숲으로 들어갔다.

봉수네 가족은 방향도 없이 숲을 걸었다. 나뭇가지에 눈이 찔리고 등이 긁혔다. 별빛도 들지 않는 숲을 유령처럼 떠돌았다. 은효만 씨가 깨어나 은장도 씨 등에서 숨넘어갈 듯 기침을 쏟았다. 그러더니 이내 머리를 떨어뜨리며 의식을 잃었다. 은장도 씨가 소스라치게 놀라 소나무 아래다 은효만 씨를 내려놓았다.

"아버님, 눈 좀 떠 보십시오 아버님!"

은장도 씨가 은효만 씨를 흔들었다. 은효만 씨는 신음소리만 냈다.

"봉수 엄마, 가랑잎이라도 긁어 보구려."

김매옥 씨가 손에 닿는 대로 가랑잎을 쓸었다. 봉수와 봉화도 가랑잎을 모았다.

"아버님, 제발요. 이대로 정신을 놓으시면 안 됩니다."

은장도 씨는 가랑잎으로 은효만 씨 다리를 덮었다.

"아버님, 제 말이 들리시죠? 곧 날이 밝을 겁니다. 그럼 어디라도 들어가서 몸을 녹일 수 있을 겁니다."

그 소리에 은효만 씨가 눈을 떴다. 김매옥 씨가 은효만 씨의 팔다리를 주물렀다. 은장도 씨는 은효만 씨를 끌어안고 손바닥에 열이 나도록 등을 비볐다. 은장도 씨는 주위를 살폈다. 인가도 보이지 않는 숲이었다. 두만강에서도 꽤 멀리 떨어져 있었다. 그 정도 거리면 불을 지펴도 될 것 같았다. 은장도 씨는 마른 나뭇가지와 가랑잎을 모아 놓고 주머니에서 비닐에 싼 라이터를 꺼냈다.

"곧 따뜻해질 거야."

은장도 씨가 불을 붙였다. 하지만 바람에 날려 불이 잘 살지 않았다. 불을 본 봉수와 봉화가 반갑게 달려와 눈이 매운 줄도 모르고 입으로 바람을 불었다. 곧 나뭇가지에 불이 붙었다. 봉수네 가족은 어깨를 맞대고 불가에 마주앉았다. 그 때였다. 누군가 어둠 속에서 나타나 버럭 소리를 질렀다.

"무슨 짓이오?"

군화를 신은 남자였다. 그는 군화발로 불을 마구 밟아 껐다. 흙도 퍼서 뿌렸다. 불길은 곧 검은 재로 변했다. 봉수네 가족은 순식간에 일어난 일이라 모두들 입을 벌린 채 그 남자만 바라보았다. 덥수룩한 앞머리가 바람에 날리자 그의 애꾸눈이 별빛에 드러났다. 봉화가 놀라 김매옥 씨 품으로 안기자 애꾸눈이 섬뜩한 웃음을 지었다.

5. 애꾸눈 남자

"국경에서 함부로 불을 지피다니. 중국 군인들한테 발각되고 싶소?"

처음에 봉수네 가족은 중국 국경수비대에 걸렸구나 싶었다. 그러나 애꾸눈이 하는 말은 중국어가 아니었다. 그 자가 어떤 자인지 알 수 없었기 때문에 봉수네 가족은 조그맣게 숨소리만 냈다. 애꾸눈이 다시 느물느물 말했다.

"그렇게 되면 억울하잖소? 어떻게 건너온 두만강인데."

애꾸눈이 봉수네 가족 가까이 앉았다. 겁에 질린 봉수와 봉화를 보고는 히죽 웃었다.

"아까 물에 빠졌을 때만 해도 곧 죽겠구나 싶더니만 잘도 버티는구나."

은장도 씨가 가까스로 놀란 가슴을 누르며 입을 열었다.

"당신은 누구요?"

"지금 그게 중요하오? 당신들이 죽느냐 사느냐 하는 문제가 급하지. 이대로 가다간 모두 얼어 죽을 거요. 물론 내게 매달린다면 길은 있소. 국경수비대한테 붙잡혀 가지도 않고 얼어 죽지도 않을 길 말이오."

은장도 씨가 타는 입술로 물었다.

"어디 당신의 말을 들어 봅시다."

애꾸눈은 가래 끓는 소리로 웃었다.

"세상에 공짜가 어디 있나. 모든 것이 돈으로 돌고 도는 세상인데."

"우린 가진 돈이 없소."

"그럼 못 듣지. 나도 내 목숨 걸고 두만강을 돌아다니는 사람인데."

"도대체 당신은 누구요?"

"조선족이오. 당신들처럼 두만강을 건너오는 사람들을 도와주지. 은신처도 내 주고 다른 도시로 이동도 시켜 주고."

"그것을 어떻게 믿소?"

"내가 중국인이었다면 당장 국경수비대에 당신들을 신고했겠지. 탈북자들을 신고하면 포상금이 나오거든."

은장도 씨가 김매옥 씨를 돌아보며 어떻게 하면 좋을지 눈으로 물었다. 김매옥 씨가 고개를 저었다. 아무래도 믿을 수 없다는 표정이었다. 그러자 애꾸눈이 벌떡 일어나 발을 돌렸다.

"그럼 할 수 없지. 잘들 가쇼."

은장도 씨가 마음을 바꿔 애꾸눈을 불러 세웠다.

"돈을 내리다."

애꾸눈이 기다렸다는 듯 웃으며 돌아섰다. 그러며 손가락으로 머리를 톡톡 쳤다.

"여기가 잘 돌아가는 분이군."

"얼마면 되오?"

"두만강 지역에 있는 작은 집 은신처 임차료는 보통 오십 위안이요. 그리고 은신처로 안내하는 비용도 따로 내야 하지. 일인당 이천 위안씩 다섯 명이니까 만 위안을 내시오."

"너무 큰 돈이오."

"목숨을 구하는 데는 작은 돈이지."

"……내리다."

"우선 돈을 내시오."

"안 되오. 당신이 어떻게 맘을 바꿀지 알 수 없지 않소?"

애꾸눈은 피식 웃었다.

"그야 당신네도 마찬가지지. 힘들여 피신시켜 놨더니 그 때 가서 돈이 있네 없네 하면 골치 아프지. 그럼 서로 공평하게 합시다. 돈을 가지고 있나 없나 그것만 보여 주소."

은장도 씨는 잠깐 망설이다 품에서 지폐를 꺼냈다. 애꾸눈 눈이 번득였다.

"됐소. 당신이 돈 떼먹을 일은 없겠군. 우선 은신처로 옮깁시다."

"거리가 얼마나 되오?"

"저 산마루만 넘으면 바로요. 갑시다."

애꾸눈이 성큼성큼 숲을 가로질러 나갔다. 김매옥 씨가 은장도 씨 귀에 대고 속삭였다.

"믿어도 되겠습니까?"

"돈을 바라고 접근한 자요. 돈만 주면 별 탈 없을 거요. 믿어 봅시다. 지금은 별 다른 수가 없어요."

봉수네 가족은 불안하고도 기대 섞인 마음으로 애꾸눈 뒤를 따랐다. 날이 밝고 있었다. 애꾸눈은 중국인들 눈에 띄지 않도록 나무 그늘만을 골라 산을 탔다. 새벽밥을 짓기 위해 삭정이를 주우러 올라온 중국인들이 보일 때면 재빨리 몸을 숨겼다.

"목 좀 축이고 갑시다."

가파른 산을 넘으며 갈증이 날 때마다 봉수네 가족은 나뭇잎에 맺힌 이슬을 핥았다. 그래도 갈증은 가시지 않았다. 계곡이 보이자 애꾸눈이 군화에다 물을 담아 왔다. 봉수네 가족은 더럽다는 생각을 할 겨를도 없이 군화에 담긴 물을 나누어 마셨다.

"아저씨는 눈이 왜 그래요?"

봉화가 목을 축이고 나자 기분이 좋아져 애꾸눈에게 물었다. 밝은 곳에서 보니 남자의 애꾸눈은 훨씬 보기 흉했다. 그의 왼쪽 눈은 안구가 없이 함몰돼 있었다. 애꾸눈은 피식 웃음을 흘렸다.

"너만 할 때 황소 뿔에 받혔단다. 재수도 참 없지."

"황소가 그냥 받았어요? 막 달려와서요?"

"내가 받힐 짓을 했어. 그 놈이 한참 맛있게 풀을 뜯는데 나뭇가지로 자꾸 콧구멍을 후볐거든. 코피가 터지도록 후비는데 어느 놈이 참겠어. 내가 그 놈이었어도 눈두겁(눈두덩)을 이렇게 해 놨을 거야."

그러면서 애꾸눈은 배를 잡고 갈갈거렸다. 봉수네 가족도 어이가 없어 웃고 말았다. 갈증이 가시자 산을 타고 내려가는 길이 훨씬 수월했다. 해가 머리 꼭대기에 걸렸을 때 기와집 대여섯 채가 허물어질 듯 서 있는 곳으로 들어섰다. 깨지거나 부수어진 벽돌들이 모래바람을 맞으며 널려 있었다. 애꾸눈은 그 가운데 한 곳으로 봉수네 가족을 데리고 들어갔다.

"이곳은 벽돌을 찍어 내던 공장이오. 작년에 전염병이 돌아서 사람들이 죽어 나갔지. 그 뒤로 흉가가 되었소."

부엌 살림살이들이 어지럽게 굴러다니고 있었다. 냄비며 솥이 바닥에 구르고 이 빠진 사발들도 이리저리 엎어져 있었다.

"중국인들이 사는 마을은 여기서 십 킬로미터쯤 더 들어가야 있소. 우선 여기서 쉬다 떠나시오."

은장도 씨가 걱정스러운 표정으로 애꾸눈을 돌아보았다.

"전염병이 돌았던 곳이라 꺼림칙하오."

"찬밥 더운밥 가릴 처지가 아니잖소. 내가 데려온 다른 탈북자들도 여기서 머물다 다른 도시로 이동했소."

"혹시 우리를 옌지(연길(延吉), 연변 조선족 자치주의 정부 소재지)까지 이동시켜 줄 수 있소?"

"돈만 내쇼."

"물론이오."

"당장은 움직이기 힘들어요. 다섯 명이나 되니 차를 구해 움직여야 하는데 쉬운 일은 아니오. 중국 공안(경찰) 눈을 피해서 차를 구하려면 시간이 걸리오. 돈도 삼천 위안 더 들고."

"돈은 내리다."

"분명히 합시다. 이번에도 한 사람 당 삼천 위안씩이오."

은장도 씨가 놀라서 말을 잃자 애꾸눈이 배짱을 부렸다.

"탈북자를 숨겨 줬다 들키면 벌금이 얼만지 아쇼? 미국 달러로 120달러요. 중국인 노동자 한 달 월급보다 많은 액수란 말이오. 벌금만 물면 다행이게? 나도 어디로 끌려갈지 알 수 없소. 그러니 그만한 돈은 받아야지. 게다가 내가 당신들을 중국 공안에 신고하면 상금도 주지. 하지만 같은 동포끼리 그럴 수 있나. 당신들이 정 돈을 못 내겠다면 여기서부터는 알아서들 가쇼. 난 손 털겠소이다."

은장도 씨는 애꾸눈 말을 따르기로 했다.

"옌지까지 보내 주시오. 대신 돈은 그 때 주겠소."

"좋소. 옌지까지 가는 차편을 구해 보리다. 우선 오늘 돈부터 계산하쇼."

은장도 씨는 은신처 임차료와 안내비를 애꾸눈한테 건넸다. 애꾸눈은 지폐에 코를 대고는 숨을 들이켰다.

"아무리 맡아도 최고로 기분 좋은 냄새야."

애꾸눈은 구석에 세워진 사다리를 가리켰다.

"숨어 지낼 곳은 저 위요."

애꾸눈이 사다리를 들고 머리맡을 툭 쳐서 올렸다. 막혀 있던 천정이 위로 올라가며 네모반듯한 공간이 생겼다. 애꾸눈이 사다리를 대 주며 말했다.

"올라가서 사다리를 걷어 올리시오. 난 나가서 먹을 것을 구해 오리다. 내가 부를 때까지는 어떤 기척도 내지 말고. 참, 현관문은 내가 밖에서 잠그고 갈 거요. 더러 부랑자들이 기웃거리기도 하니까."

애꾸눈은 뒤도 안 돌아보고 밖으로 나갔다. 밖에서 문이 잠
기는 소리를 들으며 김매옥 씨가 은장도 씨를 바라보았다.

"봉수 아버지, 저 사람이 신고하러 가는 것은 아니겠지요?"

"내 수중에 있는 돈을 보았잖소. 돈을 받기 위해서라도 신고
하지는 않을 거요. 올라갑시다."

은장도 씨는 봉화를 먼저 뒤에서 받쳐 주며 사다리를 올라가
게 했다. 그런 다음 봉수를 올려 보내고 김매옥 씨도 올려 보냈
다. 맨 마지막에 은효만 씨를 등에 업고 사다리를 올라갔다.

"애비야, 여기가 어디냐?"

은효만 씨가 겨우 정신을 차리고 물었다.

"아버님, 우리가 숨어 지낼 은신처입니다. 이제 찬바람은 피
할 수 있게 됐습니다."

이층 다락에는 나무판자로 얼기설기 막아 놓은 창이 하나 있
었다. 그 나무판자들 사이로 가느다란 햇살이 밀려 들어왔다.
때가 얼룩덜룩 낀 이부자리 두어 채가 아무렇게나 말려 있고,
나무로 깎은 수저와 밥공기, 플라스틱 물통도 하나 있었다. 봉
화가 발로 바닥을 치자 먼지가 구름처럼 일어났다. 구석마다 쥐
똥도 쌓여 있었다.

"아버님을 이리 눕히세요."

김매옥 씨가 펼쳐 놓은 이부자리 위로 은효만 씨가 누웠다.

"아버님, 추우셨죠?"

김매옥 씨는 은효만 씨 위로 이불을 겹겹이 덮어 주며 꾹꾹 눌러 주고는 봉수와 봉화 위로도 이불을 덮어 주었다.

"얼마나 추웠니."

"엄마, 졸려. 자도 돼?"

"봉화야, 할아버지 곁으로 와."

은효만 씨가 이불을 들추자 봉화가 냉큼 기어들어가 누웠다.

"봉수 아버지, 그런데 옌지엔 왜 갑니까? 북경으로 간다고 하지 않았습니까?"

"미처 말하지 못했구려. 먼저 옌지로 가서 우 씨라는 사람을 만나야 해요. 그가 우릴 북경까지 데려다 주기로 약속돼 있소."

"누군데요?"

"석탄 밀매를 같이 하던 김관철 기관사의 먼 친척이라고 들었소."

"그럼 조선족이겠군요?"

"그렇소. 자세한 것은 나중에 다시 얘기하기로 하고 잠깐 눈 좀 붙여요. 내가 여길 지키고 있을 테니까."

은장도 씨가 창가에 앉아서 나무판자 사이로 밖을 감시했다. 꽤 오랜 시간이 흘렀다. 애꾸눈이 돌아왔을 때는 은장도 씨도 창가에 기대 앉아 꾸벅꾸벅 졸고 있었다.

"이봐요, 사다리 내려요. 사다리 내리라고."

아래층에서 쉰 목소리로 애꾸눈이 부르고 있었다. 은장도 씨가 번쩍 눈을 떴다. 아래층으로 통하는 문을 살짝 열고 내려다보았다. 애꾸눈이 씩 웃어 보였다. 은장도 씨가 사다리를 내려 주었다. 애꾸눈이 어깨에 자루를 메고 올라왔다. 자루 안에서 나온 것은 달걀이었다.

"찐 거 한 판이랑 날 거 한 판이오. 차를 구하러 큰 도시로 나갔다 돌아오려면 이틀은 걸릴 거요. 그동안 이것으로 요기나 해요."

은효만 씨가 누운 채 말했다.

"도와 줘서 고맙소."

"거저 돕는 것은 아니니 그런 인사는 생략합시다."

애꾸눈은 사다리를 타고 아래층으로 내려갔다. 이어 덜걱덜걱 자물쇠 채워지는 소리가 들렸다. 은장도 씨는 사다리를 끌어올리고 군화 소리가 멀어지길 기다렸다.

"아버지, 배고파요."

봉화가 침을 삼키며 달걀을 집었다.

"오냐, 어서 먹자."

봉수가 찐 달걀을 까서 은효만 씨에게 건넸다. 은효만 씨가 고개를 저었다.

"날 거나 하나 다오. 쭉 마시게."

김매옥 씨가 날달걀에 손톱으로 구멍을 내서 은효만 씨 입에 대 주었다. 은효만 씨는 달걀 껍데기가 움푹 내려앉도록 맛나게 들이켰다. 봉수와 봉화는 찐 달걀을 허겁지겁 삼키다 목이 막혔다. 봉수가 주먹으로 가슴을 치자 은장도 씨가 날달걀에 구멍을 내서 주었다.

"천천히, 천천히. 자, 이것으로 목을 축이며 먹어라."

"어유, 닭알로 막힌 목을 닭알로 푸네요."

"물이 없으니 어쩔 수 없구나."

봉화도 날달걀을 받아들고 빨다가 까르르 웃었다.

"아버지, 내 입에서 삐악삐악 소리가 날 것 같아요."

"왜?"

"자꾸자꾸 닭알만 먹으니까요."

"녀석, 이제 좀 살 것 같은가 보구나. 장난도 치게."

"어어? 삐, 삐? 삐악삐악, 삐악삐악."

봉화가 삐악대며 귀여운 짓을 하자 모두를 웃음을 터뜨렸다.

"아버지, 내일 애꾸눈 아저씨가 돌아와서 나 찾으면 병아리가 됐다고 해요. 여기 할아버지 이불 밑에 숨어 있을게요."

하지만 애꾸눈이 돌아온 것은 그 날 저녁 무렵이었다. 갑자기 밖에서 요란하게 달려와 멈추는 자동차 소리가 났다. 잠깐 눈을 붙이던 봉수네 가족은 그 소리에 놀라서 벌떡 일어나 앉았다. 이윽고 아래층 현관문이 열리는 소리가 우당탕 나더니 애꾸눈이 외치는 소리가 들렸다.

"이거 약속하고 다르잖아? 이러면 다음부터 당신들과 거래 안 해."

은장도 씨와 봉수가 아래층으로 향하는 문을 살짝 들었다. 가죽점퍼를 입은 남자들이 애꾸눈을 둘러싸고 서 있었다. 남자들이 하는 말도 중국어가 아니었다. 눈이 세모꼴로 쭉 찢어진 자가 낮은 소리로 말했다.

"탈북자들이나 내 놔. 어디 있어?"

그 소리에 봉수네 가족은 가슴이 철렁 내려앉았다.

"그럼 내 돈부터 내 놔."

가죽장갑을 낀 자들이 주먹을 쥐며 애꾸눈에게 다가왔다.

"젠장, 다섯이나 그냥 넘기라는 거야? 애들 값이라도 쳐 달라고. 세상에 이런 법이 어디 있어? 그래도 지난번엔 탈북자 하나당 사십 위안은 쳐 줬잖아? 이럴 줄 알았으면 애초부터 반달파 놈들하고 손을 잡았을 거야."

가죽주먹이 번개같이 날아와 애꾸눈 눈두덩을 쳤다. 애꾸눈이 비명을 지르며 뒤로 물러났다.

"왜 하필 애꾸눈을 치는 거야. 아이, 더 가라앉겠네."

다시 날아오는 가죽주먹을 피해 애꾸눈이 소리쳤다.

"위에 있다고. 저 위에."

은장도 씨와 봉수는 일이 심상치 않게 돌아가고 있다는 사실을 깨달았다. 봉수가 창가로 가서 밖을 살폈다. 검은 차 두 대에도 남자 두 명이 나와 있었다. 애꾸눈이 아래층에서 소리쳤다.

"이봐요, 사다리 내려요. 사다리 내리라고."

은장도 씨가 아래층으로 통하는 문을 엉덩이로 누르고 앉았다.

"내가 돌아왔단 말이오. 여봐요, 사다리. 사다리 내리라고."

봉수까지 달려와서 은장도 씨 옆에 앉았다. 은효만 씨가 놀라서 기침을 쏟았다. 김매옥 씨가 은효만 씨 등을 두드려 주었다. 봉수네 가족이 사다리를 내리지 않고 버티자 바로 애꾸눈의 비명이 터졌다.

"아이고, 나 죽네. 사람 살려……."

봉수가 은장도 씨를 떨리는 눈으로 바라보았다. 은장도 씨가 고개를 저었다.

"악! 악! 아이고, 사람 죽네. 제발 사다리 좀 내려요. 이 자들이 날 죽여도 좋소?"

애꾸눈의 비명은 이십여 분이 지나도 그치지 않았다. 결국 은장도 씨가 더 버티지 못하고 사다리를 내렸다. 은장도 씨가 위에서 머리만 내밀고 물었다.

"그 자들은 누구요?"

애꾸눈은 선뜻 대답하지 못하고 어물거렸다.

"그러니까 저기…… 아무래도 옌지까지 가는 건 이 분들이랑 가야겠소. 원래 이 분들 사업인데 내가 끼어들었다 이 꼴 난 거요. 그러니 어서 가족들을 데리고 내려와요. 바로 옌지로 출발한다니."

은장도 씨가 결정을 못 내리자 애꾸눈이 남자들에게 말했다.

"당신들이 무식하게 날 때리니까 저 사람들이 겁먹고 안 내려오잖아. 잠깐 기다리라고. 잘 얘기해서 데리고 내려올 테니까."

애꾸눈이 사다리를 타고 올라왔다. 은장도 씨가 냉큼 사다리를 위로 집어 올렸다. 애꾸눈은 목소리를 낮춰서 말했다.

"당신 가족을 태워 갈 차를 대 준다기에 돈까지 치렀는데 저 자들이 배반했소. 자기네가 직접 당신 가족을 데려갈 모양이오."

"우릴 중국 공안한테 끌고 간단 소리요?"

은장도 씨의 목소리가 커졌다.

"그건 아니오. 아마도 벽돌 공장 인부로 쓸 모양이오. 이 일대에 벽돌 공장이 많거든."

"뭐요?"

"약속하리다. 내가 반드시 다른 차를 구해서 당신들을 빼내겠소. 대신 엔지까지 가는 돈을 두 배로 올려 주시오."

은장도 씨는 섣불리 대답하지 않았다. 봉수가 화가 나서 말했다.

"방금 전에 아저씨가 저 자들한테 하는 소리를 들었습니다. 우릴 넘길 생각이었어요. 맞죠? 애들 값이라도 쳐 달라고 했잖아요."

"그야…… 저 놈들이 내가 차량을 구해 달라고 준 돈까지 떼먹으려니까 그랬지."

애꾸눈은 봉수 말에 더 대꾸하지 않고 은장도 씨에게 말했다.

"중요한 건 이거요. 당신이 가진 돈을 절대로 저 자들에게 빼앗겨서는 안 된다는 것이지. 내가 당신 가족을 끝까지 돕겠다고 하는 것도 그 돈 때문이니까. 어떻게든 잘 숨겨요. 만약에 나중에 돈이 없다고 하면 난 손을 털 거요. 거기서 며칠, 아니 딱 사흘만 버티고 있으면 내가 빼내 드리리다. 자, 내려갑시다. 안 그러면 내가 죽어요. 그건 당신 가족한테도 좋은 일이 아니지."

별 수 없이 봉수네 가족은 아래층으로 내려와야 했다. 남자들은 봉수네 가족을 차에 태웠다. 애꾸눈이 비굴하게 웃으며 세모꼴 눈에게 빌었다.

"다섯이나 넘겼는데 내 돈은 주고 가쇼. 나도 목에 풀칠은 해야지."

세모꼴 눈이 지갑에서 지폐를 꺼내 땅에 던졌다.

"반갑다, 내 돈아!"

애꾸눈이 돈을 주워 코에 대고 신나게 웃었다. 그러는 사이 봉수네 가족을 태운 차가 움직였다.

"잘들 가쇼. 또 볼 날이 있겠지."

애꾸눈이 봉수네 가족을 향해 한쪽 눈을 감아 보였다.

6. 연길행 단고기 차

　가죽점퍼를 입은 남자들이 봉수네 가족을 데려간 곳은 야산 기슭에 지어진 벽돌 공장이었다. 애꾸눈과 숨어 있던 곳보다 배로 큰 공장이었다. 불빛이 매달린 곳마다 인부들이 모여서 일을 하고 있었다. 세모꼴 눈이 봉수네 가족을 허름한 방으로 밀어 넣으며 말했다.

　"오늘은 푹 자 두라고. 내일부터 바쁜 날이 될 테니. 그리고 미리 말해 두는데 딴 맘 먹고 내뺄 궁리했다간 뼈도 못 추릴 줄 알아. 일하는 시간은 아침 다섯 시 반부터 밤 열두 시. 중국 공안에 넘기지 않는 것만으로도 감사히 여기라고. 게다가 먹여 주고 재워 주기까지 하니까."

　세모꼴 눈이 나가고 이어 밖에서 자물쇠 채우는 소리가 났다. 김매옥 씨가 봉화를 끌어안았다.

"이게 어찌 된 일입니까, 봉수 아버지?"

"애꾸눈 남자가 우릴 구하러 오겠다고 했으니 며칠만 참아 봅시다."

"그 자를 어떻게 믿는단 말입니까?"

"반드시 올 거요. 내 돈이 저 자들한테 넘어가는 걸 원하지 않으니까."

봉수가 은효만 씨를 보며 걱정스럽게 말했다.

"아버지, 할아버지랑 봉화는 일을 시키지 않겠지요?"

"그럴 게다. 제 놈들도 사람인데 설마하니 이렇게 연로하신 어른과 어린아이를 막 대하겠니."

하지만 그들은 봉수네 가족이 생각한 것처럼 양심 있는 자들이 아니었다. 바로 다음 날 새벽부터 봉수네 가족은 벽돌 만드는 일에 끌려 나갔는데 은효만 씨와 봉화도 예외는 아니었다. 은장도 씨와 봉수는 오전에는 벽돌 원료가 되는 점토를 부수는 일을 했다. 오후에는 수천 장씩 되는 벽돌을 차곡차곡 쌓는 일을 했다. 며칠에 한 번씩 트럭이 올 때는 새벽까지 벽돌을 져다 실어야 했다.

겨우 몸을 지탱하고 있는 은효만 씨와 김매옥 씨, 그리고 봉화는 벽돌을 찍어 내는 틀에 흙을 채우는 일을 온종일 했다. 흙에서 먼지가 날릴 때마다 은효만 씨가 해수 기침을 쏟았다. 이

틀도 되지 않아서 은효만 씨는 자리에 눕고 말았다. 그러자 그 날 저녁 음식이 끊겼다. 어쩔 수 없이 은효만 씨는 이를 악물고 벽돌 공장에 나가야 했다.

봉화 손등이 찬바람에 갈라져서 핏물이 보였다. 양쪽 볼도 새빨갛게 얼어서 실핏줄이 터졌다. 김매옥 씨가 더운 입김을 불어 주며 눈물을 훔쳤다. 봉화는 가죽점퍼를 입은 남자들이 무서워서 칭얼대지도 않았다. 은장도 씨가 물에다 개어 준 황토를 봉수가 밤마다 봉화의 터진 손등과 얼굴에 발라 주었다.

"봉화야, 조금만 참아. 애꾸눈 아저씨가 구하러 온댔어. 너도 들어서 알지?"

"응. 그런데 오빠, 얼마나 더 기다려야 돼? 벌써 다섯 밤이나 지났잖아. 아저씨는 딱 세 밤만 자고 온다고 했잖아."

"두 밤쯤 더 지나면 오지 않을까?"

이틀이 지나고 보름이 넘어갔지만 애꾸눈은 나타나지 않았다. 봉수네 가족은 점점 희망을 잃었다. 벽돌 공장에는 봉수네 가족 말고도 탈북자들이 많이 갇혀 있었다. 그들은 눈을 마주쳐도 바로 고개를 돌려버리고 인사를 건네도 웃지 않았다. 그저 날이 새면 벽돌을 만들다 새벽이 되면 새우잠을 자러 들어갔다.

"안녕들 하쇼? 거 벽돌 한번 무지하게 찍어 내네. 이 벽돌들이 다 돈이 되는 거 아뇨?"

봉수네 가족이 벽돌 공장으로 끌려온 지 이십 일째 되는 날 오후였다. 봉수와 은장도 씨가 벽돌 쌓는 일을 하고 있는데 귀에 익은 소리가 떠들썩하니 들렸다. 뒤를 돌아보던 봉수가 놀라서 은장도 씨를 불렀다.

"아버지, 그 남자입니다."

애꾸눈이었다. 애꾸눈은 건들거리며 주위를 살피다 봉수를 보고는 한쪽 눈을 찡긋해 보였다.

"우릴 구하러 왔나 봐요, 아버지."

"쉿, 목소리를 낮춰라."

애꾸눈은 호들갑을 떨며 자기가 몰고 온 트럭을 소리나게 쳤다.

"여보게들, 이리 좀 와 보라고. 내가 뭘 구해 왔나 보라고."

트럭 뒷문에 개 그림이 그려져 있었다. 그리고 붉은 글씨로 '단고기'라고 쓰여 있었다. 가죽점퍼를 입은 자들이 헤벌쭉 입이 벌어져서 다가갔다.

"웬 단고기(개고기)야?"

"내가 자네들 생각해서 구해 왔지."

"잘 됐군. 지난 여름에 단고기국(보신탕) 한 그릇 못 먹고 지나갔는데."

세모꼴 눈이 나타나자 애꾸눈이 굽실거렸다.

"그래도 자네만 한 사람도 없더라고. 반달파 놈들은 날 파리처럼 여겨. 나쁜 놈들. 어제도 두만강에서 둘을 잡아서 그 놈들한테 넘겼는데 한 푼도 안 떼어 줘. 어이, 치사한 인간들."

"흐흐, 그러니까 내 말만 들으라고."

가죽점퍼를 입은 자들은 밤늦게까지 먹고 마시느라 흥청댔다. 그리고 다른 날보다 삼십 분이나 빨리 일꾼들을 방에 가두고 곯아떨어졌다. 애꾸눈이 새벽녘 봉수네 가족이 자고 있는 방문을 소리 없이 열고 들어왔다. 기쁘고도 놀라워서 은효만 씨가 애꾸눈 손을 덥석 잡았다. 애꾸눈이 손을 빼며 속삭였다.

"어서 달아납시다."

애꾸눈은 봉수네 가족을 벽돌 공장 뒤편으로 데리고 갔다. 그리고 그 곳에 세워 둔 트럭 문을 열고 봉수네 가족을 태웠다.

"내일 아침까진 햇빛 구경을 못할 거요."

그러며 뚜껑이 달린 플라스틱 통을 가리켰다.

"볼일도 여기다 봐야 해요."

은장도 씨가 불안한 눈으로 트럭을 훑어보았다.

"공기가 통하오?"

"천장 부분에 공기구멍을 만들어 놨소."

"이것으로 이동해도 들키지 않겠소?"

"옌지로 가는 단고기 운반차요. 조선족들이야 워낙에 단고기를 좋아하니까 중국 공안이 봐도 이 차를 의심하진 않소. 참, 트럭 안쪽에 만두를 넣어 놨소. 가마니도 몇 장 있으니 추우면 덮으시오. 저 자들이 깨기 전에 출발합시다."

애꾸눈이 트럭 뒷문을 닫았다. 봉수네 가족은 어둠 속에 갇혔다. 트럭 밖에서 자물쇠 채우는 소리가 났다. 트럭에서 불쾌한 냄새가 풍겼다. 봉수가 바닥을 더듬어 보니 추위를 피하라고 깔아 놓은 가마니 몇 장이 있었다.

"아버지, 그럼 이제 벽돌 안 만들어도 돼요?"

봉화가 어둠 속에서 은장도 씨에게 물었다.

"오냐. 이제 엔지로 가면 자유야."

이윽고 트럭이 덜컹거리며 움직였다. 봉수네 가족은 어둠 속에서 서로 어깨를 마주대고 앉았다. 트럭은 쉬지 않고 덜컹거렸다. 구불거리는 도로를 달리는 모양인지 이리저리 몸이 쏠렸다. 밤인지 아침인지도 알 수 없었다. 또 농지 사이를 달리는지 도심을 달리는지도 알 수 없었다.

봉수네 가족은 서로 끌어안고 웅크린 채 잠이 들었다. 지붕에 뚫린 구멍에서 손톱만 한 햇살이 떨어졌다. 아침 해인지 저녁 해인지는 알 수 없었다. 모두의 배에서 꼬르륵거리는 소리가 났다. 은장도 씨가 둘레를 더듬어 만두를 찾아 냈다. 만두로 배를 채우고 다시 지루한 시간을 견뎠다.

"아버님, 눈 좀 더 붙이십시오. 그동안 벽돌 공장에서 얼마나 고생 많으셨습니까?"

은장도 씨가 가마니를 은효만 씨 몸에 덮어 주었다.

"나만 했니. 그 자들한테서 벗어났다는 게 꿈만 같구나."

김매옥 씨가 단잠에 빠진 봉화를 끌어안고 고개를 끄덕였다.

"맞습니다, 아버님. 이대로 여기서 죽나 보다 하고 생각했거든요."

봉수는 은장도 씨 곁에 앉아서 자주 두 손을 썩썩 비볐다. 손이 곱기도 했지만 마음이 불안해서였다. 애꾸눈 남자를 따라 탈출은 했지만 또 어떤 일이 봉수네 가족을 기다리고 있을지 알 수 없었다.

"봉수도 걱정 말고 한잠 자라."

은장도 씨가 봉수 마음을 읽고는 말했다. 봉수는 고개를 끄덕이며 가마니를 무릎 위로 끌어당겼다. 덜커덩, 돌에 걸렸는지 트럭이 튀었다. 봉수네 가족도 덩달아 튀어올랐다. 은장도 씨는 옛날 기억을 떠올리며 웃었다.

"단고기 운반차를 타고 가니까 갑자기 옛날 생각이 나네요. 아버님 기억나세요? 소달구지 바퀴에 튀어서 날아온 돌이 영도 이마를 쳤잖아요. 영도가 다섯 살 땐가 여섯 살 때요."

"그래, 그 때 그 애가 죽는다고 난리였지."

"아버님이 얼른 소똥을 가져오라는데 그 날 따라 소똥이 눈에 띄어야 말이죠. 영도는 아파서 죽는다고 울죠. 아버님은 빨리 소똥을 가져오라고 소리치시죠. 그래서 에라 모르겠다 하고 개똥을 가져갔습니다. 막 싼 똥이라 주먹으로 조물조물 누르니까 소똥인지 개똥인지 모르겠더라고요. 그걸 바르곤 영도가 다나았다고 울음을 뚝 그치더란 말입니다. 그게 어쩌나 우습던지. 아버님도 그게 개똥이었다는 사실은 여태 모르셨죠?"

은효만 씨가 껄껄 웃음을 털었다.

"영도는 그러고도 이틀인가를 더 개똥을 붙이고 다녔어요. 개똥을 이마에다 달고 다니는 영도가 어쩌나 우습던지 뒷간에 앉아서도 웃고 남새밭을 갈면서도 웃고 밤에 자면서도 웃었습니다."

김매옥 씨와 봉수도 소리내 웃었다.

"영도는 정말 귀엽고 정이 많은 아이였습니다. 제가 문턱에 발가락을 찧고 아파하는 걸 보곤 이마에 붙였던 개똥을 뚝 떼서 붙여 주는 겁니다. 저보다 열여섯 살이나 어린 동생이었지만 그럴 땐 꼭 어른 같았다니까요. 그 애는 커서도 정이 깊었습니다. 그랬는데…… 그 착하고 인정 많은 아이가 저 때문에……."

은장도 씨는 말을 잇지 못했다. 은효만 씨가 은장도 씨 손등을 가볍게 두드렸다.

"네 잘못이 아니다. 그 애 명줄이 그것뿐이었어."

봉수도 삼촌 생각이 나서 무릎에 얼굴을 묻었다. 그러는 사이 트럭은 두 번 정도 어딘가에 정차했다 출발했다. 지붕에 뚫린 구멍에서는 더 이상 햇빛이 들어오지 않았다. 오랫동안 달리던 트럭이 멈춰 선 곳은 물소리가 들리는 곳이었다. 자물쇠 열리는 소리가 나더니 뒷문이 열렸다.

"다들 일없소?"

애꾸눈이 트럭 안을 들여다보며 봉수네 가족을 살폈다.

"삶은 밤이오. 허기진 배 좀 채우쇼."

애꾸눈이 삶은 밤 한 바구니를 들여놓았다. 트럭 밖은 어둠 속이었다.

"물소리가 들리는데 어디요?"

"작은 개천 옆에 잠시 선 거요. 언제 공안이 지나갈지 모르니 바로 출발하리다. 그럼 내일 아침 옌지에 도착해서 봅시다."

애꾸눈이 자기 할 말만 하고 트럭 문을 닫으려고 하자 은장도 씨가 말했다.

"개울물 소리가 나는 걸 보니 얼지 않았구려. 물 좀 뜨고 갑시다. 갈증이 나서 견딜 수 없소."

애꾸눈이 뜨악한 눈으로 두런거렸다.

"갈증이 날 때는 자기 오줌을 먹고 견디기도 하지 않소?"

"그게 쉬운 일이오?"

"빨리 떠 오소."

은장도 씨가 만두를 담았던 사발을 들고 트럭에서 내렸다. 온종일 구부리고 앉아 있던 다리라 펴기조차 힘들었다. 두 다리를 절뚝거리면서 개울로 내려간 은장도 씨는 벌컥벌컥 개울물을 들이켰다. 그러고는 개울물을 한 사발 떠서 트럭에 올라탔다.

"출발하리다."

애꾸눈이 더 기다리지 않고 트럭 뒷문을 닫았다.

"아버님, 물 좀 드십시오."

은효만 씨가 어둠 속에서 물을 받아 시원하게 들이켰다. 이어서 김매옥 씨와 봉수도 이가 시릴 만큼 차가운 개울물을 마셨다. 봉화는 여전히 깊은 잠에 빠져서 움직이지 않았다.

"쯧쯧, 저 어린 것이 벽돌 공장에서 얼마나 고됐겠니. 새벽같이 일어나서 깊은 밤까지 어른들이랑 똑같은 일을 했으니."

트럭이 움직이기 시작했다. 봉수네 가족은 어둠 속에서 삶은 밤을 까먹었다. 얼굴도 손도 보이지 않았다. 그저 밤을 입에 넣고 우물거리다 삼키는 소리만 들렸다. 봉수는 김매옥 씨가 까서 손에 들려 주는 밤을 들고 새우처럼 구부리고 누웠다. 트럭은 거친 길을 달렸다. 자주 바퀴가 튀어올라 봉수 머리통이 트럭

바닥에 부딪치곤 했다.

'금만아, 난 벌써 두만강을 건너서 중국 땅을 달리고 있어. 이제 아침이면 옌지래. 그럼 고향에서 완전히 멀어지는 거야. 지금이 밤이니? 새벽이니? 깜깜하기만 해서 아무것도 모르겠다. 그리고 너무 졸려. 금만아……..'

봉수는 미끄러지듯 잠 속으로 빠져들었다. 얼마쯤 눈을 붙였을까. 누군가 봉수 어깨를 흔들었다. 봉수는 풀로 붙인 것처럼 떨어지지 않는 눈을 간신히 떴다. 어느 새 날이 밝아 있었다.

"여기서 잠이 들어 있으면 어쩌니. 뱀 돌아다니는데."

금만이가 웃으며 봉수를 일으켜 세웠다.

"어, 내가 언제 여기서 잠이 들었지?"

참나무 아래 수풀로 우거진 비탈이었다.

"저쪽 바위 위로 가자."

금만이가 봉수 손을 끌고 넓적한 바위 위로 올라갔다. 학교 뒷마당이 훤히 내려다보이는 바위였다. 금만이가 소금으로 간한 주먹밥을 내밀었다. 봉수가 배를 쓸며 웃었다.

"물을 잔뜩 들이켰더니 배 안 고파."

"물로만 찰 배면 나무 뿌리를 왜 캐러 돌아다녀."

금만이가 주먹밥을 봉수 손에 쥐어 주었다.

"넌?"

"두 개 싸 왔어. 난 벌써 먹었다."

"진짜 먹었어?"

"진짜야. 아우, 오늘 무진장 덥다. 가만히 있어도 귀 속에서 땀이 흐르네."

금만이는 기지개를 늘어지게 켜고 뒤로 벌렁 드러누웠다. 봉수는 주먹밥을 한 입 먹었다. 꽁보리를 꾹꾹 눌러 놓은 주먹밥이었지만 차진 쌀밥처럼 맛있었다. 봉수가 한 입 더 먹었을 때 금만이 배에서 꼬르륵 소리가 났다. 봉수는 씩 웃으며 주먹밥을 반으로 나누었다.

"일어나. 줴기밥(주먹밥) 같이 먹어."

"먹었대도."

"네 배는 아니라는데? 빨리 일어나. 같이 먹어야 맛있어."

"싫어. 너나 먹어."

"그럼 나도 안 먹어."

봉수가 주먹밥을 금만이 배 위에 올려놓았다.

"아이, 정말."

금만이가 일어나 앉자 봉수가 주먹밥 반쪽을 내밀었다.

"먹었다니까……."

봉수와 금만이는 학교 뒷마당을 내려다보며 주먹밥을 먹었다. 용성이가 뒷마당에 있는 수돗가에서 수돗물을 벌컥벌컥 마시다 산비탈 쪽으로 고개를 돌렸다.

"야, 너희들 거기 있었구나."

용성이가 손을 흔들며 산비탈을 뛰어올라왔다. 봉수와 금만
이는 약속이라도 한 것처럼 주먹밥을 입에 넣었다. 용성이가 오
기 전에 주먹밥을 삼키려고 꾸역꾸역 애썼다. 목이 막혀서 잘
넘어가지 않자 주먹으로 가슴까지 쳤다. 눈을 동그랗게 뜨고 입
을 오물거리다 서로 눈이 마주치자 와락 웃음을 터트렸다. 보리
쌀이 입 밖으로 튀었다. 두 아이는 배를 잡고 바위 위로 쓰러져
데굴데굴 굴렀다.

"봉수야! 봉수야!"

눈물이 나도록 웃어 대는 봉수를 흔드는 사람이 있었다. 눈
을 뜨니 지붕에 난 구멍으로 햇빛이 비쳐들고 있었다.

"무슨 재미난 꿈을 꾸기에 그렇게 데굴데굴 굴러가며 웃
니?"

은장도 씨였다.

"어!"

꿈이었다. 봉수는 트럭 안을 둘러보았다. 산비탈도 바위도
주먹밥도 그리고 금만이도 보이지 않았다. 봉수는 허전한 마음
이 와락 들었다. 단고기를 실은 트럭은 옌지를 향해 계속 달리
고 있었다.

"용성이 몰래 금만이랑 주먹밥을 먹다가 재미나게 웃었는데."

"녀석도. 벌써 금만이가 보고 싶은 게로구나. 하긴 너희들 사이가 워낙 가까웠어야지. 금만이가 너한테 참 잘했는데."

"아버지, 금만이랑 다시 만날 수 있을까요?"

"그럼! 언젠가는 꼭 만나게 될 거다."

"그 애가 정말 보고 싶습니다."

"녀석도."

봉수는 울컥 눈물이 솟았다. 은장도 씨에게 그 눈물을 보이지 않으려고 운동화 끈을 새로 묶었다. 손등 위로 굵은 물방울이 뚝 흘렀다.

7. 애꾸눈의 속셈

트럭 밖에서 차들이 내는 소리가 요란하게 들렸다. 오토바이가 굉음을 내며 달려가는 소리도 나고 버스인지 짐차인지 커다란 바퀴 소리를 내며 지나가는 소리도 들렸다. 경적 소리도 시끄럽게 울렸다. 아무래도 시골에서 벗어나 도심으로 들어선 것 같았다.

"옌지에 도착한 것일까요?"

김매옥 씨가 은장도 씨를 보고 물었다.

"그런 것 같소."

봉수네 가족은 바깥에서 들리는 온갖 소리에 귀를 기울였다. 그러기를 한 시간쯤 흐른 것 같았다. 차량들이 내는 요란한 굉음들이 잦아들고 조용한 길을 달리던 트럭이 멈춰 섰다. 애꾸눈이 차에서 내리는 소리가 났다.

"아버지, 다 왔나 봐요."

애꾸눈은 바로 트럭 뒷문을 열지 않고 어딘가로 걸어갔다. 쇠문 밀리는 소리가 둔탁하게 나더니 애꾸눈의 발자국 소리가 다시 돌아왔다. 애꾸눈이 트럭에 타서는 후진을 했다. 차가 완전히 멈추고 나자 마침내 뒷문이 열렸다.

"엔지에 다 왔소. 내리쇼."

봉수네 가족은 제대로 서기조차 힘이 들어 한동안 몸을 풀다가 트럭에서 내렸다. 낮이라고는 하지만 햇빛 하나 들지 않는 마당이었다. 지붕 처마에서 담장까지 두꺼운 천으로 하늘이 막혀 있었다. 애꾸눈은 대문을 단단히 채우고 돌아왔다.

"여기는 엔지 어디쯤이오?"

"그건 말해 줄 수 없지. 나중에라도 당신들이 공안에 적발돼서 여길 말해 버리면 내 밥줄이 끊기는데."

"우린 서시장(西市場)으로 가야 하오."

"먼저 여기까지 이동시켜 준 돈부터 계산해요."

"그럽시다."

은장도 씨는 애꾸눈이 요구했던 금액을 세어서 건넸다. 애꾸눈은 받은 돈을 안주머니에 밀어 넣으며 은장도 씨가 차곡차곡 접어서 품에 쟁이는 돈을 훔쳐보았다.

"서시장까지는 일 인당 오백 위안씩만 내시오."

은장도 씨가 고개를 저었다.

"옌지까지 왔으니 이제 우리 힘으로 찾아가겠소. 아무튼 그동안 수고했소."

애꾸눈이 정색을 하고 달라붙었다.

"요즘 탈북자들이 이리로 몰리는 바람에 중국 공안들 눈이 새빨갛소. 당신들 행색으로는 이 집 대문을 나서는 순간 바로 적발될 거요. 이마에 써 있거든. '우린 탈북자요' 하고."

은장도 씨가 가족들을 돌아보았다. 먼지에 찌들고 해진 옷을 걸친 모습이 눈에 들어왔다. 신발들도 앞뒤가 뜯어지고 지저분했다. 머리도 헝클어지고 얼굴에는 땟자국이 자르르 흘렀다. 은장도 씨는 애꾸눈한테 등을 보이고 서서 남은 돈을 세었다. 은장도 씨가 고민하는 것을 보고 봉수가 낮게 속삭였다.

"아버지, 그냥 우리끼리 가요."

은장도 씨가 봉수 말에 고개를 끄덕였다.

"안 되겠소. 더는 쓸 돈이 없어요. 여기서부터는 우리가 찾아가겠소."

애꾸눈이 선심 쓰듯 말했다.

"좋소. 내가 손해 보기로 하고 그럼 4백 위안씩만 내쇼."

"미안하오."

애꾸눈 낯빛이 차갑게 변했다.

"말귀를 못 알아듣는군. 아무리 조선족들이 많이 모여 사는 데라고 해도 중국 땅은 중국 땅이오. 탈북자들끼리 돌아다니기가 그렇게 만만한 덴 줄 아쇼? 그럼 어디 맘대로 해 보쇼."

애꾸눈이 화가 난 걸음으로 마당을 가로질러 나가더니 대문을 열었다.

"서시장은 어느 쪽으로 가야 하오?"

"그렇게 자신만만한 양반이 뭘 물으쇼? 알아서 찾아 가지."

애꾸눈은 봉수네 가족 뒤에 대고 침을 뱉더니 대문을 닫았다. 봉수네 가족은 높은 담장 사이로 지붕들이 얼기설기 맞닿아 있는 골목을 걸었다.

"아버님, 아무 일도 없을 겁니다. 우선 큰길로 나가서 서시장으로 가는 길을 알아내야겠습니다."

봉수네 가족이 담장들 사이를 돌아 큰길로 나오자 빨간 택시들이 줄지어 서 있었다. 차 밖에서 이야기를 나누던 택시 기사들이 봉수네 가족을 쳐다보았다. 은장도 씨가 가족들에게 말했다.

"침착하게 행동해요."

앞머리가 희끗한 택시 기사가 물었다.

"어디까지 가십니까?"

조선족 택시 기사였다. 은장도 씨가 조심스레 물었다.

"조선족이시오?"

"그렇게 일일이 확인할 것 없어요. 옌지는 조선족들이 사는 땅이니까."

"저, 택시를 탈 건 아니고 서시장으로 가는 방향만 좀 알려주시오."

택시 기사가 잠깐 주위를 살피고는 자기 차를 가리켰다.

"타요. 데려다 줄 테니."

"아니오. 우린 그냥 걸어서⋯⋯."

"뭘 믿고 대낮에 그렇게 나다니시오? 대번에 잡혀갈 텐데?"

봉수네 가족은 못이라도 밟은 것처럼 발을 떼지 못했다. 그는 겁을 집어먹은 봉수네 가족을 안심시켰다.

"내 동포를 그렇게 잡혀 가게 할 수는 없지. 타요. 태워다 주리다."

봉수네 가족은 서로 눈을 마주쳤다. 은장도 씨가 결심하고 가족들을 택시에 태웠다. 택시 기사는 봉수네 가족을 태우고 빠른 속도로 달렸다. 사거리에서 좌회전을 한 다음 다시 우회전을 하려는 순간 트럭 한 대가 택시 앞을 가로막았다. 택시 기사가 창문을 열고 삿대질을 했다.

"죽고 싶냐? 이 정신 빠진 놈아!"

트럭에서 뛰어내린 사람은 놀랍게도 애꾸눈이었다. 애꾸눈은 험상궂은 눈으로 달려와 택시 기사 멱살을 잡았다.

"너야말로 죽고 싶냐? 그래, 같은 동포를 팔아먹고 살아야겠냐?"

애꾸눈은 택시 기사를 거칠게 흔들었다. 택시 기사는 완력이 센 애꾸눈이 힘을 쓰는 대로 당하고만 있었다.

"이 사람들이 누군 줄 알아, 엉? 내 밥줄이라고, 밥줄. 그런데 네까짓 게 낚아채? 운 좋은 줄 알라고. 안 그랬으면 넌……."

애꾸눈은 거기까지 말하고 힐끗 봉수네 가족을 보았다. 그는 택시 기사 귀에다 입을 바짝 갖다 대고 말했다.

"저 자들은 반달파 몫이야. 알지, 반달파? 저 자들을 팔아넘 겼으면 넌 오늘 밤 저 세상 목숨이 됐을 거야. 나한테 고마운 줄 알라고."

택시 기사 낯빛이 하얗게 변했다. 애꾸눈이 열쇠를 낚아채 하수구 구멍 속에 던져 버렸다. 그러고는 봉수네 가족에게 말했다.

"저 건물 안에 쫙 늘어선 공안들 보이쇼? 이놈이 당신들을 그리로 끌고 가던 길이오. 어서 내려서 트럭으로 옮겨 타요."

애꾸눈 말대로 건너편 건물에 공안들이 가득했다. 봉수네 가족은 급히 택시에서 내려 트럭에 올라탔다. 애꾸눈이 트럭을 몰고 그 자리를 벗어났다. 트럭은 꽁무니에 불이라도 붙은 것처럼 달렸다. 커브도 심하게 돌았다. 그 때마다 봉수네 가족은 물가에 굴러다니는 돌멩이처럼 이리저리 트럭에 부딪혔다.

트럭은 매끄러운 길에서 벗어나 자갈길을 달리는 모양이었다. 타이어가 쉴새없이 튀어 댔다. 이리저리 몸이 쏠려 지친 은효만 씨가 해수 기침을 쏟았다. 그 기침소리를 듣고 세우기라도 하듯 잠시 뒤 트럭이 멈추었다. 애꾸눈이 벌컥 트럭 뒷문을 열고 이죽거렸다.

"내 말을 안 듣고 꾸역꾸역 나가더니만 된통 당할 뻔했소. 어쩌쇼. 그래도 내 말을 못 믿겠소?"

은장도 씨가 진심으로 고마운 마음을 전했다.

"내가 어리석었소. 우리 가족을 위험에 빠뜨렸소. 사과하리다."

애꾸눈은 버릇처럼 바닥에 침을 뱉었다.

"난들 당신들을 거저 돕고 싶은 마음이 왜 없겠소? 하지만 나도 산목숨이오. 그만한 돈이라도 있어야 당신 같은 사람들을 도울 용기가 나지."

붉은 노을이 지고 있었다.

"여긴 어디요?"

은장도 씨가 밖으로 나와 주변을 둘러보았다. 폐차장 같은 곳이었다. 고물차들이 수십 대 찌그러지고 녹슨 채 버려져 있었다.

"또다른 은신처요. 따라오시오."

애꾸눈이 봉수네 가족을 데리고 허름한 이층 건물 안으로 들어갔다. 건물 안에는 철제 책상 하나만 덩그러니 놓여 있었다. 바닥에 쌓였던 먼지가 부옇게 일어났다. 은효만 씨가 먼지를 마시고는 다시 자지러질 듯 기침을 쏟았다.

"아버님, 여기 이 목도리로 코를 좀 막으십시오."

애꾸눈이 책상을 창문 쪽으로 밀어붙였다. 그러고는 발로 그 밑을 쓱쓱 비볐다. 지저분한 먼지들이 날리고 작은 틈이 보였다. 애꾸눈이 그 틈에 손을 넣고 위로 올리자 가로세로 1미터 너비의 바닥이 위로 올라가더니 아래로 이어지는 계단이 나타났다.

"여기서 잠깐 숨어 계시오. 서시장은 좀더 밤이 깊어지면 갑시다. 아까 그 택시 기사한테 내가 겁을 주기는 했어도 맘 바꿔 먹고 신고라도 했다면 거리에 공안들이 쫙 깔렸을 거요. 내려오쇼."

애꾸눈이 지하로 내려가 촛불을 켰다. 습기 찬 지하실에는 모포 몇 장이 바닥에 깔려 있었다. 봉수네 가족은 눅눅하고 으스스한 지하실 공기에 몸을 떨었다. 애꾸눈이 구석에 있는 항아리를 열었다.

"곰팡이 낀 고구마라도 좀 드쇼."

은장도 씨가 감격해서 물었다.

"어째서 우릴 도와 준 거요?"

"내 아무리 탈북자들 주머니 터는 일을 하고 있지만 택시 기사처럼 상금 몇 푼에 내 동포를 팔아먹는 짓은 하기 싫었소."

"고맙소. 내가 가지고 있는 돈을 당신에게 다 주고 나면 북경까지 가는 길이 막막하오. 그래서……."

"그래서 나도 안 받기로 맘 고쳤소. 나도 한 번은 당신들을 도와야지. 그래도 오늘 일당을 두둑하게 챙겨 줬는데. 중국 공안들 눈치 좀 살피다 열 시쯤 다시 오리다."

애꾸눈은 계단을 올라가다 돌아서서 은장도 씨에게 물었다.

"그런데 서시장엔 왜 가쇼? 누구 찾아가는 사람이라도 있소?"

"혹시 구멍탄가게(연탄가게)를 하는 우 씨를 아시오?"

애꾸눈이 빙긋 웃었다.

"아다마다. 탈북자들 열에 다섯은 그 사람을 찾아가지. 당신도 우 씨한테 북경행 차편을 구할 생각이오?"

"그렇게 소개받았소. 우릴 우 씨에게 데려다 주면 적지만 사례는 하리다."

애꾸눈은 피식 웃어 보이고는 계단을 올라가며 중얼거렸다.

"탈북자들 덕분에 우 씨 놈은 떼돈 벌었지. 매번 그 작자만 배터지게 할 수는 없지."

봉수네 가족은 그 소리를 듣지 못했다. 애꾸눈이 위로 올라가 문을 내리자 어둠이 밀려왔다. 책상을 끌어다 놓는 소리가 들리고 애꾸눈이 현관문 밖으로 나가서 자물쇠를 채우는 소리도 들렸다. 그러고는 사방이 고요했다. 봉수네 가족은 촛불을 가운데 두고 둥그렇게 모여 앉았다. 콧김이 쏟아질 때마다 촛불이 꺼질 듯 흔들렸다.

"애비야, 그 우 씨란 사람도 저 사람처럼 좋은 사람이면 좋겠구나."

은장도 씨가 모포를 은효만 씨 어깨에 둘러 주며 말했다.

"그럴 겁니다. 김관철 기관사가 우 씨한테 연락해 놓았다고 했으니 찾아가기만 하면 바로 북경으로 갈 수 있을 겁니다. 우선 북경으로 가야 남쪽으로 가는 차편을 찾기가 수월하다고 들었습니다."

김매옥 씨가 입김을 쏟으며 물었다.

"봉수 아버지, 북경에서는 어떻게 할 겁니까?"

"석탄 밀매꾼들한테 들은 바로는 우리 같은 탈북자들을 도와 주는 사람들이 북경에 있다고 들었소."

"거기서도 우릴 기다리는 사람이 있습니까?"

은장도 씨는 그 물음에 선뜻 대답하지 못했다.

"아마도 만나게 될 거요."

"아마도요?"

"……그렇소. 우선 가 봅시다. 가 보면 또 길이 있을 거요."

김매옥 씨가 낮은 한숨을 토했다. 눈을 감고 있었지만 은효만 씨도 깊은 한숨을 내쉬고 있었다. 봉수는 알 수 없는 두려움이 밀려왔다. 어두운 지하실을 꽉 메운 습기처럼 차갑고 기분 나쁜 느낌이었다. 은장도 씨가 애써 목소리를 밝게 했다.

"이런 속도로만 움직인다면 한 달도 안 돼서 태국과 국경을 맞대고 있는 쿤밍까지 갈 수 있을 거요. 물론 벽돌 공장에 붙잡혀 있느라 이십 일을 허비하기는 했지만. 태국만 가면 리남으로 가는 비행기를 탈 수 있소."

"비행기요?"

김매옥 씨 품에 안겨 있던 봉화가 반짝 눈을 빛냈다.

"아버지, 우리를 태우러 비행기가 와요?"

"그래. 우리 같은 탈북자들을 태우러 비행기가 온다더라."

"리남에서요?"

"오냐."

"새처럼 나는 비행기요? 종이비행기처럼 나는 비행기요?"

"그래."

"우리가 저 하늘을 날아서 가요?"

"그렇대도."

"우와, 엄마 들었어요? 우리가 비행기를 탄대요. 봉수 오빠,

126

비행기를 타고 하늘을 날아가면 정말 멋지겠지? 할아버지, 우리가 구름 위를 쌩쌩 날아서 간대요."

봉화가 눈을 동그랗게 뜨고 재재거리자 무겁게 내려앉았던 기분들이 풀렸다.

"내 친구 연실이랑 미랑이가 들으면 진짜 진짜로 부러워하겠다."

"너처럼 그렇게 시끄럽게 구는 아이는 비행기를 안 태워 줄지도 몰라."

봉수가 쥐어박듯 두런거렸다.

"그럼 어떡하지? 너무 좋아서 자꾸자꾸 말하고 싶을 텐데? 옳지, 두 손으로 이렇게 하고 있어야겠다."

그러며 봉화는 두 손으로 입을 꼭 막았다. 그 모양이 우스워서 모두 웃음을 터트렸다. 봉수네 가족은 잠시나마 불안한 마음을 잊을 수 있었다. 흰 구름을 밟고 남한으로 날아가는 비행기에 몸을 실을 생각만으로도 기분이 들떴다. 애꾸눈이 돌아와 지하실로 연결된 문을 열 때까지 그 행복한 상상은 계속되었다.

"좀 늦었구려."

은장도 씨가 12시를 가리키는 시계를 보며 말했다. 애꾸눈은 헛기침을 했다.

"시장이란 데가 워낙 번화한 곳이잖소. 우 씨가 당신들을 밤 깊은 시간에 데려오랍디다."

"우 씨를 만났소?"

"아무렴. 올라오쇼."

봉수네 가족은 애꾸눈을 따라 지하실에서 올라오다 낯선 남자들을 보고는 몸이 굳었다. 유난히 각진 턱이 도드라진 남자와 눈이 안 보이도록 털모자를 눌러쓴 남자였다. 애꾸눈이 그들을 턱으로 가리키며 말했다.

"우 씨가 보낸 중국인들이오. 저들을 따라가면 안전할 거요. 공안에 걸려도 중국말로 저들이 둘러대면 되니까."

사각턱과 털모자가 예리한 눈매로 봉수네 가족을 훑어보았다. 봉수는 남자들의 눈이 자기 몸에 닿을 때마다 밧줄이 척척 휘감기는 느낌이었다. 애꾸눈이 눈짓하자 중국인들이 먼저 문을 열고 밖으로 나갔다.

"어서들 출발하쇼. 난 이걸로 손 털겠소."

은장도 씨가 덥석 애꾸눈의 손을 잡았다.

"이 은혜 잊지 않겠습니다."

"은혜는 뭐……."

애꾸눈은 은장도 씨 눈을 피했다. 은효만 씨도 애꾸눈의 손을 잡았다. 김매옥 씨를 따라 봉수와 봉화도 허리 숙여 인사했다. 그리고 밖으로 나가려는데 애꾸눈이 갑자기 은장도 씨를 잡았다.

"나도 양심이란 게 있는 사람이라 이 말은 해 줘야겠소. 당신이 가지고 있는 돈 얘기는 저 놈들한테 하지 않았소. 벌써 내가 다 우려냈다고 했거든. 그러니 그 돈이나마 잘 챙기쇼. 그래야 살 길을 찾아도 찾지."

은장도 씨는 그 말뜻을 이해할 수 없어서 물끄러미 쳐다보기만 했다.

"아무튼 돈이라도 조심해서 챙기란 거요. 잘 가쇼."

봉수네 가족은 중국인들이 몰고 온 차에 올라탔다. 열 명 정도가 탈 수 있는 승합차였다. 털모자가 운전을 하고 사각턱은 봉수네 가족과 뒷자리에 앉았다. 차가 출발하자 애꾸눈은 바닥에 침을 탁 뱉었다.

"자, 한번 볼까?"

애꾸눈은 주머니에서 두툼한 돈다발을 꺼내 손가락에 침을 묻혀 세었다. 곱은 손이라 지폐 몇 장을 땅에 떨어뜨렸다. 그것을 줍다가 봉수네 가족을 태운 차가 가로등 불빛 속으로 멀어지는 모습을 보았다. 애꾸눈은 바닥에 코를 팽 풀고는 중얼거렸다.

"젠장, 미안하게 됐소. 잘들 가쇼."

8. 중국인 인신매매단

봉수네 가족을 태운 차는 어두운 길을 쉬지 않고 달렸다. 새벽 두 시가 다 되도록 서시장은 나타나지 않았다. 봉수네 가족은 슬슬 불안한 마음이 들었다.

"저, 우리말 할 줄 아십니까?"

은장도 씨가 사각턱을 보고 물었다. 사각턱은 번뜩이는 눈빛으로 바라볼 뿐 대답하지 않았다. 봉화가 김매옥 씨 귀에 속삭였다.

"엄마, 저 아저씨 눈이 뱀눈처럼 쭉 찢어졌어."

"쉿."

은장도 씨는 가족들을 둘러보며 낭패스러웠다. 아무래도 뭔가 일이 잘못된 것 같았다. 그래도 한 번 더 확인해 볼 생각으로 사각턱에게 물었다.

"우린 서시장으로 가는 길이오. 서시장을 알고 가기는 하는 거요? 만약에 모른다면 우린 내리리다. 여기 어디서 내려 줘요."

은장도 씨가 창 밖을 가리키며 내리겠다는 시늉을 하느라 엉덩이를 들었다. 그러자 사각턱이 거칠게 은장도 씨를 밀었다. 은장도 씨는 내던져진 걸레처럼 의자에 주저앉았다.

"봉수 아버지!"

김매옥 씨가 놀라 은장도 씨를 붙들었다.

"우리 아버지한테 왜 그래요?"

봉수가 허리를 세우고 소리치자 사각 턱이 비웃으며 매섭게 쏘아보았다. 은장도 씨가 주먹을 움켜쥔 봉수를 말렸다.

"그만둬라. 아버지는 괜찮다."

차 안에 침묵이 흘렀다. 아무래도 일이 틀어진 게 틀림없었다. 봉수는 어두운 창밖을 내다보며 불안함을 감추지 못했다. 긴장한 은효만 씨가 해수 기침을 쏟으려는지 숨소리가 가빴다. 은장도 씨가 은효만 씨 등을 부드럽게 쓸어내렸다.

"애비야, 아무래도 일이……."

은효만 씨는 뒷말을 하지 않았다. 깊은 늪 속으로 빨려 들어가고 있다는 사실을 이미 모두가 눈치채고 있었다. 차창 밖으로 어느덧 부옇게 동이 트고 있었다. 차는 한적한 시골길을 덜컹거리며 달렸다. 그러다 주유소가 나오자 속도를 줄였다.

"봉수 아버지, 여기가 어딜까요?"

차는 높은 담장이 둘러선 뒷마당으로 들어가 섰다. 주유소 건물에서 한 남자가 나와서는 누런 이를 드러내며 웃었다. 사각턱과 털모자가 차에서 내려 누런 이와 얘기를 나누었다.

"아버지, 정말 일이 잘못된 걸까요?"

그들을 내다보며 말하는 김매옥 씨의 목소리가 떨렸다.

"모르겠다. 애꾸눈 남자가 우릴 배신했을 거라고는 생각하고 싶지 않지만, 정말 그랬을 거라고는 생각하고 싶지 만……."

사각턱이 승합차 문을 열고는 내리라는 손짓을 했다. 봉수네 가족이 머뭇거리자 털모자가 군화발로 차를 걸어찼다. 그 위협에 놀라 봉수네 가족이 차에서 내렸다. 누런 이가 따라오라는 손짓을 했다. 봉수네 가족은 누런 이를 따라 건물 뒷문을 통해 안으로 들어갔다. 어두침침하고 좁은 복도를 걷다 보니 거기에도 지하실이 있었다. 누런 이가 지하실로 통하는 문을 열고는 어서 들어가라는 듯 바라보았다.

"잠깐만. 당신들이 누군지 알아야겠어. 왜 우릴 이리로 데려왔지?"

은장도 씨가 돌아서서 누런 이에게 따졌다. 사각턱이 다가와

서 중국말로 뭔가 윽박지르더니 은장도 씨를 그대로 지하 계단으로 밀었다.

"으악!"

은장도 씨가 어둠 속으로 떨어지며 비명을 질렀다.

"이 나쁜 자식아!"

봉수가 사각턱 가슴에 주먹을 날렸다. 사각턱은 쉽게 그 주먹을 막아 내고는 봉수마저 계단 아래로 밀어 버렸다.

"아이고, 봉수야!"

김매옥 씨가 계단 아래로 내려갔다. 봉화가 놀라서 울음을 터트렸다. 은효만 씨가 봉화 손을 잡고는 더듬더듬 아래로 내려갔다. 누런 이가 킬킬거리며 문을 닫았다. 희미한 불빛이 봉수네 가족을 기다리고 있었다.

"봉수야! 봉수 아버지!"

은장도 씨와 봉수는 바닥에 쓰러져 신음하고 있었다.

"봉수야, 엄마다. 눈 좀 떠 봐라. 봉수 아버지, 몸 좀 움직여 봐요."

은장도 씨가 간신히 몸을 움직이고 일어나 봉수를 흔들었다. 봉수도 계단을 구르며 받은 충격에서 벗어나 겨우 눈을 떴다. 김매옥 씨가 봉수를 끌어안고 얼굴을 비볐다.

"이제 아무렇지도 않습니다."

"애비야, 다친 곳은 없니? 참으로 무자비한 놈들이구나. 어떻게 사람을 돌멩이 굴리듯 한단 말이냐."

"그 정도 가지고 요란하게 굴긴!"

누군가 불빛이 닿지 않는 구석에서 은효만 씨 말을 끊었다. 봉수네 가족이 화들짝 놀라 그 쪽으로 돌아앉았다. 남루한 옷차림을 한 남자가 불빛 속에 나타났다. 남자는 왼쪽 다리를 질질 끌며 다가와 앉았다.

"보아하니 두만강을 건넌 지 얼마 안 됐군."

남자가 봉수네 가족을 훑으며 웃었다. 남자는 나이를 가늠할 수 없었다. 위 아랫니가 흉하게 빠져 있었고, 입술도 터져서 퉁퉁 부어 있고 눈자위도 새파랗게 멍이 들어 있었다. 진흙탕에 구르기라도 했는지 흙투성이 옷에 고무 밑창이 떨어져 맨발바닥이 훤히 드러나는 운동화를 신고 있었다.

"어디서들 오셨나?"

남자가 물었다. 은장도 씨가 대답했다.

"회령에서 왔소. 댁은 조선족이오, 아니면 우리처럼……."

"나도 탈북자요. 샛별군이 고향이고."

"같은 함경도 분이군요. 어쩌다……."

"어쩌다는 무슨. 댁들은 어쩌다 이 꼴이 됐는데? 지금 그걸 묻고 할 때가 아니지. 어떻게 하면 이 소굴을 빠져 나가느냐 그

걸 궁리해야지. 아, 퉤!"

남자는 입 안이 얼얼한지 침을 뱉었다. 아랫니 하나가 침에
섞여 나왔다.

"쳇, 얼마나 두들겨 맞았는지 성한 이가 없네."

남자는 아무렇지 않게 중얼거렸다.

"맞다니요?"

"이 놈들한테서 두 번 도망쳤지. 첫 번째는 등뼈가 휘도록
맞았고 두 번째는 이렇게 다리가 부러지도록 맞았소. 따퉁(대동
(大同), 북경에서 350킬로미터 떨어진 도시로 중국 최대의 유연탄 산지
로 예부터 '석탄바다'라고 불린 도시)에 닿기 전에 얼른 이 다리를
움직일 수 있어야 하는데. 그래야 내빼지. 안 그랬다간 다시 석
탄 공장으로 끌려가서 노예로 팔려 버리니까."

은장도 씨 목소리가 높아졌다.

"노예로 팔린다고요?"

"몰랐소? 저 놈들이 중국인 인신매매단이라는 걸. 우리 같은
탈북자들을 잡아서 돈 받고 팔지. 개나 닭처럼 말이야."

봉수네 가족은 입을 벌린 채 서로 눈을 마주쳤다.

"환장하겠군. 북경을 바로 코앞에다 두고 도로 붙잡혔으니."

남자가 신세 한탄을 하며 혀를 찼다. 그러더니 봉수네 가족
이야기로 화제를 돌렸다.

"그런데 당신들은 일가족이 몽땅 인신매매단에 팔렸구려. 어떤 놈인지 당신들을 여기다 넘기고 주머니 한번 두둑하게 챙겼겠는데?"

은장도 씨가 멍한 눈으로 말했다.

"조선족이었소. 우릴 돕겠다고 했는데 설마 중국인 인신매매단에 넘길 줄은 몰랐소. 그를 믿었는데."

"흥, 같은 탈북자도 못 믿을 판에. 들고 나온 돈도 그 자한테 이미 다 떼였겠군?"

은장도 씨는 그 때서야 애꾸눈 남자가 남은 돈이라도 잘 챙기라고 했던 말을 기억해 냈다.

"무, 물론……."

은장도 씨는 뒷말을 얼버무렸다.

"잘 됐군. 어차피 저 놈들이 다 빼앗아 버릴 테니까. 이것도 인연이니 서로 이름이나 틉시다. 난 임치호라고 하오."

"은장도라 하오."

"태국으로 가는 길들이쇼?"

은장도 씨가 머뭇거리자 임 씨가 킬킬 웃었다.

"뻔하지."

"임 씨는 어디로 가는 길이오?"

"여기서 내빼면 북경으로 가서 러시아로 넘어갈 거요."

"그 쪽으로 가다가 얼어 죽는 자들이 많다고 들었소만."

"탈북자 신세가 된 이상 죽을 고비야 어디서고 있는 거지. 그만 눈들 붙이쇼. 밤이나 돼야 움직일 테니까."

임 씨는 다시 불빛이 들지 않는 구석으로 가 팔베개를 하고 누웠다. 그는 곧 코를 골며 잠에 떨어졌다.

"애비야, 이제 어쩌면 좋니?"

은효만 씨가 초조한 기색으로 물었다. 은장도 씨는 달리 할 말이 없었다. 봉수가 낮게 속삭였다.

"아버지, 돈을 숨겨야 합니다. 돈을 빼앗는다고 안 했습니까?"

"그렇구나."

은장도 씨는 품에서 돈을 꺼내 어떻게 숨겨야 하나 고민했다. 봉수가 봉화를 가리켰다.

"아버지, 봉화 몸에 돈을 숨기면 어떻겠습니까? 어린애가 설마하니 주먹돈(뭉칫돈)을 지니고 있을 거라곤 생각 못할 겁니다."

"우리 봉수 머리가 잘 돌아가는구나. 네 말대로 하자."

은장도 씨는 임 씨가 정말로 잠이 들었는지 숨소리를 살폈다. 그는 코를 골며 깊은 잠에 빠져 있었다. 은장도 씨가 봉화를 가까이 앉히고 속삭였다.

"봉화야, 네가 이 돈을 지니고 있어야겠다. 아무 일 없을 거야."

"봉수 아버지, 그런데 그 돈을 어떻게 숨긴단 말입니까? 봉화 옷 주머니에 숨기기엔 지폐 다발이 너무 큰데요."

은장도 씨가 바삐 티셔츠를 벗었다. 티셔츠 오른팔을 손으로 뜯은 다음 소매 속에 돈을 넣어서 전대처럼 봉화 허리에 둘러 묶었다.

"감쪽같구나."

"아버지, 이 돈이 있어야 리남으로 가는 비행기를 탈 수 있지요?"

"오냐."

"이 돈을 꼭 지킬게요."

임 씨는 세상에 걱정할 것 하나 없는 사람처럼 잠꼬대까지 하면서 자고 있었다. 어디선가 물방울 떨어지는 소리가 들렸다. 봉수네 가족은 물방울 소리를 들으며 잠 속으로 빠져들었다. 사각턱과 털모자가 지하실로 내려온 것은 밤 열 시가 다 되어서였다. 중국인들은 봉수네 가족과 임 씨를 밖으로 데리고 나갔다.

"밀지 말란 말이야, 자식아. 네 놈들이 부러뜨려서 내 다리 모양이 요 모양 된 거 안 보이냐?"

사각턱이 승합차에 타라고 우악스럽게 밀자 임 씨가 버럭 성을 냈다. 봉수가 임 씨를 부축해 승합차에 태웠다. 맨 마지막으로 차에 오르는 은장도 씨를 누런 이가 붙잡았다. 은장도 씨가 돌아보자 외투를 흔들며 뭐라고 했다. 은장도 씨가 의아한 눈으로 서 있자 임 씨가 말했다.

　"외투저고리(점퍼)를 벗으란 소리요."

　은장도 씨가 점퍼를 벗어 주자 누런 이는 그 외투를 거꾸로 뒤집어 탈탈 털었다. 아무것도 나오는 게 없자 누런 이는 은장도 씨 몸을 샅샅이 뒤졌다. 그 순간 김매옥 씨가 목걸이에서 반지를 빼내 입에 넣었다. 친정어머니 문 씨가 준 반지였다.

　"이제 그만 내 외투저고리를 주시오."

　누런 이가 언성을 높이며 은장도 씨를 사납게 차 안으로 밀었다. 누런 이는 은장도 씨 외투를 제 옷 위에 두툼하게 껴입었다. 그 꼴을 보고는 사각턱과 털모자가 낄낄대며 차에 올랐다.

　"어쩌니. 저 놈이 네 옷을 빼앗았으니. 아비야, 이걸 걸쳐라."

　은효만 씨가 외투를 벗으려고 하자 은장도 씨가 말렸다.

　"차 안이라 춥지 않습니다. 속에 옷도 많이 껴입었고요."

　지하실에 같이 붙들려 있던 임 씨가 누런 이를 흘겼다.

　"저 놈이 얼마나 치사한 놈인 줄 아쇼? 내 속옷도 다 벗겨 입었다니까. 더러운 놈 같으니. 흐흐, 하긴 나도 중국인 집에서 속옷을 훔쳐 입었지만."

"소리 좀 낮춰요. 듣겠소."

"이 놈들 말이오? 우리가 제 놈들 말을 못 알아듣는 것처럼 이놈들도 우리말을 전혀 못 알아들어요. 보쇼. 우리랑 앉은 놈도 코나 파고 앉았지."

사각턱은 누런 이를 향해 손을 까딱해 보이고는 문을 닫았다. 이윽고 차가 출발했다. 사각턱과 임 씨가 꾸벅꾸벅 졸기 시작했을 때 김매옥 씨는 입에서 반지를 빼 목걸이에 채웠다. 차는 한적한 시골길을 따라 온종일 달렸다. 점심과 저녁 무렵에 한 번 인적 드문 곳에서 잠깐 섰을 뿐이었다.

늦은 밤이 되어서야 사각턱은 말린 옥수수 한 통씩을 봉수네 가족과 임 씨한테 던져 주었다. 봉수네 가족은 입에 옥수수 알을 넣고 불렸다가 씹어 삼켰다. 임 씨는 어찌나 허기졌는지 그 딱딱한 옥수수를 아득아득 깨물어 먹었다.

"도대체 어디가 어딘지 알 수 있어야지."

임 씨가 창밖을 보며 두런거렸다. 봉수네 가족과 임 씨가 잠이 든 사이 차는 도시로 들어서고 있었다. 새벽이 되었을 때는 제법 고층건물이 줄지어 선 도심으로 들어서고 있었다.

"은 씨, 일어나 봐요."

임 씨가 은장도 씨를 흔들어 깨웠다. 은장도 씨와 함께 앉아 있던 봉수도 눈을 떴다.

"저 앞에 공안이 나타났소."

그 소리에 나머지 가족들도 눈을 떴다. 차가 서서히 속도를 줄이고 있었다. 중국 공안이 도심으로 들어서는 차를 세우고 있었다.

"검문하는 중이오."

"그럼 우린 어떻게 되는 거요?"

"낸들 알 게 뭐요. 이 놈들이고 저 놈들이고 간에 다 떼어 내고 도망가야 하는데. 이놈들은 우릴 팔아 버릴 거고 공안 놈들은 우릴 북으로 보낼 거요. 젠장. 그래도 공안한테 붙잡혀 가는 것보다는 이놈들한테 팔려 가는 게 낫지. 언제고 도망칠 기회가 있으니까."

밖을 살피던 사각턱이 부리나케 은장도 씨와 임 씨를 의자로 밀어붙였다. 뒤에 앉은 나머지 가족들에게도 고함을 쳤다. 그러며 눈을 감으라는 시늉을 했다. 봉수네 가족이 못 알아듣자 임 씨가 말했다.

"눈 감아요, 눈. 모두들 자는 척하랍니다."

이윽고 차가 정지했다. 사각턱과 털모자가 차에서 내리는 소리가 났다. 봉수는 실눈을 뜨고 밖을 살폈다. 중국 공안이 손가락으로 차 안을 가리켰다. 사각턱이 너스레를 떨며 웃는 모습이 보였다. 털모자는 기지개를 켜는 여유까지 보였다. 공안이 차 안으로 몸을 들이밀고 봉수 어깨를 흔들었다. 은장도 씨가 봉수 손을 꽉 쥐었다.

'눈 뜨지 마라.'

공안은 봉수네 가족과 임 씨를 훑어보고는 차에서 떨어졌다. 사각턱과 털모자가 과장된 소리로 인사하며 차에 올랐다. 이번에는 사각턱이 운전대로 가고 털모자가 뒤에 탔다. 차가 출발하자 모두들 눈을 떴다. 풀 한 포기 없는 마른 흙길이 이어졌다. 버석거리는 먼지가 바퀴에 날려 창문으로 날아들었다. 임 씨가 지난 밤 먹다 남긴 옥수수를 들고 깨물며 중얼거렸다.

"벌써 따퉁인가?"

봉수는 옥수수를 우물거리면서 은장도 씨 귀에 속삭였다.

"아버지, 오늘 밤에 탈출해요. 이 자들이 계속 운전해서 아마도 오늘 밤엔 어딘가에서 잠을 자고 갈 겁니다. 그 때 깊이 잠들면 도망쳐요."

"그래, 그러자꾸나."

털모자가 그 말을 듣기라도 한 모양인지 휙 얼굴을 돌렸다. 봉수는 옥수수 알을 떼어 은장도 씨 입에 넣어 주며 딴청을 피웠다. 저녁 무렵에 또다른 도시를 지나치며 털모자가 옥수수 한 통씩을 나누어 주었다. 밤이 깊어지자 봉수 예상대로 사각턱과 털모자는 허름한 건물 마당에 차를 세웠다.

털모자가 건물 현관 자물쇠를 풀자 사각턱이 모두 내리라고 소리쳤다. 봉수네 가족과 임 씨는 불빛 하나 들지 않는 방에 갇혔다. 사각턱과 털모자는 바로 옆방에 묵었다. 두 방 사이에 손바닥만 한 창이 있었다. 그 곳으로 불빛이 건너오고 있었다. 사각턱과 털모자가 떠들며 밥을 먹는 소리가 들렸다. 임 씨가 그쪽을 기웃거리며 입맛을 다셨다.

"치사한 놈들. 찬밥 덩어리 좀 던져 주지. 아이고, 저 밥 좀 봐라. 저걸 두 놈이 다 처먹겠다고?"

은장도 씨는 갇힌 방을 둘러보며 실망스러워했다.

"봉수야, 아무래도 탈출이 어렵겠다. 자물쇠를 어떻게 풀고 나간단 말이냐."

임 씨가 그 소리를 낚아채곤 퉁명스레 끼어들었다.

"당신들끼리만 달아나려던 참이었소?"

"설마 그랬겠소."

봉수는 좋은 방법이 없을까 궁리하며 벽에 등을 기대고 앉았다. 봉수 어깨 위로 흙이 떨어졌다. 어깨를 털던 봉수는 아얏 소리를 냈다. 흙 속에 뭉쳐 있던 나뭇가지에 손바닥이 찔린 것이다.

"왜 그러니?"

김매옥 씨가 다가와 봉수 손을 잡았다.

"가시가 들었나 봐요."

"이리 줘 봐."

김매옥 씨가 봉수 손바닥에 입을 대고 가시를 빨아 냈다. 그 사이 임 씨가 봉수 곁으로 와서 벽을 살피더니 무릎을 탁 쳤다. 그러고는 은장도 씨에게 와 보라는 손짓을 했다.

"이거 아주 날림으로 지은 집이구먼. 흙이랑 나뭇가지 같은 것을 대충 섞어서 세운 집이란 말이오. 잘하면 부서지겠는데."

은장도 씨가 발로 퍽 차 보았다. 끄떡도 하지 않았다. 임 씨가 손에 침을 뱉어 흙벽을 문질렀다. 임 씨 입가에 웃음이 걸렸다.

"당신들, 내 덕에 사는 줄 아쇼. 이따 여기다 일을 봅시다. 그래서 흙벽이 축축해지면 파고 나갑시다."

저벅저벅 이 쪽 방으로 다가오는 발자국 소리가 들렸다.

"자는 척해요."

봉수네 가족과 임 씨는 그대로 바닥에 몸을 눕혔다. 창을 통해 사각턱 얼굴이 나타났다 사라졌다. 그리고 그 쪽 방 불빛이 꺼졌다. 고요했다. 누군가 꿀꺽 침을 넘겼다. 흙벽 이 쪽인지 저 쪽인지 밤벌레 우는 소리가 났다. 그리고 창문 너머에서 코를

고는 소리가 들려 왔다. 임 씨가 살그머니 일어나 흙벽에다 소
변을 보았다.

"뭐해요? 빨리 은 씨도 거들어요. 애야, 너도 어서 오줌 좀 눠
라."

김매옥 씨가 창문에 붙어서 옆방을 지키는 사이 은장도 씨와
봉수도 벽 앞에 서서 일을 보았다. 흙벽이 축축하게 젖자 모두
들 달려들었다. 흙벽을 툭툭 치기도 하고 파기도 했다. 조금씩
흙벽이 헐렸다. 매서운 바람이 구멍을 통해 밀려들어왔다.

"흐흐, 내가 뭐랬소."

임 씨가 웃음소리를 내자 은장도 씨가 흙 묻은 손으로 그의
입을 막았다. 사각턱과 털모자는 여전히 코를 골고 있었다. 어
른 몸이 빠져 나갈 만큼 벽이 뚫리자 임 씨가 먼저 빠져 나갔다.
그 다음에는 봉수가 뒤를 따랐다. 봉수가 밖에서 은효만 씨를
잡아당겼다. 그 다음 봉화와 김매옥 씨가 나갔다. 은장도 씨는
창문으로 가서 사각턱과 털모자를 살핀 뒤 밖으로 나갔다.

"저 자들한테 잡히면 죽습니다. 알아서들 도망치쇼. 그동안
반가웠소이다."

임 씨는 뒤도 안 돌아보고 다리를 끌며 달아났다.

"아버님, 업히십시오."

은장도 씨가 은효만 씨를 업었다.

"봉수야, 엄마랑 봉화 손 놓치지 마라."

봉수네 가족은 무작정 어둠 속을 달렸다. 별빛에 몸을 맡긴 채 매서운 바람 속을 달렸다. 자동차로 올 때는 몰랐는데 꽤 높은 지대였다. 나무도 없는 황량한 구릉들이 낙타 등처럼 구불구불 이어졌다. 몇 개의 구릉을 지나자 발 아래가 툭 터진 곳이 나왔다. 그 곳에 서자 저 멀리 불빛으로 반짝이는 마을이 나타났다.

"살았다, 살았어!"

불빛을 본 것만으로도 반가웠다. 봉수네 가족은 환호성을 지르며 서로 부둥켜안았다.

9. 한인 목사 김정옥

불빛으로 출렁이는 마을은 생각만큼 가까운 거리가 아니었다. 그 곳을 향해 거의 뛰다시피 했지만 반딧불만 한 불빛은 좀체 가까워지지 않았다. 벌써 두 시간째 걷고 있었다. 봉수네 가족은 발을 질질 끌었다.

"날이 밝기 전에…… 어서……. 힘내요, 봉수 엄마."

봉화가 자꾸 뒤로 처졌다. 봉수가 봉화를 업고 마른 땅을 걸었다. 은효만 씨가 찬바람을 맞고 해수 기침을 쏟았다. 은장도 씨 마음이 더욱 급해졌다.

"아버님, 조금만 참으십시오. 아까보다는 마을이 가까워졌습니다."

봉수네 가족은 바람에 펄럭이는 빨랫감들처럼 비틀거리며 걸었다. 돌이 많은 거친 땅이 끝나고 어느 순간 매끄럽게 잘 닦인 도로로 올라섰다. 그러자 걸음이 한결 가벼워서 속도가 붙었다. 봉수네 가족은 도로가에 한 줄로 서서 걸었다. 갑자기 김매옥 씨가 발을 헛짚고 비탈을 굴렀다.

"안 되겠소. 도로 가운데로 걸읍시다. 어차피 지금은 차도 안 다니니."

봉수네 가족은 안전하게 도로 가운데로 들어서서 걸었다. 도로 좌우는 낮은 구릉들이었다. 바위와 흙만으로 이루어진 구릉들이었다. 그 사이로 도로가 구불구불 이어졌다. 구릉을 넘어오는 바람이 귀를 때렸다.

"애비야, 춥지? 외투저고리도 없이 얼마나 추우냐."

은효만 씨가 손으로 은장도 씨 귀를 감싸 주었다.

"아버님이 등을 따습게 해 주셔서 전혀 춥지 않습니다."

어디선가 자동차 소리가 들려 왔다. 봉수네 가족은 그것이 차 소리인지 바람 소리인지 분간할 수 없었다. 구릉들 사이에서 웅웅 부는 바람 소리가 상당히 컸다. 봉수네 가족이 막 왼편 구릉을 돌아 꺾어지는 순간이었다. 자동차 한 대가 봉수네 가족 바로 뒤를 따라서 커브를 돌았다. 문득 뒤를 돌아보던 김매옥 씨가 외마디 비명을 질렀다.

"봉수야!"

도로에 자동차 바퀴 끌리는 소리가 길게 났다. 자동차는 봉수네 가족을 코앞에 두고 멈춰 섰다. 돌처럼 굳은 봉수네 가족이 자동차 불빛 속에서 훤히 살아났다. 운전석에 앉은 남자도 어지간히 놀란 모양인지 한동안 차에서 내리지 못했다. 잠시 뒤 남자가 차에서 내려 봉수네 가족 앞으로 왔다. 가르마를 반듯하게 타고 깔끔한 양복을 입은 삼십 대 중반의 남자였다. 은장도 씨가 가족들에게 속삭였다.

"중국인이다. 아무 소리 말아라."

다가온 남자가 중국어로 뭐라 물었다. 봉수네 가족은 꿀 먹은 벙어리처럼 우두커니 서 있다가 미안하단 뜻으로 허리를 숙여 보이고는 그 자리를 벗어났다. 남자는 계속해서 봉수네 가족 등 뒤에 대고 무언가를 물었다.

"돌아보지 마라."

봉수네 가족은 대꾸하지 않고 뛰다시피 걸었다. 남자는 그런 모습을 물끄러미 바라보다 차에 올라탔다. 자동차는 봉수네 가족을 스쳐 지나갔다.

"중국인이 갔다. 다행이구나."

자동차가 멀어지자 봉수네 가족은 걸음을 세우고 한숨을 내쉬었다. 그러나 그것도 잠깐이었다. 언덕에 막힌 저 앞 어딘가에서 자동차 소리가 다시 들려 왔다. 은장도 씨가 놀라서 주위를 두리번거렸다.

"봉수 엄마, 애들이랑 어서 도로 아래로 내려가요."

봉수네 가족은 도로 옆으로 펼쳐진 들판을 달렸다. 별빛 아래 탁 트인 공간이라 숨을 만한 곳도 없었다. 봉수네 가족은 발이 닿는 대로 뛰었다. 자동차가 멈춰 서더니 경적을 울렸다.

"아버지, 우릴 봤나 봅니다."

"큰일이구나. 어서 달려라."

자동차에서 한 번 더 경적이 울렸다. 봉수네 가족은 돌아보지 않았다. 운전석에 앉았던 남자가 차에서 내려 봉수네 가족을 따라왔다. 김매옥 씨가 울상이 되어서 소리쳤다.

"봉수 아버지, 아무래도 중국 공안인가 봅니다. 우릴 쫓아와요."

봉수는 손에 잡히는 대로 돌을 잡았다. 그 때 뒤에서 달려오던 남자가 외쳤다.

"멈춰요. 잠깐만 멈추세요."

중국말이 아니었다. 남자는 가쁜 숨을 몰아쉬며 다가와 섰다. 그는 숨을 가다듬고 물었다.

"혹시 북한에서 오신 분들이세요?"

봉수네 가족은 대답하지 않았다. 남한 말씨를 쓰는 그 남자의 정체가 의심스러웠다.

"전 한국에서 온 김정옥이라고 합니다. 아무래도 중국 분들이 아닌 것 같아서 되돌아왔어요. 북한 분들이 맞죠?"

"참견 말고 가십시오."

은장도 씨가 겨우 말을 꺼냈다.

"아버지, 리남에서 왔대요. 우리가 타고 갈 비행기가 왔나
봐요."

봉화 목소리가 커졌다.

"북한 분들이 맞네요. 따퉁으로 가시던 길이면 태워다 드리
겠습니다. 곧 날이 밝을 텐데 그대로 도로를 타고 걷다간 공안
과 마주치게 됩니다."

김정옥 씨가 웃으며 한 걸음 다가섰다.

"어떻게 댁을 믿소?"

"제가 정말 중국인이었다면 이렇게 여러분 뒤를 따라 달려
오지 않았겠지요? 중국 공안을 불렀을 겁니다."

김정옥 씨가 선한 웃음을 지으며 말했다.

은장도 씨는 결정을 내리지 못하고 가족들을 둘러보았다. 매
서운 바람이 사방에서 불어왔다. 모두들 얼음장처럼 몸이 얼어
있었다.

"우리가 가던 방향이 따퉁이었습니까?"

"모르셨나요?"

"그렇다면 갈 수 없습니다. 우린 그 곳 석탄 공장으로 인신매

매되어 가던 길이었습니다. 그 자들이 따라와 우릴 잡을 겁니다. 우린 반대 방향으로 가야 합니다."

김정옥 씨는 고개를 저었다.

"그럼 더더욱 따퉁으로 가서야 해요. 반대 방향은 인가가 뜨문뜨문 몇 채 있을 뿐이고 도로만 이어진 곳입니다. 그들이 쫓아온다면 금방 발견될 거예요. 제가 있는 곳으로 가시지요. 은신처를 드리지요."

"……."

봉수네 가족은 뚫어져라 김정옥 씨를 지켜보았다. 그가 하는 말을 믿어야 하는지 가늠하는 중이었다. 애꾸눈 남자처럼 봉수네 가족을 위험에 빠뜨릴지도 몰랐다. 은장도 씨가 김정옥 씨 눈을 지그시 바라보며 물었다.

"왜 우릴 돕는 거요?"

"하나님께서 여러분께 저를 인도해 주셨기 때문입니다."

봉수네 가족은 그 말뜻을 이해하지 못하고 의아해했다. 김정옥 씨가 웃었다.

"그럼 저 하늘의 별빛이 저를 여러분께 인도해 주었다고 말씀드리지요. 서두르세요. 곧 날이 샙니다."

김정옥 씨가 돌아서서 걸었다. 그래도 봉수네 가족은 걸음을 떼지 못했다. 김정옥 씨가 뒤돌아보며 재촉했다.

"남한으로 가실 계획이 아니셨나요? 아까 우리 꼬마가 남한 행을 말하던데. 제가 남한으로 가실 수 있도록 도와 드리겠습니다."

봉화가 반가운 목소리로 물었다.

"비행기를 타고서요?"

"물론이지."

은효만 씨가 은장도 씨 귀에 말했다.

"애비야, 저 분을 따라가라. 저렇게 도움을 주려고 애쓰시잖니."

은장도 씨는 마음을 굳히고 걸음을 떼었다. 김정옥 씨가 웃으며 앞장섰다. 몸집이 큰 은장도 씨가 앞좌석에 앉아 봉화를 안고 나머지 가족들은 뒷자리에 탔다.

"우선 제가 머무는 곳으로 가시지요."

자동차는 빠른 속도로 따퉁을 향해 달렸다. 서리가 내리는 도로를 이십여 분 달리고 나자 도시 안이었다. 이윽고 자동차는 번화한 건물들 사이를 달려 돌집들이 다닥다닥 붙어 있는 골목으로 접어들었다. 가로등 불빛이 하나둘 매달려 있을 뿐 아직 컴컴한 새벽이었다.

"저깁니다."

김정옥 씨가 유난히 밝은 불빛이 내걸린 건물을 가리켰다.

십자가를 세운 교회 건물이었다.

"내리시지요."

김정옥 씨가 건물 안으로 봉수네 가족을 이끌었다. 그가 안내한 방은 매우 아늑했다. 별빛이 내다보이는 넓은 창문이 있었고 깨끗한 이불과 침대도 있었다. 북한을 탈출한 뒤 새우잠을 자던 다락방이나 지하실과는 비교도 안 되는 곳이었다. 봉수네 가족은 잔뜩 긴장하고 있던 몸과 마음이 봄날 개울물처럼 풀렸다.

"먼저 허기부터 달래시지요."

김정옥 씨는 흰 쌀밥에 북어국, 김치, 두부부침, 참치 캔, 김 등을 한 상 차려서 가져왔다. 말린 옥수수로 이틀을 버티었던 터라 봉수네 가족은 두 말 없이 밥상 앞에 앉았다. 그리고 맛있게 밥공기를 비웠다. 김정옥 씨는 연신 밥을 더 퍼 내오기도 하고 물도 퍼 내오면서 그림자처럼 움직였다.

"욕실은 복도 끝이고 갈아입으실 옷은 여기 두겠습니다."

봉화는 새 옷을 코에 대고 킁킁대며 좋아했다.

"눈 좀 붙이세요."

밥상을 물리고 나자 김정옥 씨는 이부자리를 폈다. 창가에 커튼을 쳐 주고 주전자에 물을 담아 넣어 준 뒤 방을 나갔다. 봉수네 가족은 따뜻한 잠자리에 누웠지만 잠이 오지 않았다. 은효만 씨가 감격한 목소리로 말했다.

"애비야, 이게 꿈이냐 생시냐."

"그러게 말입니다. 뜻밖에 좋은 사람을 만났습니다."

봉화도 좋아서 김매옥 씨를 보았다 은장도 씨를 보았다 하면서 떠들었다.

"아버지, 어머니. 리남 아저씨 참 좋지요? 차도 태워 주고 밥도 주고 새 옷도 주고 따뜻한 이불도 주고. 저 아저씨 따라서 리남으로 가면 좋겠지요? 리남 아저씨가 비행기 타는 데까지 데려다 주면 좋겠지요?"

봉수가 이불로 봉화 입을 막으며 장난쳤다.

"은봉화, 그렇게 떠들어 대면 비행기 안 태워 준댔지?"

김매옥 씨도 즐거운 웃음소리를 냈다.

"얘들아, 할아버지 주무셔야 한다. 너희들도 자야지."

들떠서 눈을 못 붙이던 봉수네 가족은 새벽빛이 번질 무렵에야 잠들었다. 그리고 오후가 되어서야 눈을 떴다. 봉수는 봉화 손을 잡고 교회를 돌아보다 김정옥 씨를 보고는 십자가를 가리켰다.

"내가 모시는 하나님이란다."

"저 쇠로 만든 열십자를 모신단 말입니까? 신주단지처럼 지붕에 달아놓고요?"

"그것은 그 분을 가리키는 상징이란다. 그 분은 이미 내 안에 계시지."

"통 모르겠습니다."

"그 분은 언제나 모르는 사이 훌륭한 일을 행하신단다. 달밤에 생면부지였던 우리를 만나게 하신 것처럼."

"그래도 모르겠습니다."

봉화가 웃으며 끼어들었다.

"난 알아. 아저씨는 우리를 비행기 태워 주려고 오신 거야. 맞지요, 리남 아저씨?"

"하하, 봉화 답이 정답이다."

교회에는 김정옥 씨 말고도 여러 명의 한국인들이 머물고 있었다. 그들 중 한 사람이 사무실 안에서 소리쳤다.

"목사님, 한국에서 전화 왔습니다."

"알았어요."

안으로 들어가려는 김정옥 씨 손을 봉화가 잡았다.

"목사님이 뭡니까?"

김정옥 씨는 웃으며 대답했다.

"하나님의 뜻을 행하는 사람이란다."

"무슨 말인지 모르겠습니다. 하나님의 뜻이란 게 뭡니까?"

김정옥 씨는 말없이 봉수 어깨를 감싸 안고는 가볍게 등을 두드려 주었다. 이제 알겠냐는 듯 김정옥 씨가 봉수를 바라보았다. 봉수는 눈만 껌뻑거렸다. 사무실 안에서 재촉하는 소리가 들렸다.

"목사님, 전화 끊겨요."

"갑니다."

봉화가 봉수 손을 잡고 흔들었다.

"오빠, 아저씨가 뭐래? 아니, 목사님이 뭐라고 한 거야?"

"뭐라고 한 것도 같고, 안 한 것도 같고."

봉수네 가족은 보름 동안 김정옥 목사와 머물렀다. 1월도 며칠 남지 않은 어느 날 아침 은장도 씨는 이제 가족들을 데리고 떠날 시간이 됐다고 생각했다. 몸은 편했지만 하루라도 서둘러 중국 땅을 벗어나고 싶었다.

"목사님, 언제까지 목사님께 폐를 끼칠 수도 없고 우리도 갈 길이 바쁘니 곧 떠날 채비를 하겠습니다."

은장도 씨가 꺼낸 소리에 김정옥 목사가 놀라서 물었다.

"어디로 가시려고요?"

"우린 이미 계획이 있습니다. 태국으로 넘어가서 리남으로 갈 겁니다."

"그럼 국경이 있는 운남성 쪽으로 가시겠군요?"

은장도 씨가 고개를 끄덕이자 김정옥 목사가 지도를 펼쳤다.

"이렇게 일직선으로 가야 빠르겠군요."

김정옥 목사 손가락이 지도 위에서 움직였다. 따뚱에서 남쪽 국경선이 있는 쿤밍(昆明)이란 도시까지 이어진 철길이었다. 그는 쿤밍을 바라보며 한동안 생각에 빠졌다.

"이 곳까지 가는 것만도 먼 길이군요. 봉수 아버님, 출발을 잠깐만 늦춰 주세요. 제가 방법을 찾아보겠습니다."

김정옥 목사는 자동차를 몰고 밖으로 나갔다. 봉화가 은장도 씨 손을 잡고 물었다.

"아버지, 목사님도 우리랑 같이 갈 거지요?"

"아니다. 그 분은 여기 계셔야지. 더 폐를 끼치면 되겠니?"

그 말에 봉화는 시무룩해서 입을 내밀었다. 김정옥 목사는 나간 지 한 시간도 안 되서 밝은 얼굴로 돌아왔다.

"기쁜 소식이 있어요. 따뚱 외곽 지대에 시엔콩스(현공사, 따뚱에서 70킬로미터 떨어진 곳에 있는 사찰로 협곡의 바위벽에 제비집처럼 지어진 유서 깊은 고찰)란 오래된 절이 있어요. 그 절을 보러 한국에서 간간이 관광객들이 오는데요. 그 관광객을 태운 버스 중에 시안(西安)까지 가는 차가 더러 있답니다. 이 지도 좀 보세요. 시안에만 가면 쿤밍으로 가는 길이 훨씬 수월해요."

김정옥 목사가 지도에 표시된 철도를 짚었다.

"한국인 관광객이 타고 가는 버스는 중국 공안들의 검문이

심하지 않아요. 자기들 나라에 와서 돈을 쓰고 가는 여행자들이
니까요. 그 차만 얻어 타고 갈 수 있다면 시안에 도착한 뒤 바로
쿤밍까지도 갈 수 있어요."

은장도 씨 목소리가 커졌다.

"리남 사람들이 시엔콩스란 곳에 언제 오는지 알 수 있습니
까?"

"여기 따퉁 시내에 '스타'라는 호텔이 있어요. 한국인 관광
객들이 주로 묵는 곳이지요. 그 곳에 가서 확인해 보면 됩니다.
하하, 뜻이 있는 곳에 길이 있다고 했어요. 정말 잘 됐어요."

김정옥 목사는 매일 저녁마다 스타 호텔로 나갔다 돌아왔다.
그런데 호텔에 묵는 한국인들은 따퉁을 여행하고 다시 북경으
로 돌아가는 사람들이 대부분이었다. 그로부터 다시 열흘이 더
지났지만 시안까지 가는 차편을 구하지 못했다.

"목사님, 그냥 우리가 북경으로 나가겠습니다. 대도시니까
시안으로 가는 차편을 쉽게 구할 수 있을 겁니다."

은장도 씨가 미안해하며 말했다.

김정옥 목사가 펄쩍 뛰었다.

"중국어도 못 하시잖아요. 요즘 대도시마다 탈북자들이 워
낙 많아서 기차를 탄다고 해도 안전을 보장할 수 없어요. 중국
공안들이 걸핏하면 기차에 타서 신분증을 요구하니까요. 오히

려 버스보다 더 위험한 것이 기차입니다. 그리고 한 걸음이라
도 남쪽으로 가깝게 가야 남한행이 쉽지요. 북경으로 되짚어
올라가면 원래 계획에서 크게 벗어나잖아요. 전 괜찮으니까 염
려 마시고 조금만 더 참으십시오. 반드시 좋은 길이 열릴 겁니
다."

　김정옥 목사는 그 뒤로도 스무 날 가까이 스타 호텔로 나갔
다 돌아오는 일을 반복했다. 어느덧 2월도 막바지에 접어들고
있었다. 그러는 사이 은효만 씨도 기력을 회복해서 거의 쓰지
못했던 다리를 움직일 수 있게 되었다. 어느덧 훈훈한 바람이
불어오고 나뭇가지마다 꽃망울이 맺혔다. 봉수네 가족은 교회
앞마당에 맺힌 꽃망울을 들여다보며 꿈인가 싶었다.

　"고향을 떠난 것이 바로 엊그제 같은데 벌써 봄꽃이 맺혔구
나."

　김정옥 목사는 지치는 기색도 없이 하루에 두 번씩 호텔에
나갔다 들어왔다. 봉수네 가족은 그런 김정옥 목사가 고마워서
교회 안을 돌며 도울 것을 찾았다. 김매옥 씨는 아침저녁으로
교회 곳곳을 쓸고 닦았다. 은장도 씨는 은장도 씨대로 삐걱거리
는 욕실 문을 고치고 화단에 돌을 새로 쌓았다.

　"아버지, 저는 교회 돌담에 뻥끼칠(페인트칠)을 하겠습니다."

　봉수가 현관 대문까지 칠을 마친 날, 마침내 김정옥 목사가

반가운 소식을 들고 돌아왔다.

"여러분, 시안으로 가는 한국 관광버스가 나타났어요. 그 버스에 빈 좌석도 있다고 합니다."

봉수네 가족은 기쁜 나머지 김정옥 목사를 얼싸안고 마당을 돌았다.

"우리를 태워 준다고 합니까?"

"조선족 가이드한테 시안까지 가는 요금에 돈을 좀더 보태서 줬더니 흔쾌히 허락하더군요. 사실 시안까지 가는 요금은 가이드가 챙기는 돈입니다. 그러니 마다할 리가 없지요."

봉화가 손을 번쩍 들었다.

"선생님, 가이드가 뭡니까?"

"아! 그러니까 여행자들을 인솔하는 안내원이라고 하면 이해되니?"

"네."

"목사님, 참으로 고맙습니다."

"제가 더 기쁜 소식을 알려 드릴까요?"

김정옥 목사가 진지한 목소리로 말했다.

"이보다 더 기쁜 소식이 있습니까?"

은효만 씨가 궁금한 눈으로 물었다.

"네, 있습니다. 바로 그 버스가 시안을 거쳐서 쿤밍까지 간다는 사실입니다."

"네?"

"중국 내륙 지역을 버스로 여행하는 한국인들이랍니다. 그들을 따라서 가기만 하면 쿤밍까지 가는 건 문제없어요."

"아이고, 목사님!"

김매옥 씨가 덥석 김정옥 목사 손을 잡았다. 김매옥 씨 눈에는 어느새 눈물까지 샘솟고 있었다. 김정옥 목사는 김매옥 씨 손등을 가볍게 두드렸다.

"여러분께서 고생한 보람이 있군요. 그 버스는 내일 오후에 시안으로 출발하는데요, 저도 함께 가겠습니다."

"목사님이요?"

"네. 그 한국인들을 인솔하고 다니는 조선족 가이드한테 여러분이 제 친척인 조선족이라고 소개해 놨습니다. 버스 요금은 우선 시안까지만 계산했어요. 한꺼번에 너무 많은 돈을 지불하면 의심도 받고 또 조선족 가이드가 도중에 딴소리를 할지도 모를 일이니까요. 내일 한국인들을 만나면 우리도 쿤밍까지 여행하는 중이라고 말씀하시면 됩니다."

그 날 밤 은장도 씨는 가족들이 보는 앞에서 김정옥 목사에게 가지고 있던 돈을 내밀었다.

"더 드리고 싶어도 이것뿐이라 죄송합니다."

김정옥 목사는 돈을 도로 은장도 씨에게 밀었다.

"넣어 두세요. 돈을 바라고 한 일이 아닙니다. 그리고 쿤밍에 도착한다고 하더라도 언제 어떤 일이 벌어질지 알 수 없어요. 넣어 두셨다가 그 때 쓰세요. 저는 여러분을 이렇게나마 도울 수 있게 된 것만으로도 기쁩니다."

봉화가 김정옥 목사 앞으로 쪼르르 당겨 앉았다.

"목사님, 목사님도 우리랑 비행기 타고 같이 리남에 가요."

"그래, 그러자꾸나."

봉화가 새끼손가락을 세웠다. 김정옥 목사도 웃으며 새끼손가락을 걸었다. 따퉁에서 머무는 마지막 밤이 저물어 갔다. 봉수네 가족은 다음 날 시작될 또다른 여행을 위해 일찌감치 잠자리에 들었다.

'이제 정말 떠나는구나.'

봉수는 뛰는 가슴을 가라앉히려 애썼다. 잠이 오지 않았다. 봉수는 살그머니 거실로 나왔다. 불빛 속에서 지도를 펼치고 회령에서 따퉁을 거쳐 시안까지 거리를 손으로 짚었다. 그리고 다시 쿤밍에서 태국으로, 태국에서 태평양을 건너 남한 땅까지 짚었다.

'금만아, 여기 리남 땅만 가면 백두산 사슴이 우는 소리도 들릴 거야.'

지금까지 온 길보다 앞으로 가야 할 길이 더 멀다는 것을 알고 있지만, 봉수의 마음은 벌써 남한행 비행기에 오르고 있었다.

10. 때로는 먼저 돌아서는 이별이 있다

아침을 먹으며 김정옥 목사가 말했다.

"한국인 관광객과 만나는 것은 시엔콩스에서 하기로 했어요. 호텔에서는 아무래도 중국인들 눈이 많으니까요. 한국인들이 시엔콩스를 관광하고 내려오는 시간에 맞춰 가면 됩니다."

봉수는 그동안 정이 들었던 교회를 떠나려니 섭섭했다. 또 어떤 험난한 일들이 기다리고 있을지 알 수 없었다. 하지만 언제까지나 중국 땅에 탈북자 신세로 숨어 살 수는 없었다. 봉수는 교회 마당에 핀 붉은 꽃을 잊지 않으려는 듯 하염없이 바라보았다.

김정옥 목사는 점심 무렵에 봉수네 가족을 데리고 시엔콩스로 향했다. 운전은 교회 사무실을 지키는 한국인 직원이 했다. 시엔콩스 주차장에는 관광버스와 택시들이 즐비했다. 김정옥 목사는 그 가운데 파란 바탕에 붉은 새 그림이 그려진 관광버스 옆에 차를 세웠다.

"우리가 타고 갈 버스입니다. 아직 한국인들이 내려오지 않았군요."

봉수네 가족은 차 안에서 한국인들을 기다렸다. 저 멀리 바위벽에 매달린 시엔콩스가 보였다. 시엔콩스 아래로는 수십 미터나 되는 낭떠러지였다. 수많은 사람들이 그 낭떠러지 밑을 지나 시엔콩스로 향하는 돌계단을 오르고 있었다.

"아, 저기!"

왁자한 웃음소리가 터지며 열댓 명 남짓한 한국인들이 관광버스 쪽으로 걸어왔다. 노란 깃발을 든 남자 가이드가 맨 앞에 서서 관광객을 이끌고 왔다. 김정옥 목사가 차에서 내리며 아는 척을 하자 가이드는 기다리란 눈짓을 보냈다. 김정옥 목사는 차에 타서 봉수네 가족에게 말했다.

"한국인들을 안내하는 저 가이드는 조선족입니다. 여러분을 조선족이라고 했어도 굳이 이것저것 묻지는 않을 겁니다. 그렇게 해 달라고 부탁했거든요."

한국인들은 오십대 중년 부부들이었다. 그들이 차에 오르고 난 뒤 얼마 있다가 조선족 가이드가 봉수네 가족을 향해 올라타란 손짓을 했다. 교회 사무실 직원이 인사했다.

"목사님, 그럼 잘 다녀오세요. 그리고 여러분께서도 무사히 국경을 넘으시길 바랍니다."

봉수네 가족이 차에 오르자 가이드가 마이크를 잡고 한국인 관광객들에게 말했다.

"아까 여러분께 말씀드린 조선족 여행자들입니다. 시안까지 가는 차편을 구하지 못해서 우리 버스에 함께 타고 가게 됐다고 말씀드렸는데요. 여기 이 분은 한국인 목사님이십니다. 잠깐 인사 좀 나누십시오."

김정옥 목사가 마이크를 받아 들었다.

"안녕하세요. 전 서울에서 2년 전에 이 곳 따퉁 한인교회로 목회를 나온 김정옥이라고 합니다. 여기 이분들은 저와 먼 친척이 되는 조선족 분들인데 지금 쿤밍까지 함께 여행 중입니다. 우리가 타고 다니던 차가 탈이 나서 어쩌나 싶었는데 마침 여러분께서 도움을 주신다기에 동승하게 되었어요. 무척 고맙습니다."

봉수네 가족도 한국인들을 향해 고개를 숙였다. 검은 안경을 낀 중년남자가 걸걸한 소리로 말했다.

"가는 길에 같이 가는 건데 뭐가 고마워요. 아, 어서들 앉아요. 벌 받는 것도 아니고 왜 그렇게 장승들처럼 서 있어요?"

그러자 모자를 눌러쓴 여자가 맞장구를 쳤다.

"맞아요. 같이 가면 신나지. 그렇게 고마우면 노래나 한 곡 하고 들어가요."

버스 안에 웃음소리가 터지고 김정옥 목사가 분위기를 띄웠다.

"당연히 불러 드리지요. 그럼 제가 한 곡 뽑겠습니다."

김정옥 목사가 노래를 하느라 목청을 다듬자 한국인들이 손뼉을 치며 좋아했다. 그 흥겨운 분위기에 빠져 봉수네 가족도 손뼉을 치며 어울렸다. 그러는 사이 버스는 시엔콩스 주차장을 벗어나 도로로 접어들었다. 봉화가 들뜬 표정으로 봉수 귀에 대고 물었다.

"오빠, 이 아주머니랑 아저씨들도 우리랑 같은 비행기 타는 거지?"

"쉿! 그런 말 하지 마."

"왜? 우리도 리남에 갈 건데."

"조용히 하라니까. 이 사람들은 우리가 리북 사람인 걸 몰라. 알면 안 태워 줬을 거야."

"어째서?"

"우리가 탈북자니까 그렇지. 우릴 태워 준 게 밝혀지면 중국 공안에서 이 사람들을 붙잡아 간단 말이야. 우리도 리북으로 돌아가야 되고. 그럼 좋아?"

"돌아가도 좋아. 외할머니랑 이모랑 삼촌들 보고 싶어."

"바보야, 외갓집 식구들을 어떻게 보냐? 우리가 리북에 도착하는 순간 수용소에 갇히는데."

봉화는 움찔 놀라서 손으로 입을 막았다.

"그러니까 절대로 우리가 탈북자란 걸 말하면 안 돼. 알았지?"

봉화는 입을 막은 채 고개를 끄덕였다. 김정옥 목사가 노래를 마치자 한국인들이 환호성을 지르며 박수를 쳤다. 봉화는 그때도 입에서 손을 떼지 못했다. 버스는 오후 내내 달려서 한밤중에 태원(太原)이란 지역에서 멈추었다. 봉수네 가족은 한국인들과 허름한 여인숙에서 하룻밤 묵게 되었다. 김정옥 목사가 다가와 말했다.

"다행히 여권이나 신분증을 맡기지 않아도 되는 숙소입니다. 그냥 한국인들 속에 섞여서 위층으로 올라가세요."

조선족 가이드가 슬며시 김정옥 목사에게 다가왔다.

"저 사람들 말입니다. 혹시……."

그가 봉수네 가족을 보며 뒷말을 흐렸다. 김정옥 목사는 못 들은 척했다.

"신분증은 필요 없다고 하셨지요?"

"그런 말이 아니라 의심이 돼서 말입니다."

"제 친척을 의심하다니 불쾌하군요. 그럼 이 시간부터 한국 분들과 더 동행하지 않겠습니다. 쿤밍까지 가는 요금을 먼저 드리지 않은 게 다행이군요."

그러자 가이드가 손을 내저으며 과장되게 웃었다.

"정말 쿤밍까지 가려나 안 가려나 그게 의심이 됐단 말입니다. 거기까지 요금이 시안까지보다 배로 비싸니까요."

"여비 걱정은 마세요. 시안을 출발하기 전에 준비해 드리지요."

그 말에 가이드 입이 헤벌쭉 벌어졌다.

"그렇다면 저야 뭐 더 드릴 말씀이 없습니다. 편히 주무십시오."

봉수네 가족은 김정옥 목사와 한 방에서 묵었다. 딱딱한 침대 세 개가 있는 방이었다. 김매옥 씨가 김정옥 목사 눈치를 살폈다.

"그 조선족 안내원이 우릴 의심하지요?"

"아닙니다. 쿤밍까지 드는 여비를 낼 수 있나 없나 그게 궁금했던 모양입니다."

버스는 다음 날 새벽같이 숙소를 출발했다. 도중에 장치(長治)를 거쳐 시안을 향해 쉬지 않고 달렸다. 시안에는 밤 10시가 되어서야 도착할 수 있었다. 시안 밤거리에는 옅은 안개가 흐르고 있었다. 버스는 성벽 바깥쪽을 돌아 성문 안으로 들어갔다. 가이드가 마이크를 들었다.

"여러분께서는 지금 시안의 중심부로 들어서고 계신데요. 지금 들어가는 이 성문은 동서남북 네 개의 문 중에서 남문에 속합니다. 이제 곧 여러분께서 묵을 호텔이 나옵니다."

한국인들이 내린 곳은 번화한 거리에 위치한 별 다섯 개짜리 호텔이었다. 김정옥 목사가 당황해서 봉수네 가족을 한쪽으로 불렀다.

"이렇게 큰 호텔에서는 머물 수 없어요. 프런트에 여권이나 신분증을 보여야 하니까요. 여기서 저 분들과 헤어져야겠어요."

김정옥 목사는 한국인들한테 가서 말했다.

"우리는 다른 숙소를 예약해 놓아서 여기서 그만 인사를 드려야겠군요."

한국인 한 명이 아쉬운 표정을 지었다.

"먼 길을 같이 왔는데 같은 숙소가 아니라니 서운한데요. 시안 관광은 같이 하실 거죠?"

"우리를 마중 나오는 분들이 계십니다. 그 분들이랑 시안 여행을 하기로 했어요. 아쉽지만 시안을 떠나는 날 여러분과 다시 만나야겠어요."

"그래요? 그럼 나흘째 되는 날 만나야겠군요. 즐거운 여행 하세요."

한국인들이 봉수네 가족을 향해 손을 흔들며 엘리베이터 쪽으로 멀어졌다. 봉수네 가족도 웃으며 손을 흔들었다. 조선족 가이드가 김정옥 목사 곁으로 왔다. 그러고는 봉수네 가족을 쳐다보며 쪽지와 지도를 내밀었다.

"제 손전화 번호입니다. 숙소를 잡고 나면 바로 연락 주십시오. 시안으로 출발하기 전에 만날 시간을 정해야 하니까요. 그리고 이건 시안 지도입니다. 저 앞 큰 도로를 따라서 북문으로 나가면 신분증이 필요 없는 여인숙이 많습니다."

가이드는 봉수네 가족을 흘겨보고는 한국인들이 기다리는 곳으로 갔다.

"우리도 숙소를 찾죠. 좀 불편하겠지만 어제 묵었던 그런 여인숙을 찾아야 합니다."

김정옥 목사는 봉수네 가족을 데리고 북쪽 성문을 향해 걸었다. 호텔에서 북쪽 성문까지 이어진 거리도 번화가였다. 높고 반듯한 빌딩들이 숲을 이루고 있었다. 불빛이 휘황한 거리에 사람들이 북적였다. 자동차들도 경적을 울리며 긴 행렬을 이루었다.

"봉수 오빠, 저런 고층살림집(아파트)에 살면 어지럼증 나겠지?"

"난 안 그렇다. 너나 그렇지."

"치, 오빠도 저런 데서 한 번도 안 살아 봤잖아."

"난 우리 집 같은 데가 좋다. 텃밭도 있고 마당도 있고."

봉수와 봉화는 시내를 두리번거리느라 몇 번이나 뒤로 처지
고는 했다. 그렇게 한 삼십여 분 걷고 나자 북쪽 성문이 나타났
다. 성문을 나서자 조금 전까지와는 달리 희미한 가로등 불빛만
드문드문 비치는 어두운 길이 이어졌다. 낮은 건물들이 골목을
따라 모여 있었다.

"여기 어디쯤에 묵을 데가 있을 겁니다."

김정옥 목사가 이리저리 두리번거렸다. 차량도 뜸하게 지나
다니는 곳이었다. 얼마쯤 더 걷자 붉은 등이 걸린 건물이 나왔
다. 좁고 옹색했지만 아래층은 식당, 위층은 여인숙이 있는 건
물이었다.

"여기서 묵으면 되겠어요."

주인 남자가 건물 앞에 내놓은 의자에 앉아서 졸고 있다가
봉수네 가족을 보고는 눈을 떴다. 김정옥 목사가 중국말로 위층
을 가리키며 뭔가를 묻자 남자는 망설일 것도 없이 어서 들어오
라고 했다.

"방이 있답니다. 들어가시지요."

봉수네 가족은 김정옥 목사를 따라 비좁은 계단을 올라갔다. 삐걱대는 마룻바닥을 밟고 오른쪽으로 꺾어진 곳으로 가니 작은 방 두 개가 나왔다. 김정옥 목사가 사흘치 숙박비를 미리 계산해 주자 주인 남자는 입이 귀에 걸려서 내려갔다. 봉수네 가족은 그 곳에서 하룻밤을 묵고 다음 날 점심 무렵에 밖으로 나갔다.

"성벽 안쪽은 번화한 곳이라 낮에는 돌아다니지 않는 게 좋겠어요. 대신 성벽 바깥이라도 나갔다 들어오지요."

사흘 동안 숙소 안에만 머물러 있으면 주인에게 의심받기 쉬웠다. 북문에서 이어진 회색 성벽을 따라 하천이 흐르고 있었다. 그 길을 따라 걷다 보니 국수를 파는 노점이 나왔다. 김정옥 목사가 국수를 사서 한 그릇씩 나눠 주었다. 봉화가 국수 그릇을 들고 길거리에 서서 먹는 중국인들을 보며 즐거워했다.

"목사님, 이렇게 먹으니까 우리도 꼭 중국 사람 같지요?"

"작게 말해. 너 때문에 들통나겠어."

봉수가 더 떠들려는 봉화 말을 잘랐다.

"오빠 소리가 더 커."

"쉿, 조용히들 하고 먹어야지."

하천을 따라 잡다한 노점들이 진을 치고 있었다. 밀가루 반죽을 튀겨 파는 노점부터 잎이 누렇게 뜬 야채를 파는 노점, 조악한 나무 인형들을 파는 노점, 갖가지 과일들을 파는 노점까지 줄지어 있었다. 봉화가 눈을 빛내며 걸음을 세웠다. 사과를 파는 노점 앞이었다.

수염을 가슴팍까지 기른 노인이 우두커니 앉아 있었다. 물건을 팔기 위해 늘어놓은 널빤지는 사과 댓 개만 놓여 있을 뿐 텅 비어 있었다. 봉화가 사과를 보고 걸음을 세우자 김정옥 목사가 주머니에서 돈을 꺼냈다. 은장도 씨가 자기도 모르게 큰 소리로 말렸다.

"목사님, 안 사셔도 됩니다. 국수 먹은 지 얼마나 됐다고요. 봉화 지금 배부릅니다. 자꾸 돈 쓰지 마십시오."

그 소리에 사과를 파는 노인이 봉수네 가족에게 눈을 돌렸다. 은장도 씨는 그 눈길을 받고 아차 싶었다. 봉수네 가족을 물끄러미 바라보던 노인이 사과를 가리켰다. 김정옥 목사가 작게 말했다.

"떨이라 싸게 준답니다."

노인은 아무래도 무언가를 더 묻고 싶어하는 눈치였다. 사과를 건네느라 일어서서 다가오는데 오른쪽 다리를 절고 있었다. 김정옥 목사가 못 본 척 재촉했다.

"가시지요."

노인은 그대로 서서 봉수네 가족과 김정옥 목사가 성벽 모퉁이 너머로 멀어질 때까지 지켜보았다. 봉수네 가족과 김정옥 목사는 천천히 성벽 밖을 돌며 시간을 보내다 저녁 무렵에 숙소로 돌아갔다. 다음 날에도 관광을 나가는 것처럼 숙소를 나서서는 노점들 사이를 거닐었다. 봉화가 손으로 입을 가리고 말했다.

"어제 그 할아버지예요."

전날 사과를 팔던 노인이 봉수네 가족과 김정옥 목사를 보고는 반가운 기색으로 다가왔다.

"말을 걸어도 그냥 지나치세요."

김정옥 목사를 따라 봉수네 가족은 빠른 걸음으로 노인을 지나쳤다. 노인은 다리를 절뚝거리며 몇 걸음 뒤따르다 그대로 멈추었다. 봉수가 힐끗 돌아보니 왠지 안타까운 눈빛으로 서 있는 노인이 보였다.

"엄마, 자꾸 목이 아파요."

해질 무렵이 되자 봉화가 목을 잡고 기침을 쿨룩거렸다. 김매옥 씨가 목도리를 풀러 봉화 얼굴을 감싸 주었다.

"찬바람을 쐬고 온종일 걸어서 그렇구나. 이제 숙소로 돌아갈 거니까 조금만 참으렴. 따뜻한 데로 들어가면 금방 나을 거야."

하지만 봉화는 그 날 밤 내내 열이 불덩이처럼 올라서 끙끙 앓았다. 아침이 되자 목이 붓고 입 안도 헐었다. 김정옥 목사가 약을 구해다 먹였지만 오후가 되자 열이 더 올랐다. 김정옥 목사가 집주인에게 뜨거운 찻물과 흰죽을 구해 와서 먹였다. 봉화는 그것을 모두 토했다.

"봉화야, 어째 그러니? 지금까지 잘 참고 견뎠잖니? 어서 기운 차려라."

김매옥 씨가 이마에 물수건을 대 주며 걱정스럽게 말했다.

"아무래도 안 되겠어요. 제가 봉화를 병원에 데리고 가야겠어요."

은장도 씨가 놀라서 김정옥 목사를 말렸다.

"안 됩니다. 그랬다가 탈북자인 게 들통이 나면 목사님까지 낭패 보십니다."

"그래도 봉화를 그냥 두면……."

"일없을 겁니다. 우리 봉화가 두만강도 건너온 아이인 걸요. 곧 툴툴 털고 일어날 겁니다. 안 그러니, 봉화야?"

봉화가 반쪽이 된 얼굴로 웃었다.

"맞아요. 오늘 밤에 다 나을게요. 그리고 비행기 타러 갈게요."

"그럼 오늘은 숙소에서 지내지요. 여인숙 주인도 봉화가 아픈 것을 아니까 우리가 숙소에만 있는 것을 달리 여기지 않을 겁니다."

헛소리까지 하며 앓던 봉화는 다음 날 아침이 되어서야 겨우 일어나 앉았다. 아직 다 나은 것은 아니었지만 그나마 반가운 일이어서 모두들 얼굴이 밝아졌다. 저녁이 가까워 오는 시간에 김정옥 목사는 주인 남자에게 돈을 내고 전화를 빌렸다. 김정옥 목사의 연락을 받은 조선족 가이드가 수화기 너머에서 반갑게 소리쳤다.

"왜 이렇게 연락이 늦으셨습니까? 사흘이 돼도 연락이 없기에 난 선생님이 친척들을 데리고 시안을 떠난 줄 알았지 뭡니까? 지금 계신 곳이 어딥니까?"

"북문 밖 도로 건너입니다."

"자세히 좀 말씀해 보십시오."

"도로 건너서 오른편으로 이백 미터쯤 오다 보면 담배 가게가 있어요. 그 가게 옆 골목에 붉은 등이 걸린 여인숙입니다."

"알겠습니다. 목사님, 여섯 시까지 호텔로 오셔서 쿤밍으로 가는 돈을 미리 계산해 주면 안 되겠습니까? 아무래도 한국인들이 있는 데서 돈을 받기가 좀 뭣해서 말입니다."

"그렇게 하지요. 잠시 뒤에 호텔로 가서 연락하겠습니다."

김정옥 목사가 수화기를 내려놓으려고 하자 가이드가 다급하게 말했다.

"목사님, 저기 말입니다. 저한테 한번 주신 돈은 어떤 일이 있어도 다시 돌려 달라고 해서는 안 됩니다."

"물론이지요."

"설령 쿤밍으로 못 가게 되는 일이 생겨도 말입니다."

"그게 무슨 말입니까? 쿤밍을 못 가다니요?"

"그러니까 설령이라고 하지 않았습니까? 차가 고장난다거나 뭐 타고 갈 사람들이 안 나타난다거나 하면…… 그렇더라도 돈은 돌려 드리지 않겠다 이 말입니다."

"하하, 우린 분명히 쿤밍으로 갑니다. 걱정 마세요."

"아무튼 약속하십시오. 어떤 경우에도 돈은 돌려 드리지 않겠습니다."

"약속하지요. 돈은 돌려받지 않겠습니다."

"좋습니다. 그럼 지금 바로 오십시오."

김정옥 목사는 방으로 올라가서 가이드와 통화한 내용을 말해 주었다.

"돈만 계산해 주고 바로 오겠습니다. 봉화야, 기운 차리고 있어. 목사님이 오다가 바나나랑 사과 사 올게."

봉화가 김정옥 목사 손을 꼭 잡았다.

"목사님, 정말로 빨리 오세요. 번개 같이 빨리 오셔야 되요."

"그럼. 우리 예쁜 봉화한테 번개 같이 달려와야지."

봉수가 김정옥 목사를 따라서 계단까지 나왔다.

"목사님, 저도 따라갈까요?"

"고맙지만 혼자 갔다 오마. 네가 곁에 있어야 부모님이 맘 편하실 거야. 다녀오마."

"저기, 목사님."

"오냐."

"아닙니다. 아무것도."

"싱겁긴."

김정옥 목사는 봉수 어깨를 톡 치고는 계단을 내려갔다. 봉수는 그 뒷모습을 보며 중얼거렸다.

"고맙단 말 하려고 그랬습니다. 진짜 고맙습니다."

봉수네 가족은 창문을 통해 도로를 내다보았다. 김정옥 목사가 도로를 건너 북문 쪽으로 멀어지는 것이 보였다. 김정옥 목사가 돌아서서 어서 창문을 닫으란 손짓을 해 보였다. 그리고 바로 북문 안으로 멀어졌다. 봉화는 먹고 있던 죽 그릇을 잡아당겼다.

"이거 다 먹고 목사님이 과일 사 오면 그것도 다 먹어야지."

"먹보. 거기서 더 살찌면 비행기 못 타. 무거워서."

봉수가 봉화를 놀리는 소리에 모두들 웃었다. 그 때 누군가 방문을 거칠게 두드렸다. 봉수네 가족은 놀라서 방문만 쳐다보았다. 그러자 방문이 더 세게 흔들렸다.

"목사님이 돌아오신 걸까?"

"방금 전에 성문 안으로 들어가시는 걸 봤잖아요?"

방문이 떨어져 나갈 듯 흔들렸다. 은장도 씨가 쥐어짜는 소리로 물었다.

"누, 누굽니까?"

"문 좀 열어 보쇼."

북한 말씨였다.

"빨리 열어 보란 말입니다."

은장도 씨가 조심스럽게 문을 열자 한국인들을 인솔하는 조선족 가이드가 서 있었다.

"우리 목사님이 안내원 동무를 만나러 간다고 하셨는데?"

가이드는 굳은 표정으로 들어왔다. 그는 방 한가운데 막대기처럼 서서 딱딱하게 굴었다.

"당신들, 탈북한 사람들이란 거 알고 있습니다."

그 소리에 봉수네 가족은 얼굴에서 핏빛이 가셨다.

"다른 탈북자들처럼 태국 국경으로 가는 모양인데 긴 말 않겠습니다. 이제 여기서부턴 당신들끼리 가십시오. 아무리 한국인들이 타고 가는 버스라고 해도 중국 공안이 검문을 아예 안 하는 것도 아니니까. 공연히 걸리면 한국인 목사가 무슨 죕니까? 탈북자를 돕다 걸리면 엄벌에 처해지는 거 알고 있지 않습니까? 그 양반, 한국으로도 못 가고 중국 형무소에서 살아야 합니다. 그래도 좋습니까?"

봉수네 가족은 숨소리도 크게 내지 못했다.

"여기까지 도움 받은 것으로 끝내고 그 분이 돌아오기 전에 방을 비우십시오. 당신들을 도와 준 목사한테 은혜 갚는 길은 그것뿐입니다. 그게 그 양반한테도 좋고 당신들한테도 좋은 길입니다. 내 말 알아들었습니까?"

봉수네 가족은 대답하지 못했다. 조선족 가이드는 찬바람을 일으키며 돌아갔다. 방 안에 침묵이 감돌았다. 모두들 방바닥만 내려다보고 앉아 있었다. 창문 너머에서는 땅거미가 내려앉고 있었다. 은효만 씨가 한참 만에 말을 꺼냈다.

"애비야, 저 사람 말이 맞다. 목사님께 더는 폐를 끼칠 수 없어. 지금까지 도움 받은 것만으로도 충분해."

봉화가 울먹였다.

"목사님 오면 인사하고 가요."

김매옥 씨가 봉화 등을 다독였다.

"그럼 우릴 보내 주시겠니? 조용히 떠나는 게 좋겠다."

방바닥에 코를 쭉 빼고 앉아 있던 봉수가 고개를 들었다.

"아버지, 돈 좀 주십시오. 목사님 저녁 드시라고 국수라도 한 그릇 사다 놓고 가겠습니다."

봉수가 밖으로 나가서 국수를 사 왔다. 은장도 씨가 벽지를
뜯어 내 마지막 인사를 남겼다.

목사님, 더는 폐를 끼칠 수 없어서 떠납니다. 어떻게든 우리
끼리 쿤밍으로 가는 길을 찾겠습니다. 그동안 베풀어 주신 은혜,
가슴 깊이 묻고 떠납니다. 걱정 마십시오. 어떤 일이 있어도
반드시 리남으로 가겠습니다. 리남에 도착하면 따통에 있는
교회로 연락 드리겠습니다. 목사님도 따통으로 잘 돌아가십시오.
교회 마당에 봄꽃이 훤하겠군요.

　　　　　　　　　　　　　　　　　　 －봉수 아버지

봉수네 가족은 무거운 마음으로 숙소를 나왔다. 거리에는 짙
은 어둠이 내려앉아 있었다. 봉수네 가족이 여인숙에서 나와서
맞은편 도로로 올라섰을 때였다. 빨간 택시가 달려와 섰다. 택
시 뒷문이 열리고 김정옥 목사가 내렸다.

"목사님, 여기……."

봉화가 반가워 소리치려는 것을 은장도 씨가 말렸다. 봉수네
가족은 중국인들이 북적대는 노점들 속에 숨어서 아무 버스나
오는 대로 탈 준비를 했다. 이제 막 일을 끝낸 중국인들이 버스
를 기다리느라 웅성거리고 있었다. 봉화가 훌쩍거렸다.

"인사하고 가고 싶은데······."

중국인들 틈에서 봉수네 가족을 보고 다가서는 사람이 있었다. 사과를 팔던 노인이었다. 노인은 절뚝거리며 봉수네 가족 뒤로 다가왔다. 봉수네 가족에게 말을 걸려던 노인은 도로 건너편으로 눈을 두었다. 이층으로 올라갔던 김정옥 목사가 허둥지둥 밖으로 달려 나와 이리저리 헤매는 모습이 보였다.

"아버지, 목사님이 우릴 찾나 봐요."

그 때 봉수네 가족 앞으로 버스가 와서 섰다.

"어서 타자. 목사님이 우릴 보시기 전에."

봉수네 가족은 버스 뒷자리로 가서 앉았다. 모두들 슬픈 눈으로 김정옥 목사를 돌아보았다. 사과를 팔던 노인도 봉수네 가족 가까이 앉아 뒤를 돌아보았다. 김정옥 목사가 이차선 도로를 이리저리 건너다니며 봉수네 가족을 부르고 있었다.

"모두 어디들 계십니까! 봉수야! 봉화야!"

중국인들이 모두 타자 버스가 출발했다.

"으앙!"

봉화가 김매옥 씨 품에 안기며 울음을 터트렸다. 김매옥 씨가 봉화 귀에 대고 울먹였다.

"목사님을 위해서야."

봉수도 부옇게 젖어 오는 눈으로 멀어지는 김정옥 목사를 바

라보았다. 은장도 씨가 봉수 어깨에 가만히 손을 올렸다. 은효
만 씨도 소매로 눈물을 찍었다. 버스가 기우뚱 바퀴를 끌며 왼
편으로 돌고 나자 김정옥 목사는 더 이상 보이지 않았다.

11. 왕 씨 노인

　창 밖으로 안개 낀 어둠이 스쳐갔다. 어디로 가는 버스인지 알 수 없었다. 얼마나 달려왔는지도 알 수 없었다. 봉수네 가족은 그저 멍하니 흔들리는 버스에 몸을 맡긴 채 앉아 있었다. 봉화는 얼마나 울었는지 코가 빨갰다. 그 사이 정이 많이 들었던 김정옥 목사였다. 모두들 허전한 마음뿐이었다.

　은효만 씨가 기침을 쿨룩거리기 시작했다. 해수 기침은 쉽사리 가라앉지 않았다. 얼굴빛이 붉어지는가 싶더니 금세 검게 변했다. 앞자리에 앉아 있던 사과 장수 노인이 지팡이로 은효만 씨 어깨를 툭툭 쳤다. 그러고는 따라 내리란 손짓을 했다. 봉수네 가족은 앞뒤 잴 것 없이 노인을 따라서 버스에서 내렸다.

　"아버님, 천천히 천천히요."

　은효만 씨는 밤공기를 마시며 숨을 조절했다. 김매옥 씨가 은효만 씨 눈가에 맺힌 눈물을 닦아 주었다.

"아버님, 이제 좀 나아지셨어요?"

"오냐."

옆에 서 있던 중국인 노인이 지팡이를 흔들며 따라오라고 했다.

"아버지, 그 할아버지예요. 사과를 팔던."

봉수가 노인을 알아보고는 속삭였다. 기이한 일이었다. 봉수네 가족은 어떻게 해야 하나 서로 얼굴만 바라보았다. 몇 걸음 절뚝거리며 걸어가던 노인이 돌아서서 기다렸다. 허연 수염이 밤바람에 날렸다. 은장도 씨가 은효만 씨를 업었다.

"우선 따라가 봅시다."

봉수네 가족은 달빛이 떨어지는 길을 걸었다. 풀이 제법 많이 난 길이라 폭신했다. 양쪽으로 나무들이 빼곡하게 줄지어 서 있었다. 밤이라 그것이 어떤 나무들인지는 분간할 수 없었다. 노인은 나무들 사이로 난 길을 십여 분 걸어 마당에 불빛이 흔들리는 집으로 들어섰다.

붉은 벽돌을 쌓아 지은 이층짜리 집이었다. 노인은 봉수네 가족을 이층 방으로 안내했다. 장롱만 하나 있는 방이었지만 무척 깨끗했다. 노인이 장롱을 열고 지팡이로 이불을 가리켰다. 내다 덮으란 뜻이었다. 그리고 무언가 할 말이 있는 듯 서성이다 방을 나갔다.

봉수네 가족은 이부자리를 펴고 누웠다. 모두들 멀뚱멀뚱 눈동자만 굴렸다. 어디선가 개 짖는 소리가 들렸다. 그러고는 온통 고요한 공기뿐이었다. 인기척 하나 느껴지지 않는 깊은 밤이었다. 봉수가 천정을 바라보며 말했다.

"아버지, 우리가 그렇게 떠나서 목사님이 서운하셨겠지요?"

"화났을 거야."

봉화가 뾰로통해서 끼어들었다.

"이해해 주실 거다. 우리가 왜 그렇게 했는지."

은장도 씨가 팔베개를 하며 대답했다.

"참 좋은 양반이었다."

은효만 씨도 한 마디 했다.

"예, 아버님. 처음에 봉수 아버지가 리남으로 간다고 했을 때만 해도 낯선 사람들 속에서 어떻게 살아야 하나 걱정도 많이 했습니다. 그런데 그 목사님을 보니까 리남에 가서도 좋은 사람들 만나서 잘 살 것 같습니다."

김매옥 씨가 아쉬운 소리로 대답했다.

"오냐. 언제고 그 양반한테 고맙단 인사할 날이 있겠지. 그러니까 봉수야, 봉화야. 목사님이랑 헤어졌대서 너무 마음 아파 하지 마라. 그나저나 우리 봉화 몸이 얼른 나아야 할 텐데."

봉수는 집 주인을 떠올리며 말했다.

"생각할수록 이상합니다. 우리가 사과를 샀던 중국인 할아버지 집으로 왔다는 사실이요.

김매옥 씨가 고개를 끄덕였다.

"그러게 말이다. 하고많은 버스 중에 같은 버스를 탔으니."

"우리를 처음 봤을 때부터 이 집 할아버지가 왠지 반가워하는 것 같았어요. 이유는 모르겠지만."

봉수는 잠이 드는 둥 마는 둥 뒤척이다가 날이 새자마자 자리에서 일어났다. 창문 너머 마당에서 인기척이 났다. 창문을 열고 밖을 내다보니 눈앞에 너른 과수원이 펼쳐졌다. 지난 밤 노인을 따라 걸어 들어왔던 길은 과수원 사이로 난 길이었다. 봉수는 가슴이 탁 트이는 기분이었다.

마당에서 노인이 닭과 오리들에게 모이를 뿌려 주고 있었다. 손을 털고 돌아서던 노인이 문득 봉수가 서 있는 창문으로 눈을 돌렸다. 봉수가 고개를 숙여 보이자 노인은 웃는 낯으로 손수레를 끌고 나왔다. 그러고는 닭장 옆에 쌓아 놓은 퇴비를 수레에 퍼 담았다. 봉수가 내려가서 노인이 하는 일을 거들었다.

노인 혼자 사는 집인 모양이었다. 아침밥을 먹는 자리에서도 다른 사람은 눈에 띄지 않았다. 봉화가 목이 아파서 밥을 넘기지 못하자 노인은 푸른 채소를 넣고 죽을 끓여 주었다. 그리고 환으로 빚은 약도 주었다. 그런 뒤 퇴비가 담긴 수레를 끌고 과수원으로 나갔다. 은장도 씨와 봉수가 노인을 따라 나갔다.

"봉수 엄마는 아버님이랑 봉화랑 집에 있구려. 우리가 저 어르신 일을 좀 거들다 오리다."

노인은 말을 아끼고 일만 했다. 은장도 씨가 나무들을 보고는 봉수에게 말했다.

"사과나무구나. 멀리서 봤을 땐 배나무인 줄 알았는데."

노인은 나무 아래다 삽질을 했다.

"아무래도 퇴비를 줄 구덩이를 파는 모양이다."

은장도 씨도 삽을 들고 노인처럼 구덩이를 팠다. 봉수도 삽을 들고 사과나무를 돌아가며 구덩이를 팠다. 백여 그루쯤 되는 사과나무 밑에다 구덩이를 파고 났을 때 노인이 퇴비를 넘치게 실은 손수레를 끌고 왔다. 그러고는 그 구덩이 속에다 퇴비를 한 삽씩 뿌려 주었다.

"어르신, 이 쪽으로 나오십시오. 우리가 하겠습니다."

은장도 씨가 노인을 억지로 끌어 내고 봉수와 퇴비를 퍼서 구덩이 속에 뿌렸다. 먼저 은장도 씨가 퇴비를 뿌리면 봉수가 그 위에 흙을 덮어 다독이고 발로 다지는 일을 했다. 노인은 흡족한지 뒷짐을 지고 두 사람이 하는 일을 지켜보았다. 그러다 점심 무렵에는 아예 집으로 들어갔다. 두어 시간 뒤 김매옥 씨가 감격한 눈으로 뛰어나왔다.

"봉수 아버지, 저 어르신이 우리 먹으라고 닭까지 잡았지 뭡
니까. 어서 집으로 가요."

봉수네 가족은 거실에 모여 앉아서 푹 삶은 닭고기를 먹었
다. 봉화도 닭다리를 잡고 맛있게 먹었다.

"우리 봉화가 속이 허해서 병이 났었구나. 안 넘기고 아주
잘 먹네."

솥에 남은 국물까지 나눠 먹고 난 뒤 은장도 씨와 봉수는 사
과밭으로 나갔다. 해가 저물도록 퇴비 주는 일을 계속했다. 거
의 일을 마칠 무렵에 낮은 봉분을 발견했다. 그 앞에는 비석도
세워져 있었다. 봉수가 비석에 쓰인 한자를 읽었다.

"왕씨지묘(王氏之墓). 왕 씨 성을 가진 사람 묘네요. 그런데
왜 묘가 과수원에 있을까요?"

"중국인들은 원래 농토에다 묘를 쓴다더라."

갑자기 지팡이가 나타나 王자를 가리켰다. 어느 새 노인이
다가와 서 있었다. 노인은 지팡이로 王을 짚은 채 자기 가슴을
툭툭 쳤다. 은장도 씨와 봉수는 금방 그 뜻을 알아차렸다.

"왕 씨 성을 가진 노인이었구나."

왕 씨 노인이 그만 돌아가자고 했다. 은장도 씨와 봉수는 사
과밭을 둘러보며 걸었다. 워낙 넓은 사과밭이라 앞으로도 일 주

일은 더 퇴비 주는 일을 해야 할 것 같았다.

"아버지, 할아버지도 편찮으시고 봉화도 아프니까 여기서 지내면서 퇴비 주는 일을 끝내고 갈까요?"

"글쎄다. 저 어르신이 원할지 모르겠다. 하루 이틀은 잠자리를 내준다고 해도 그 이상은 힘들지 않겠니? 우리가 중국인이 아니란 걸 알고 있는데. 어쩌면 우리가 탈북자란 사실도 눈치챘을지 몰라."

그런데 왕 씨 노인은 사흘이 지나도 나흘이 지나도 별다른 말을 하지 않았다. 퇴비 주는 일이 끝난 일 주일 뒤까지도 마찬가지였다. 아무 말 없이 창고에 저장해 두었던 사과 자루들을 싣고 새벽같이 팔러 나갔다 오후에 들어오고는 했다. 한 번은 봉수가 따라 나서려고 하자 손을 저으며 말렸다.

봉화는 어느 새 몸이 거뜬해져서 과수원을 뛰어다니고 있었다. 봉수네 가족은 더 머물지 않고 다음 날 떠나기로 했다. 겉옷과 운동화를 깨끗하게 빨아 놓은 것을 보고는 왕 씨 노인도 눈치를 챈 모양이었다. 그 날 밤 왕 씨 노인이 봉수네 가족을 불러 앉혔다.

"어르신, 그동안 감사했습니다. 우린 내일 떠나겠습니다."

왕 씨 노인은 은장도 씨가 하는 말을 흘려들으며 지팡이로 거실 벽에 걸린 낡은 지도를 짚었다. 북경을 짚기도 하고 상해를 짚기도 하면서 봉수네 가족을 돌아보았다. 아무래도 어디로 가는 것인지 묻는 듯했다. 봉수가 일어나서 쿤밍을 짚었다. 왕 씨 노인은 시안과 쿤밍 사이를 지팡이로 짚어 내려오다 놀라는 눈치였다.

왕 씨 노인은 두리번거리다 심이 뭉뚝한 연필을 찾아와 침을 묻혔다. 그러더니 시안과 쿤밍 중간 지점에 위치한 중경(重慶, 우리나라가 해방되기 직전까지의 임시정부 청사가 있었던 도시)에 동그라미를 쳤다. 왕 씨 노인은 한자로 쓰인 중경을 가리키며 '충칭'이라고 읽었다. 봉수가 따라 읽었다.

"충칭."

왕 씨 노인은 시안과 충칭 사이에 12라고 쓰고, 잠시 손가락으로 뭔가를 헤아리더니 충칭에서 쿤밍 사이에 28이라고 썼다. 그리고 지도 아래쪽에다 기차 모양을 그렸다. 봉수가 가족들에게 말했다.

"할아버지가 시안에서 쿤밍까지 걸리는 기차 시간을 쓴 것 같아요."

왕 씨 노인은 지도를 보며 시안, 충칭, 쿤밍을 차례차례 중얼거렸다. 이윽고 왕 씨 노인이 봉수네 가족을 향해 지도를 짚어 보였다. 시안에서 충칭까지를 가리키며 자기 앞가슴을 툭툭 쳤다. 은장도 씨가 그 소리를 알아듣곤 당황해서 손을 저었다.

"일없습니다, 어르신. 우리끼리 가겠습니다. 여기서 쉬었다 가게 해 주신 것만으로도 고맙습니다."

왕 씨 노인은 손을 세워 은장도 씨가 하는 말을 끊고는 방으로 들어갔다. 은장도 씨가 은효만 씨를 놀란 눈으로 돌아보았다.

"아버님, 저 어르신이 정말로 함께 가실 생각일까요?"

"설마하니 그렇겠니. 아무래도 애비가 잘못 알아들었을 거다."

그러나 왕 씨 노인은 다음 날 새벽같이 봉수네 가족을 깨워함께 집을 나섰다. 한 시간쯤 달리자 시안 역에 도착했다. 왕 씨노인이 충칭행 기차표 여섯 장을 끊어 왔다. 은장도 씨가 돈을건네도 뿌리쳤다.

"얘야, 저기 좀 보아라. 아무 탈 없겠니?"

은효만 씨가 인파로 북적거리는 대합실을 가리켰다. 곳곳에 공안들이 서 있었다.

"걱정이 되긴 합니다만."

봉수네 가족은 공안들이 다가올까 봐 잔뜩 몸을 움츠렸다. 왕 씨 노인은 공안쯤은 아랑곳하지 않고 봉수네 가족을 데리고 기차에 올랐다. 왕 씨 노인이 봉수네 가족을 데리고 탄 곳은 삼층짜리 침대가 마주보고 있는 6인실 침대칸이었다. 왕 씨 노인과 은효만 씨가 아래층을 쓰고 김매옥 씨와 봉화가 이 층을 썼다. 은장도 씨와 봉수는 삼 층에 자리잡았다. 왕 씨 노인이 통로로 오고가는 사람들 시선을 막기 위해서 침대칸 커튼을 쳤다. 이윽고 기차는 미끄러지듯 시안 역을 빠져 나갔다.

"그런데 이 양반이 어째서 자꾸 우릴 돕는 것인지 모르겠구나."

은효만 씨가 왕 씨 노인을 바라보며 중얼거렸다. 왕 씨 노인은 피곤한 듯 침대에 누워 눈을 감았다. 봉수네 가족도 침대에 몸을 눕혔다. 그러나 모두들 뜬눈이었다. 뜻밖에 얻은 기회가 실감나지 않았다. 봉수는 엎드린 채 창문 밖을 내다보았다. 부연 모래바람에 휩싸인 시안이 뒤로 밀려나고 있었다.

"아버지, 김정옥 목사님은 따퉁으로 돌아가셨겠지요?"

이마에 팔을 얹고 누워 골똘히 생각에 빠져 있던 은장도 씨가 고개를 돌렸다.

"가셨겠지. 그 분 덕에 시안까지 잘 왔는데 또 뜻하지 않게 여기서도 중국인 도움을 받는구나. 안 그랬으면 아직도 어디서 헤매고 있을지 알 수 없는데."

왕 씨 노인은 봉수네 가족이 절대로 혼자 침대칸 밖으로 나가지 못하도록 했다. 혹시라도 기차에 타고 있는 공안과 마주치게 될 것을 염려해서였다. 왕 씨 노인은 봉수네 가족이 화장실에 갈 때마다 함께 따라갔다. 그리고 기차 통로나 화장실에서는 말을 하지 말라고 시켰다.

기차가 역에 설 때마다 장사꾼들이 창문에 매달려 먹을 것을 파느라 아우성이었다. 왕 씨 노인은 점심때와 저녁때에 맞춰 그들에게서 먹을 것을 구해 봉수네 가족과 먹었다. 저녁을 먹은 뒤 은장도 씨는 왕 씨 노인에게 돈을 건넸다. 충청까지 가는 여비와 음식 값이었다. 왕 씨 노인은 돈을 물리치며 손을 내저었다.

"아닙니다, 어르신. 이 돈을 받으셔야 우리 맘이 편합니다."

은장도 씨가 왕 씨 노인 품에 억지로 돈을 찔러 넣어 주었다. 왕 씨 노인은 돈을 던지다시피 돌려 주었다. 은효만 씨가 나서서 다시 돈을 돌려 주었다.

"받으시구려. 이렇게 도와 주는 것만으로도 얼마나 고마운지 모른다오."

왕 씨 노인은 돈을 침대에 내려놓고 품에서 사진 한 장을 꺼내더니, 그 사진을 하염없이 내려다보았다. 그러고는 은장도 씨에게 사진을 주었다. 낡은 흑백사진을 둘러싸고 봉수네 가족이 모여 앉았다. 수줍은 웃음으로 초가집 툇마루에 걸터앉은 여자와 남자가 빛바랜 사진 속에 있었다.

여자는 스무 살쯤 돼 보이는 아가씨로 한복을 입고 있었다. 두 뼘쯤 떨어져 앉아 있는 남자도 나이가 비슷해 보였다. 다쳤는지 오른쪽 다리를 천으로 둘둘 말고 있었다. 봉수의 눈길이 문득 왕 씨 노인의 오른쪽 다리로 향했다. 왕 씨 노인이 희미하게 웃으며 나지막이 중얼거렸다.

"오만희."

봉화가 사진 뒤편을 가리키며 소리쳤다.

"오만희, 여기 있어요!"

사진 뒤편에 단정한 글씨체로 적힌 말이 있었다.

왕웨이 씨, 무사히 고향으로 돌아가십시오.

왕웨이 씨께서 봄을 두 번 머물다 가시는 이 곳은

평안북도 운산입니다.

서로 살아 있다면 언젠가 다시 만나겠지요.

1952년 5월,

오만희

은효만 씨가 지그시 왕 씨 노인을 바라보았다.

"이 양반 말이다. 아무래도 오십 년 전 전쟁 때 중공군으로 왔었나 보구나. 그 때 이 오만희란 아가씨에게 부상당한 몸을 의탁했겠지."

왕 씨 노인은 사진을 받아 한동안 사진 속을 들여다보더니 품

속에 지녔다. 봉수네 가족을 향해 고개를 드는데 설핏 눈물이 비쳤다. 왕 씨 노인은 조용히 침대에 몸을 눕히고 눈을 감았다. 봉수는 그것만으로도 알 것 같았다. 왕 씨 노인이 시안에서 봉수네 가족을 본 순간 왜 그토록 안타까운 눈을 했는지. 그리고 또 이렇게 아무 거리낌 없이 충칭행 기차에 동행해 주고 있는지.

봉수네 가족은 흔들리는 기차에 몸을 맡기고 한숨 눈을 붙였다. 봉수는 자주 눈을 감았다 떴다. 깊은 잠에 들 수가 없었다. 등을 붙인 침대가 마치 출렁이는 바닷물 같았다. 조금이라도 깊은 잠에 빠졌다가는 어두운 바닷속으로 떨어져 내릴 것만 같았다. 은효만 씨가 뻣뻣한 허리를 두드리며 일어나 앉았다.

"얘야, 충칭이란 데는 아직 멀었니? 밤이 된 지 오랜데."

은장도 씨가 시계를 보았다.

"열두 시간 거리라고 했으니까 이제 한 시간 정도만 더 가면 되겠어요. 지금 아홉 시니까 삼사십 분 뒤면 도착하겠어요."

봉화가 배를 잡고 얼굴을 찡그린 것은 그 때였다.

"아버지, 나 화장실 가고 싶어요."

봉수가 위층에서 두런거렸다.

"어쩐지 너 아까 저녁을 많이 먹는다 싶었다. 조금만 참아. 곧 충칭에 내리니까."

"안 돼. 금방 나올 것 같단 말이야."

봉수가 아래로 내려와 왕 씨 노인을 깨우려다 은장도 씨를
바라보았다.

"아버지, 할아버지가 곤히 잠드셨습니다. 죄송해서 못 깨우
겠어요. 그냥 제가 봉화 데리고 살짝 갔다 오겠습니다."

김매옥 씨가 걱정이 되어서 말했다.

"우리끼린 나가지 말라고 했잖니?"

봉수가 조심스럽게 왕 씨 노인을 흔들었다. 깊이 잠들었는지
왕 씨 노인은 눈을 뜨지 않았다. 봉화가 발을 굴렀다. 마음이 급
해진 봉수가 봉화 손을 잡았다.

"조심해서 다녀오겠습니다."

봉수와 봉화는 기차 통로를 뛰다시피 해서 화장실로 갔다.
그런데 화장실마다 사람들이 길게 줄을 서 있었다. 봉화가 아랫
배를 잡고 발을 굴렀다. 봉수는 봉화를 데리고 다른 객차에 딸
린 화장실로 갔다. 거기도 마찬가지였다. 다섯 번째 객차 화장
실에 가서야 봉화는 일을 볼 수 있었다.

"오빠, 어디 가면 안 돼?"

"알았어. 문 앞에 있을게."

다른 화장실처럼 붐비는 곳이 아니었다. 화장실 두 개가 마
주보고 딸린 객차였다. 봉수는 맞은편 화장실 문에 기대서서 봉
화를 기다렸다.

"오빠, 거기 있어?"

"있어. 좀 조용히 해. 할아버지가 우리말 쓰지 말랬잖아."

"알았어."

"하지 말라니까."

"오빠나 하지 마."

"쉿!"

"알았어. 그런데 방귀는 뀌어도 되지?"

그러더니 뽕 하는 소리가 새 나왔다.

"어유!"

봉수가 피식 웃음을 터트리는데 갑자기 등을 기대고 있던 화장실 문이 벌컥 열렸다. 봉수는 놀라서 후닥닥 옆으로 비켜섰다. 곱슬머리에 광대뼈가 튀어나온 남자가 밖으로 나왔다. 남자는 교활한 웃음을 입가에 매달고 있었다. 그 때 봉화가 화장실 밖으로 나왔다. 봉수가 봉화한테 아무 소리 하지 말란 눈짓을 보냈다.

"이런 데서 내 동포를 만나다니. 반가워서 어쩌나?"

중국인이 아니었다. 봉수는 봉화 손을 잡고 슬며시 자기 쪽으로 끌었다.

"반갑구나, 얘들아?"

광대뼈가 징그럽게 웃으며 한 걸음 가까이 다가왔다. 봉화가 물었다.

"아저씨는 누구세요?"

"말하지 마."

봉수가 봉화 입을 막았다. 광대뼈가 차가운 눈으로 쏘아보았다.

"내가 누구냐고? 난 말이다. 너희들처럼 조국을 배신하고 달아난 놈들을 잡으러 다니는 사람이란다. 알아들었니?"

광대뼈가 봉수와 봉화 목덜미를 움켜잡았다. 봉화가 손아귀에서 빠져 나오려고 발버둥을 쳤다. 그러자 광대뼈가 화장실 벽에다 봉화를 우악스럽게 밀어붙였다.

"내 동생을 내버려 둬. 내버려 두라고."

봉수가 광대뼈 옆구리에 주먹을 날렸다. 광대뼈가 비명을 지르며 봉수를 움켜잡고 있던 손을 놓았다. 봉수는 똑같은 자리를 이번엔 발로 찼다. 광대뼈는 통로 바닥으로 쓰러지며 봉화를 잡고 있던 손도 놓았다. 그 때 객차 안에서 대머리 남자가 험악한 눈으로 나왔다.

"동무, 무슨 일이오?"

"저것들을 잡으라고. 탈북자야."

봉수가 봉화 손을 잡고 객차 안으로 뛰었다.

"거기 서라! 보안원이다!"

봉수와 봉화는 사람들 사이를 뚫고 달렸다. 중국인들이 열차에서 내리려고 준비하는 중이라 통로는 말 그대로 시장 바닥 같았다. 크고 작은 트렁크부터 이불을 싼 보따리, 종이 박스까지 통로를 가득 메우고 있었다. 기차에서 연신 충칭이란 소리가 흘러나오고 있었다.

"빨리, 빨리!"

봉수와 봉화는 사람들에게 치이고 짐에 걸려 넘어지면서 가족들이 기다리는 침대칸으로 돌아왔다. 봉수는 침대칸으로 들어서자마자 커튼을 쳤다.

"왜 그러니? 무슨 일이야?"

봉수와 봉화는 어깨를 들썩이며 가쁜 숨을 몰아쉬었다. 이마에서는 식은땀이 비 오듯 쏟아졌다. 그 사이 왕 씨 노인도 잠에서 깨어났다.

"아버지, 우릴 잡으러 보안원이 왔어요."

은장도 씨가 아래층으로 뛰어내렸다.

"무슨 말이냐, 그게?"

"기차에 리북에서 온 보안원들이 타고 있었어요."

은장도 씨가 봉수 어깨를 잡고 물었다.

"그 자들이 너희들을 봤니?"

"네. 간신히 떨어뜨리고 도망쳐 왔어요."

"너희들이 북한에서 온 걸 어떻게 알고?"

봉화가 울먹였다.

"오빠가 말하지 말라고 했는데…… 화장실 안에서 자꾸 제가 말했어요."

김매옥 씨가 봉화를 끌어안고 등을 다독였다.

"울지 마. 무사하니 됐다."

은장도 씨가 통로로 나갔다가 황급히 들어와 커튼을 쳤다.

"침대칸을 뒤지고 다니는 남자들이 있어요. 봉수야, 침대로 올라가 이불로 얼굴을 가려라. 여보, 당신은 봉화를 안고 누워요."

왕 씨 노인도 상황을 눈치챘는지 침대에 누워 눈을 감았다. 은장도 씨도 삼 층 침대로 올라가 누웠다. 발자국 소리가 커지더니 커튼이 휙 열렸다. 왕 씨 노인이 고개를 들고는 태연하게 중국말로 뭐라 물었다. 북한 보안원들은 대꾸하지 않고 침대에 누워 있는 봉수네 가족을 매섭게 쏘아보았다.

광대뼈가 갑자기 김매옥 씨 침대로 다가가더니 이불을 확 걷었다. 봉화가 광대뼈를 보고는 울음을 터트렸다. 광대뼈가 거칠게 봉화를 잡아 세웠다. 김매옥 씨가 비명을 지르며 그 손을 뿌리쳤다. 은장도 씨가 내려와 광대뼈 손을 잡았다.

"내 딸아이요. 당장 놓으시오."

"오라, 여기 탈북자들이 줄줄이 모여 있었구먼."

이번엔 대머리 보안원이 은효만 씨와 봉수가 덮고 있는 이불을 걷었다. 왕 씨 노인이 일어나 중국말로 버럭 소리쳤다. 광대뼈가 그 말을 알아듣고는 사납게 굴었다.

"중국 공안한테 알리겠다고? 이 자들이 당신 가족이라고? 우리가 누군 줄 알고 함부로 떠드는 거야. 우린 당신네 공안이 불러들인 북한 보안원이야. 이런 탈북자 놈들을 잡아가라고 당신네 공안이 부른 보안원이라고. 알기나 해, 이 노인네야? 동무, 이 자들을 체포하시오."

수갑이 나오는 것을 보자 왕 씨 노인이 두 팔을 벌리고 막았다. 광대뼈가 왕 씨 노인을 침대로 밀어서 쓰러트렸다. 기차는 서행하며 충칭 역으로 들어서고 있었다. 왕 씨 노인이 벌떡 일어나 통로 밖으로 나갔다. 그러고는 지갑을 들고 중국인들한테 뭔가를 고래고래 소리쳤다. 그러자 중국인들이 봉수네 가족이 있는 침대칸으로 우르르 몰려왔다. 왕 씨 노인이 지폐를 지갑에서 꺼내 흔들었다.

"젠장, 저 늙은이가!"

대머리 보안원이 광대뼈 보안원에게 물었다.

"저 늙은이가 뭐라는 거요, 지금?"

"우릴 붙잡으면 돈을 주겠다고 소리치고 있소."

"그럼 빨리 말하시오. 우리는 북에서 온 보안원이라고."

하지만 덩치 큰 중국인들 동작이 더 빨랐다. 북한 보안원들과 중국인들은 서로 밀치고 당기며 법석을 떨었다. 그러는 사이 왕 씨 노인이 봉수네 가족을 통로로 데리고 나왔다. 그리고 서둘러 기차에서 내리라고 등을 떠밀었다.

"어르신!"

봉수네 가족은 고맙다는 인사도 못하고 통로를 빠져 나갔다. 광대뼈가 중국인들에게 팔다리를 붙잡힌 채 소리쳤다.

"명령이다. 거기 서!"

기차가 충칭 역에 완전히 멈춰 섰다. 충칭 역은 짙은 밤안개에 싸여 있었다. 봉수네 가족은 안개와 사람들 틈에 섞여 달렸다. 광대뼈가 기차 창문 너머로 소리쳤다.

"쥐새끼 같은 인간들, 두고 보라고! 반드시 잡을 테니까! 절대로 놓치지 않겠어!"

강물처럼 흐르는 안개 속으로 봉수네 가족은 잠수하듯 사라졌다. 그 모습을 지켜보던 왕 씨 노인이 돈을 허공에 뿌렸다. 중국인들이 그 돈을 줍느라 아우성을 쳤다. 북한 보안원들은 그들에게 밟히고 밀쳐지며 침대칸에서 나오지 못했다. 왕 씨 노인은 기차에서 내려 유유히 안개 속으로 사라졌다.

12. 안개 속 그림자

충칭 역을 빠져 나오는 인파 속에 봉수네 가족도 섞여 있었
다.

"봉수 아버지, 이제 어디로 가지요?"

봉수네 가족은 안개 속에 서서 어디로 가야 할지 몰라 막막
했다.

"지금은 무엇보다 여길 벗어나는 게 우선이오. 따라와요."

은장도 씨가 은효만 씨를 업고 택시들이 줄지어 선 곳으로
달렸다. 봉수네 가족은 택시에 탔지만 목적지를 말할 수 없었
다. 중국인 택시 기사가 목적지를 물어도 입이 딱 붙어서 떨어
지지 않았다. 중국말도 몰랐거니와 낯선 충칭이란 도시에 대해
아는 것이 아무것도 없었다. 택시 기사가 목적지를 한 번 더 물
었다. 그 때 봉수가 다급하게 외쳤다.

"아버지, 보안원들입니다! 보안원들이 역 밖으로 나왔어요!"

북한 보안원들이 안개 속을 헤집고 다니며 두리번거리고 있었다. 그러다 봉수네 가족이 타고 있는 택시를 발견하고는 달려왔다.

"봉수 아버지, 우릴 잡으러 옵니다!"

"출발해요, 빨리. 아무 곳이나 가요."

은장도 씨는 택시 기사가 알아듣건 말건 앞을 가리키며 말했다.

"한궈어런(한국인)?"

"가요, 빨리 가란 말입니다! 제발 아무 곳으로나 가잔 말입니다!"

은장도 씨는 입술이 바짝 타서 소리를 높였다.

"오케이, 오케이."

택시 기사가 알았다고 손을 들어 보였다. 택시는 안개를 밀치고 북적거리는 차량들 속으로 섞였다. 봉수네 가족은 일제히 뒤를 돌아보았다. 간발의 차이로 택시를 놓친 보안원들이 다른 택시를 잡느라 뛰어다니고 있었다. 그러나 곧 그 모습도 안개에 가려 지워졌다. 봉수네 가족은 앞을 향해 돌아앉으며 안도의 한숨을 내쉬었다.

"한궈어런?"

택시 기사가 옆에 앉은 은장도 씨에게 또 물었다. 은장도 씨는 그 말뜻을 몰라 대충 그렇다고 고개를 끄덕였다. 그러자 택시 기사는 신이 나서 휘파람을 불었다. 충칭은 안개에 둘러싸인 도시였다. 일이 미터 밖도 분간할 수 없을 만큼 짙은 안개에 빠져 있었다. 그래서 그런지 여기저기서 경적을 울리며 지나가는 차 소리로 귀가 왱왱거렸다.

택시는 불빛을 환하게 밝히고 안개 속을 달렸다. 봉수네 가족은 한 마디 말도 없이 창 밖만 내다보았다. 봉수는 손이 뻐근해서 펴 보았다. 그 때까지도 주먹을 꽉 쥐고 있어서 돌처럼 굳어 버린 손을 펴기가 힘들었다. 부연 안개를 보니 더욱 마음이 무거웠다. 한 치 앞을 내다볼 수 없는 가족들의 처지가 그 안개 속 같았다.

"오케이, 한궈어런!"

한참 지나서 택시가 선 곳은 호텔 앞이었다. 택시 기사가 이제 막 관광버스에서 내리는 사람들을 가리키며 또 '한궈어런' 했다. 그 소리에 대답이라도 하듯 귀에 익은 말이 들려 왔다.

"어어, 안개 한번 무진장하다. 이래가지고 내일 창강(장강(長江), 충칭 둘레를 흐르는 강으로 양자강으로도 불린다. 장강삼협 유람이 시작되는 곳으로 한국인 관광객이 많다) 유람이나 제대로 하겠나?"

"그러게. 뭐가 보여야 말이지."

한국인들이었다. 그제야 봉수네 가족은 택시 기사가 처음부터 '한귀어런?' 하고 물었던 이유를 깨달았다.

"이 기사가 우릴 한국인 여행자로 알았던 모양이군."

은장도 씨가 돈을 치르고 택시에서 내렸다. 택시 기사는 아직 할 말이 남았는지 봉수네 눈치를 보고 서 있었다. 김매옥 씨가 걱정이 되어서 택시 기사를 힐끔거렸다.

"우리가 호텔로 들어가는 걸 확인하려고 그러나 봅니다. 어쩌죠? 우린 호텔로 못 들어가는데."

스무 명 남짓한 한국인들은 호텔 안으로 들어가고 있었다. 은장도 씨가 가족들을 이끌었다.

"들어가는 척합시다."

봉수네 가족이 몇 걸음 떼지 않아서였다. 택시 기사가 다가와 은장도 씨 옆에 붙었다.

"창강?"

기사는 손을 포개 얼굴 옆에 대고 자는 시늉을 하며 거듭 물었다.

"창강?"

봉수가 눈치채고 말했다.

"아버지, 아무래도 오늘 밤 자고 나서 내일 창강에 갈 거냐고 묻는 것 같아요. 아까 한국인들도 내일 창강이란 곳에서 유람한다고 했잖아요."

은장도 씨는 가지 않는다는 뜻으로 손을 흔들었다. 그러자 중국인 택시 기사가 물었다.

"피파산궁위안(피파산공원, 충칭 중심부에 있는 산에 조성된 공원)?"

은장도 씨가 고개를 저었다.

"졔팡베이(해방비, 충칭 번화가에 항일전쟁 승리를 기념하기 위해 1950년에 세워진 높이 27.5미터의 탑)?"

택시 기사는 떨어지지 않고 계속 호객 행위를 했다. 은장도 씨가 이맛살을 찌푸렸다.

"귀찮은 자로군. 좋소, 창강!"

"오케이, 오케이."

택시 기사가 은장도 씨 등을 두드리며 손가락 아홉 개를 펴 보였다. 그리고 연신 지금 서 있는 자리를 가리켰다.

"좋소. 내일 아침 아홉 시에 여기서 봅시다."

은장도 씨도 손을 펴 보였다. 중국인 택시 기사는 이를 드러 내고 웃으며 택시를 몰고 사라졌다. 관광버스 한 대가 또 들어 와 섰다. 이번에도 한국인 관광객들이 와자하게 웃으며 버스에서 내렸다. 그 부산한 틈을 타 봉수네 가족은 호텔 주차장에서 멀어져 골목으로 꺾어졌다. 불빛이 들지 않는 골목에서 화려한 호텔 불빛을 바라보며 봉화가 말했다.

"아버지, 리남 사람들은 좋겠습니다. 우리처럼 몰래 도망다니지 않아도 되고, 자고 싶은 데서 자도 되고, 맘대로 보고 싶은 거 보러 다녀도 되고."

"우리도 곧 그렇게 된다. 리남에만 가면 우리도 그렇게 할 수 있어."

"빨리 비행기를 타고 리남으로 갔으면 좋겠습니다. 그런데요, 아버지. 우리가 태국에 너무 늦게 가서 비행기가 리남으로 가 버리면 어떻게 하지요?"

은장도 씨가 웃으며 대답했다.

"그럼 다음 비행기가 또 올 거야. 걱정 안 해도 돼."

"와, 정말 다행이에요."

"그나저나 오늘 밤 묵을 곳을 찾아야 하는데……."

시간은 벌써 열한 시가 넘어가고 있었다. 안개에 잠긴 거리는 어둡고 침침했다. 봉수가 호텔을 건너다보며 말했다.

"아버지, 리남 사람들 가까이 머물면서 쿤밍으로 가는 길을 찾는 게 어떨까요? 우리도 리남 사람 행세를 해도 되고, 어쩌면 그 중에 김정옥 목사님처럼 우릴 도와 줄 사람도 있을지 모릅니다."

"좋은 생각이지만 우린 호텔에 묵을 수 없잖니."

은효만 씨가 기침을 쏟았다. 마음이 급해진 은장도 씨가 주위를 두리번거렸다. 봉수가 이 골목 저 골목 두리번거리다 붉은 등을 하나 발견했다. 호텔에서 이십 미터쯤 떨어진 골목이었다.

"아버지, 김정옥 목사님이랑 묵었던 곳에도 저런 등이 걸려 있었습니다. 제가 뛰어가서 보고 오겠습니다."

봉수는 좁은 골목을 뛰어 붉은 등이 걸린 집 앞에 섰다. 발자국소리를 듣고 이층 창문이 열리더니 중국인 아낙이 고개를 내밀었다. 봉수는 어떻게 말을 꺼낼까 망설이다 기지를 발휘했다.

"한궈어런."

"한궈어런!"

중국인 아낙이 반기는 기색으로 올라오라고 했다.

"잠깐만 기다리십시오. 가서 가족들을 데려오겠습니다."

봉수가 골목을 뛰어가자 아낙이 고개를 길게 빼고 쳐다보았다.

"아버지, 한국인이라고 말하고 방을 얻었습니다."

봉수네 가족은 제법 널찍한 창문이 딸린 아담한 방을 얻을 수 있었다. 은장도 씨는 사흘치 방값에 하루치 방값을 더 얹어주었다. 중국인 아낙은 신이 나서 엄지손가락을 추켜세우며 나갔다.

"저 개 좀 보세요. 곰처럼 커요."

봉수와 봉화가 창문에 붙어 서서 이웃집 마당에서 어슬렁거리는 시커먼 개를 가리켰다. 개가 봉수 남매를 보고는 이빨을 드러내고 으르렁거렸다.

"닫고 앉아라. 너희들이 보고 있으면 계속 짖어댈 거다."

봉수네 가족은 물에 빠진 솜처럼 무거운 몸을 바닥에 눕혔다. 그제야 왕 씨 노인이 떠올랐다. 은효만 씨가 한숨을 내쉬었다.

"그 어르신이 무사하셔야 할 텐데. 애비야, 공연히 우리 때문에 그 양반이 곤욕을 치르지는 않았는지 걱정되는구나."

"아무 일 없기만을 비는 수밖에요. 참 고마운 어르신이었습니다."

"보안원들이 중국까지 쫓아올 줄은 몰랐습니다. 아까는 정말이지 이젠 다 죽었구나 싶었습니다. 설마 다시 마주칠 일은 없겠지요?"

김매옥 씨가 가족들을 쫓던 북한 보안원 이야기를 꺼냈다.

"그런 일 없도록 해야지. 분명히 그 자들이 기차역이랑 버스터미널을 지킬 테니 쿤밍으로 가는 다른 길을 찾아야겠소."

"그럼 봉수 아버지, 내일 배 타는 곳으로 나가 보는 게 어떻겠습니까? 혹시라도 배를 타고 여길 떠날 수 있을지도 모르잖습니까?"

"좋은 생각이오."

봉수가 문득 호텔까지 태워다 주었던 택시 기사가 생각났다.

"아버지, 내일 호텔 주차장에서 아까 그 택시를 기다려요. 그리고 리낭 사람인 척 창강으로 가요."

"귀찮아서 떼어 버리려고 대충 약속해 놓은 건데 잘 됐구나."

"애비야, 돈은 넉넉한 것이냐?"

은장도 씨가 남은 돈을 헤아려 보았다.

"예, 이 돈이면 쿤밍까지 어떻게든 버틸 수 있을 것 같습니다."

김매옥 씨가 웃으며 봉화를 바라보았다.

"우리 봉화가 아주 큰일을 하고 있네? 봉화야, 이게 우리 가족 목숨이 달린 돈이다."

"아무 걱정 마십시오. 제가 이렇게 두 눈을 개구리같이 굴리면서 잘 지키고 있으니까요."

봉화가 돈을 허리에 차며 명랑하게 말했다.

안개는 새벽이 되어서도 여전했다. 주인 아낙이 아침밥이 담긴 사발 다섯 개를 가지고 와서 들이밀었다. 밥 위에 야채를 볶아서 올려놓은 것이 다였지만 한 끼 식사로 거뜬한 양이었다. 택시 기사와 만나기로 한 시간에 호텔 앞으로 나가자 한국인들이 버스에 오를 준비를 하고 있었다. 조선족 말씨를 쓰는 여자 가이드가 둥그렇게 모여 선 한국인들한테 말했다.

"지금 가실 창강 주변은 유람선을 타려는 한국인들과 중국인들이 우왕좌왕 섞여서 아주 혼잡한 뎁니다. 눈 뜨고 주머니 털리기 쉬운 곳이니까 돈을 깊숙이 넣어 두십시오. 중국인 소매치기도 많고 탈북한 꽃제비(탈북한 뒤 떼지어 떠돌아다니며 구걸하거나 소매치기·절도 등을 일삼는 스무 살 이하의 북한 청소년)도 많은 뎁니다. 사진도 아무한테나 찍어 달라고 하면 안 됩니다. 그 놈들이 사진기를 들고서 튀면 바지 끈 떨어지게 쫓아가도 여러분 실력으론 절대로 못 잡습니다."

그 소리에 한국인들이 왁자하게 웃었다. 봉수가 은장도 씨를 돌아보았다.

"아버지, 창강 선착장에 우리 같은 탈북자들이 있답니다. 잘하면 쿤밍으로 가는 길을 물어 볼 수도 있겠습니다."

"그래, 듣던 중 반가운 소리구나."

봉수네 가족은 호텔 주차장 앞에서 택시를 기다렸다. 한국인들을 태운 버스가 출발하고 나자 경적 소리가 울렸다. 돌아보니 지난 밤 택시 기사가 손을 흔들고 있었다. 봉수네 가족이 타자 택시는 질펀하게 깔린 안개 속을 달렸다. 은효만 씨가 창 밖을 보며 말했다.

"참 안개도 많은 곳이다. 안개 속에 뭐가 들어앉아 있는지 도무지 모르겠구나."

얼마 뒤 봉수네 가족은 유람선 선착장에서 내렸다. 택시 기사가 따라와 매표소를 알려 주고는 다음에 어디로 갈 것인지 묻는 동작을 했다. 은장도 씨가 아무 곳도 안 가겠다고 고개를 젓자 끈질기게 물었다.

"졔꽝베이? 피파산궁위안?"

"안 갑니다. 아무 데도 더 안 가요. 우린 여기서 다른 곳으로 갈 겁니다."

은장도 씨는 단호하게 손을 내젓고 빠른 걸음으로 걸었다. 택시 기사가 매표소를 가리키며 표를 끊어야 한다고 소리쳤다. 봉수네 가족은 못 들은 척 멀어졌다. 택시 기사가 허리에 손을 짚고 이상하다는 듯 쳐다보았다. 그 때 택시 기사를 툭 치고 지나가는 사람이 있었다. 바지 주머니에 두 손을 찔러 넣은 봉수 나이 또래의 소년이었다.

"오늘은 아침부터 재수가 좋은데!"

소년은 손에 쥐고 있던 돈을 세어 보고는 안주머니에 찔러 넣었다. 그와 동시에 뒤에서 중국인 택시 기사가 옷을 뒤지며 고래고래 소리쳤다. 소년은 힐끗 택시 기사를 돌아보며 씩 웃었다.

"아무리 난리쳐도 안 나올 거야. 당신 돈은 이미 내 주머니에 있으니까."

소년은 사람들 틈에 섞여 걸어가는 봉수네 가족 뒤로 바짝 붙었다. 유람선 선착장은 매우 혼잡했다. 관광버스와 택시들이 꽁무니를 맞대고 줄지어 서 있고 승선하는 사람들과 하선하는 사람들이 섞여서 시장바닥처럼 소란했다. 그 사이를 장사치들이 오고가며 만두를 팔기도 하고 물을 팔기도 했다.

"봉수야, 봉화 손 잘 잡아라. 잃어버리면 큰일이다."

은장도 씨가 은효만 씨 손을 잡고 앞장서서 걸으며 일렀다.

"봉수 아버지, 자꾸 어디로 가는 겁니까?"

"저 안쪽으로 들어가서 리남 사람들을 좀 찾아봅시다. 배를 타고 다른 도시로 갈 수 있는지 없는지. 그냥 봐서는 모르겠구려."

붉은 깃발을 높이 세우고 서른 명 남짓한 중국인 관광객들이 몰려오고 있었다. 그들이 막 봉수네 가족 곁을 지나갈 때였다. 봉수네 가족을 소리 없이 뒤따라오던 소년이 일부러 넘어지며 봉수를 힘껏 밀었다. 봉수가 봉화 손을 잡은 채 중국인들 쪽으로 넘어졌다. 그러자 중국인 예닐곱 명도 중심을 잃고 쓰러졌다. 여기저기서 비명이 터졌다.

"봉수야! 봉화야!"

넘어진 중국인들을 일으켜 세워 주느라 일행인 중국인들까지 몰려들어서 어수선했다. 그 속에 함께 고꾸라져 있던 소년이 어물쩍 일어설 때였다. 봉화가 소년의 팔을 잡고 소리쳤다.

"아버지, 우리 돈을 훔쳐갑니다!"

소년이 봉화를 땅바닥에 밀어뜨리고 뛰었다. 봉수가 소년을 따라 달렸다. 과일사탕을 꼬치에 꿰어 파는 수레가 지나가는 바람에 소년이 잠깐 주춤했다. 봉수가 몸을 날려 소년 등을 타고 떨어졌다. 두 사람은 바닥으로 쓰러지며 뒹굴었다. 달아나려는 소년의 다리를 봉수가 움켜쥐고 놓지 않았다. 소년이 엉겁결에 소리쳤다.

"새끼야, 놔! 놓으라고!"

"조선족이야?"

"아냐, 새끼야."

"그럼 꽃제비니? 북에서 온 꽃제비냐고?"

"꽃제비건 말건 네 놈이 뭔 상관이야."

"상관있지. 우리 돈주머닐 훔쳐 가는데."

"이거 안 놔?"

"우리 돈 내 놔."

"이 새끼가 정말!"

소년이 봉수 얼굴에 발길질을 했다. 봉수는 비명을 지르며 손으로 얼굴을 감쌌다. 그 사이에 소년은 웅성거리며 모여든 사람들 틈을 비집고 달아났다. 봉수가 비틀거리며 일어나서 달려오는 은장도 씨에게 소리쳤다.

"아버지, 저 꽃제비가 우리 돈을 가져가요."

은장도 씨가 꽃제비 뒤를 따라 달렸다. 꽃제비는 요리조리 사람들 틈바구니를 귀신같이 피해서 순식간에 모습을 감추었다. 은장도 씨가 허탈한 걸음으로 돌아왔다.

"아버지, 우리 돈 찾았습니까?"

은장도 씨가 고개를 젓자 가족들은 말을 잃었다. 봉화가 울먹였다.

"그럼 우리 비행기 못 탑니까? 리남으로 가는 비행기는 못 타는 겁니까?"

은장도 씨가 중국 공안 두 명이 가까이 다가오는 것을 보고는 가족들을 잡아끌었다.

"가자. 중국 공안이야."

봉수네 가족은 아무 일 없었던 것처럼 태연하게 그 자리를 떴다. 택시를 타고 숙소로 돌아온 뒤 봉수네 가족은 한숨만 쏟았다. 남한으로 가는 자금을 잃어버렸으니 큰일이었다. 당장 쿤밍으로 가는 여비부터 어떻게 해결해야 할지 눈앞이 캄캄했다.

"아직 이것이 있으니 걱정 마십시오. 본가집 어머님이 여비로 쓰라고 주신 겁니다."

김매옥 씨가 목에 걸고 있던 금반지를 꺼냈다. 은장도 씨가 가라앉은 목소리로 말했다.

"봉수 엄마, 금가락지는 몸에 지니고 있어요. 날이 밝으면 봉수랑 유람선 선착장으로 나가 보겠소. 어떻게든 그 소매치기를 찾아봐야겠소."

은효만 씨가 말했다.

"사흘치 방값이라도 미리 지불해서 그나마 다행이다."

"네. 그리고 아직 제 주머니에 며칠 끼니 이을 돈은 있으니 걱정 마십시오. 봉수야, 그 애 얼굴은 보았니?"

"기억합니다."

은효만 씨가 끙 앓는 소리를 내며 드러누웠다.

"안개 속에 몹쓸 그림자가 서 있었구나. 쯧쯧."

13. 꽃제비 양호

은장도 씨와 봉수는 새벽같이 일어나서 숙소를 나섰다. 전날 택시를 타고 가며 익혔던 길이라 선착장으로 가는 길은 쉽게 찾을 수 있었다. 안개 속을 헤집고 큰길을 따라 사십여 분 걷고 나니 선착장이 나타났다.

"아버지, 그 꽃제비가 나타날까요?"

"그러길 바라야지."

선착장은 이른 아침부터 부산했다. 은장도 씨와 봉수는 유람선을 타려고 북적거리는 인파 속을 돌아다니며 꽃제비를 찾았다. 그러나 꽃제비는 해가 저물도록 나타나지 않았다. 두 사람은 실망한 채 숙소로 돌아왔다. 다음 날도 새벽부터 선착장을 지켰지만 저녁이 되도록 꽃제비는 발견할 수 없었다.

은장도 씨와 봉수는 지친 몸으로 차도와 인도를 가로막은 바리케이드에 걸터앉았다. 은장도 씨가 노점에서 찐빵을 사 와서 건넸다. 봉수는 찐빵 맛이 모래알처럼 꺼끌꺼끌했다. 유람선에서 하선하는 사람들이 우르르 지나가고 있었다. 입 안에 든 찐빵을 삼키지도 못하고 우물거리던 봉수가 벌떡 몸을 세운 것은 그 때였다.

"아버지, 저기!"

봉수네 돈을 소매치기해 갔던 꽃제비가 사람들 속으로 비집고 들어가고 있었다. 은장도 씨와 봉수는 찐빵을 집어던지고 소매치기를 향해 달려갔다. 꽃제비는 일부러 사람들 어깨를 툭툭 치고 지나가며 소매치기를 시도하다 이상한 낌새가 들었는지 힐끗 뒤를 돌아보았다. 은장도 씨가 어깨를 잡으려고 팔을 뻗고 있었다.

"에이, 씨."

꽃제비가 달리기 시작했다. 뜀박질이 어찌나 빠른지 꽃제비는 순식간에 십 미터 이상 거리를 넓혀 놓았다. 봉수네 부자를 놀리듯 돌아서서 히죽 비웃기까지 했다. 그런데 꽃제비는 곧 무언가에 걸려 바닥으로 나뒹굴었다. 봉수가 꽃제비를 잡으려는 순간 은장도 씨가 다급하게 뒤에서 봉수 팔을 잡아당겼다.

"아버지, 왜요?"

은장도 씨가 봉수 입을 막으며 앞을 가리켰다. 넘어진 꽃제비를 위에서 덮쳐 누르는 자들이 있었다.

"미꾸라지 같은 놈, 그동안 잘도 도망쳐 다녔겠다."

충칭으로 오는 기차 안에서 마주쳤던 북한 보안원들이었다.

"아이, 씨. 이거 봐, 놓으라고."

"입 닥치고 가만히 있어."

꽃제비가 봉수네 부자를 휙 돌아보았다. 은장도 씨가 급히 봉수를 끌고 웅성거리는 사람들 속으로 숨었다. 꽃제비는 봉수네 부자를 쏘아보았을 뿐 보안원들에게 두 사람을 일러바치지는 않았다. 광대뼈가 꽃제비 뒤통수를 내리치며 일으켜 세웠다.

"지난번 제팡베이에서 같이 달아난 네 친구 놈은 어디 있어?"

"흥, 아직도 여기 있을 거라고 생각합니까? 벌써 중국 땅을 떴단 말입니다. 나도 잘 잡고 있어야 할 겁니다. 언제 튀어 버릴지 모르니까."

다른 보안원이 꽃제비 옆구리를 팔꿈치로 가격했다.

"함부로 주둥이 놀리지 마라."

보안원들은 꽃제비 팔을 뒤로 둘러 수갑을 채우고 자리를 옮겼다. 보안원들은 꽃제비를 끌고 가서 차에 태웠다. 봉수가 그 모습을 보며 말했다.

"아버지, 제가 보안원들을 유인하겠습니다. 그 틈에 저 꽃제비를 구하십시오."

"안 돼, 위험하다."

"우리 돈을 찾아야 합니다. 아버지, 숙소에서 만나요."

"안 돼, 봉수야!"

은장도 씨가 말릴 틈도 없이 봉수가 보안원들의 차 앞을 가로막았다. 광대뼈가 봉수를 알아보고는 차에서 뛰어내렸다. 봉수는 일부러 선착장 쪽을 보고 소리쳤다.

"할아버지, 아버지, 피해요. 보안원들이 나타났습니다."

봉수가 선착장 쪽으로 달리자 광대뼈가 대머리를 부르며 달렸다.

"동무, 저 놈 가족들이 여기 다 있어. 빨리 쫓아."

보안원들은 봉수 뒤를 쫓아 매표소 쪽으로 달렸다. 은장도 씨가 다가가 차 문을 열었다.

"내려라, 빨리!"

꽃제비는 은장도 씨를 따라 보안원들이 사라진 반대편으로 달렸다. 두 사람은 어둑어둑해지는 주차장을 달려 선착장에서 멀어졌다. 한편 봉수는 야경을 보기 위해 유람선에 타려는 사람들 틈을 비집고 이리저리 달렸다. 보안원들이 바짝 뒤를 쫓고 있었다. 노점들이 몰려 있는 곳에 도착하자 막다른 골목이었다. 봉수는 두려운 눈으로 갈팡질팡했다.

노점 주변 쓰레기를 쓸던 오십대 남자가 봉수를 보고 큰 마대자루를 벌렸다. 그러고는 어서 들어가란 눈짓을 했다. 봉수는 더 생각해 볼 겨를도 없이 그가 시키는 대로 자루 안으로 들어갔다. 남자는 자루 윗부분을 묶어 다른 쓰레기 자루들 옆으로 끌어다 세웠다. 북한 보안원들이 거친 숨을 몰아쉬며 나타났다.

"쥐새끼 같은 놈, 금세 어디로 사라졌지?"

광대뼈가 쓰레기 자루 앞을 왔다갔다하며 발을 굴렀다. 봉수는 금방이라도 터져버릴 것처럼 벌떡거리는 가슴을 부여잡았다. 봉수를 숨겨 준 남자는 태연하게 비질을 계속했다.

"저 쪽으로 가 봅시다."

보안원들 발자국 소리가 멀어졌다. 남자는 완전히 어둠이 지고서야 쓰레기 자루를 열었다. 봉수는 사방을 두리번거리며 자루 밖으로 나왔다. 봉수를 구해 준 남자는 수레에 쓰레기 자루를 실으며 어서 가란 눈짓을 했다. 봉수는 말을 건네려다 허리를 숙여 보이고는 돌아서서 어둠 속을 달렸다.

봉수는 어두운 길을 따라 숙소로 향했다. 다행히 가로수들이 늘어서 있어서 그 뒤로 몸을 숨기고 걸었다. 마주 오는 중국인들이 쳐다볼 때마다 봉수는 더럭 겁이 났다. 여차하면 뒤로 뛸 준비를 하고 있었다. 그렇게 가슴 졸이며 땀범벅이가 되어 숙소에 닿았다. 조바심을 내고 있던 가족들이 봉수를 얼싸안았다.

"쓰레기를 치우던 어떤 아저씨가 구해 줬어요. 중국인 같기도 하고 아닌 것 같기도 한데 왜 도와 줬나 모르겠어요."

방구석에 앉아 있던 꽃제비가 말했다.

"우리 같은 탈북자야. 그렇게 숨어 사는 탈북자들이 선착장 주변에 여럿 있어."

"그랬구나. 그런데 넌 왜 우리 돈을 훔쳤니? 돕지는 못할망정."

"봉수 걱정에 돈 생각은 아예 잊고 있었네."

은효만 씨가 무릎을 치며 말했다.

"얘야, 우리 돈 말이다. 그 돈을 돌려 다오."

은장도 씨가 꽃제비 옆으로 다가앉았다.

꽃제비는 입을 꽉 다물고 대답하지 않았다. 은장도 씨가 타일렀다.

"돈 때문이기도 했지만 그래도 우리가 위험을 무릅쓰고 널 구해 줬잖니. 그 돈을 돌려 다오."

"말은 똑바로 하십시오. 내가 먼저 아저씨랑 아저씨 아들을 보안원들한테 일러바칠 수도 있었습니다. 그래도 난 그렇게 하지 않았습니다. 그러니까 아저씨네 돈은 내가 가져도 된단 말입니다. 내가 두 사람을 살려 준 거나 마찬가지니까요. 아저씨 아들도 왔으니까 난 이제 가겠습니다."

꽃제비가 뒤로 채운 수갑 때문에 버둥거리며 일어섰다. 봉수가 그 앞을 막았다.

"우리 돈을 내 놓기 전엔 한 발짝도 못 나가."

꽃제비가 피식 코웃음을 쳤다.

"네 까짓 게 뭔데."

꽃제비가 봉수 어깨를 밀치고 방문 앞으로 갔다. 봉수가 꽃제비 멱살을 잡았다. 꽃제비가 뒤꿈치로 봉수 발등을 찍었다. 봉수는 비명을 지르면서도 멱살 잡은 손을 놓지 않았다. 은장도 씨가 일어나 꽃제비 뒷덜미를 잡았다.

"내 아들한테 폭력을 쓰면 나도 널 용서 못한다."

그 때 방문이 덜컹 열리더니 주인 아낙이 빵이 담긴 그릇을 들고 나타났다. 봉수가 재빨리 꽃제비를 주인 아낙 쪽으로 돌려세웠다. 주인 아낙은 잠깐 멀뚱거리는 눈으로 꽃제비와 봉수네 가족을 바라보고 서 있다가 빵 그릇을 건넸다. 은장도 씨가 어색하게 그것을 받았다. 주인 아낙은 별말 없이 계단을 내려갔다.

"아버지, 주인아주머니가 이 아이 손에 채워진 수갑을 봤을까요?"

"못 봤을 거야. 이 아일 보고 의아해하는 눈치긴 하던데. 주인 몰래 방으로 데려왔거든."

"별일이야 있겠습니까? 우릴 만나러 온 사람이겠거니 생각하겠지요."

김매옥 씨가 조심스레 말했다.

은장도 씨가 꽃제비 팔을 끌고 앉혔다.

"너도 힘들고 우리도 힘든 하루였다. 우선 허기부터 채우자."

봉화가 꽃제비 옆으로 다가앉아서 빵을 입에 대 주었다. 꽃제비는 고개를 돌렸다. 봉화가 다시 빵을 주며 물었다.

"오빠는 이름이 뭐야? 내 이름은 은봉화고, 우리 오빠는 은봉수야. 난 아홉 살이고 봉수 오빠는 열다섯 살이야. 오빠는 몇 살이야? 우린 회령에서 왔는데 오빠는 어디에서 왔어?"

꽃제비는 대꾸하지 않았다.

"오빠는 혼자야? 혼자서 두만강 건너왔어? 정말 무서웠겠다. 난 우리 가족들이랑 같이 두만강을 건너는데도 너무너무 무서웠는데."

꽃제비 얼굴이 어두워졌다. 봉화는 빵을 만지작거리며 물었다.

"오빠도 우리처럼 태국으로 가서 비행기 탈 거야? 그럼 우리

228

랑 같이 갈래? 같이 가면 좋잖아. 지금 같이 있으니까 끝까지 같이 가면 좋잖아. 그렇지?"

꽃제비는 왠지 서글픈 눈으로 봉화를 바라보았다. 봉화가 어서 빵을 먹으라고 입에 대 주자 군말 없이 입에 넣고 우물거렸다. 봉화도 생글거리며 빵을 먹었다. 숙소 밖에서 자동차가 요란하게 달려와 서는 소리가 들려 왔다. 순간 꽃제비가 벌떡 허리를 세우고 바깥에서 나는 소리에 귀를 기울였다. 여러 명이 뛰는 발자국 소리가 골목에서 울렸다.

"문 잠가. 문 잠그라고."

꽃제비가 봉수를 다그쳤다. 봉수가 가만히 있자 꽃제비가 봉수 다리를 걷어찼다.

"새끼야, 빨리 문 걸라고. 우릴 잡으러 왔단 말이야."

계단을 뛰어올라오는 구둣발 소리가 났다. 그 때서야 사태를 깨달은 봉수가 고꾸라질 듯 달려가 방문 고리를 채웠다. 그와 동시에 방문이 부수어질 것처럼 흔들렸다.

"안에 숨어 있는 거 다 알고 있다. 순순히 문 열어. 이번엔 절대로 안 놓친다."

광대뼈 보안원 소리였다. 김매옥 씨가 두려운 얼굴로 봉화를 끌어안았다.

"이젠 꼼짝없이 잡히게 됐습니다."

"아니오."

은장도 씨가 방 한쪽에 서 있던 옷장을 끌어다 방문을 막았다. 그리고 창문을 떼어 내고 은장도 씨 먼저 항아리가 엎어져 있는 이웃집 옥상으로 나갔다. 그런 다음 은효만 씨가 나올 수 있도록 하고 봉화도 불끈 안아서 나오게 했다. 김매옥 씨를 따라 꽃제비 소년도 창문 밖으로 나왔다.

"봉수야, 서둘러라."

은장도 씨가 은효만 씨를 업고 층계를 통해 이웃집 마당으로 내려갔다. 봉수는 맨 마지막까지 옷장으로 문을 막고 있다가 날렵하게 창문을 뛰어넘었다. 이웃집 마당에는 희미한 전등이 걸려 있었다. 그 불빛 속으로 낯선 사람들이 나타나자 마당을 지키던 개가 이빨을 드러내고 짖었다. 집 안에서 화난 소리로 외치는 중국말이 들렸다. 그래도 시커먼 개는 시끄럽게 짖어 댔다.

"이쪽으로!"

다행히 개는 줄에 묶여 있었다. 하지만 금방이라도 줄을 끊고 달려들 것처럼 사납게 굴었다. 은장도 씨가 골목으로 달려나갔다. 김매옥 씨도 봉화 손을 잡고 그 뒤를 따랐다. 꽃제비가 막 마당을 건너려는데 줄이 풀리며 개가 달려들었다. 두 팔이 자유롭지 못한 꽃제비는 그대로 개 이빨에 물리고 말았다.

"살려 줘."

꽃제비가 고통스러워하며 몸부림쳤다. 뒤따라온 봉수가 마당에 있던 굵은 나무 토막을 들었다. 그것으로 개 몸통을 마구 두들겼다. 개는 이빨을 놓고 뒷걸음질쳤다. 방 불이 환하게 켜지며 집 주인이 밖으로 나왔다. 중국인은 봉수가 나무 토막을 붕붕 휘두르며 개집 안으로 개를 몰아넣는 것을 보고 마구 성을 냈다.

"거기 서!"

위를 보니 보안원들이 창문을 넘으려고 하고 있었다. 봉수는 꽃제비를 부축해 골목을 달렸다. 은장도 씨가 봉수를 기다리다 골목을 되짚어 올라오고 있었다. 다리를 절뚝거리는 꽃제비를 은장도 씨가 등에 업었다. 구불구불한 골목을 나서자 큰 길이 나왔다. 안개 속에서 택시가 달려왔다. 꽃제비가 휘익 휘파람을 불어 택시를 세웠다.

"빨리 타십시오."

은장도 씨가 봉화를 안고 앞자리에 타고 나머지는 뒷자리에 엉덩이를 겹쳐 앉았다. 순식간에 여섯 명이 택시에 타자 기사가 어이없는 듯 바라보았다.

"아저씨, 기사한테 돈 주십시오. 가지고 있는 돈을 다 주십시오."

은장도 씨가 주머니를 뒤져 돈을 모두 꺼내 기사에게 주었다. 중국인 기사 얼굴에 흡족한 웃음이 걸렸다. 꽃제비가 재촉했다.

"제팡베이, 콰이콰이(빨리빨리)."

택시 기사는 더 물어 볼 것도 없이 차를 출발시켰다. 모두 골목 쪽으로 고개를 돌렸다. 북한 보안원들과 중국 공안들이 막 골목을 빠져 나오고 있었다. 꽃제비가 중국인 택시 기사를 다그쳤다.

"콰이콰이."

북한 보안원들과 중국 공안들이 안개에 밀려 멀어지자 비로소 모두 온몸에 돋았던 소름이 가라앉았다. 택시는 총구에서 빠져 나온 총알처럼 빠르게 안개 낀 도로를 달렸다. 시계를 보니 밤 아홉 시가 넘어가고 있었다.

꽃제비를 따라 택시에서 내린 제팡베이 거리는 그 때까지 달려온 한적한 거리와는 달리 무척 번화한 곳이었다. 짙은 안개마저도 불빛들에 밀려 말끔하게 걷혀진 듯했다. 야시장까지 펼쳐져 있어서 사람들이 파도처럼 들끓었다. 봉수가 윗옷을 벗어서 수갑을 찬 팔에 둘러 주었다.

"얘, 몸이 많이 안 좋니?"

꽃제비는 비 오듯 식은땀을 흘리고 있었다. 봉수가 부축해 주어도 개한테 물린 다리를 제대로 쓰지 못하고 질질 끌다시피 했다. 팔까지 뒤로 수갑을 차고 있어서 더욱 힘들어했다. 꽃제비는 사람들이 북적거리는 거리를 얼마쯤 걷다 힘없이 쓰러졌다.

"애, 일어나. 눈 좀 떠 보라고."

봉수가 꽃제비를 잡고 흔들었다.

"아버지, 아까 개한테 물린 상처가 깊은가 봐요."

꽃제비는 몸을 떨며 헛소리까지 했다. 봉화가 꽃제비 다리에서 흐르는 피를 보고 소리쳤다.

"아버지, 피 좀 봐요. 계속 흘리면서 왔어요."

불빛으로 환한 길에 줄줄 핏자국이 나 있었다. 중국인들이 봉수네 가족을 에워쌌다.

"애비야, 어서 저 애를 업어라. 난 봉수 손을 잡고 걸어가면 된다."

은장도 씨는 꽃제비를 업고 그 곳을 벗어났다. 인적이 드문 곳을 찾아야 했다. 봉수가 만두집 뒤편을 기웃거리다 가족들을 불렀다. 가게 뒤편은 불빛 한 점 들지 않는 막다른 골목이었다. 가게 안에서 내다놓은 듯한 탁자며 의자들이 아무렇게나 뒹굴고 있었다. 봉수네 가족은 어두운 처마 밑으로 들어가 자리를 잡았다.

"아버지, 계속 피가 나요."

김매옥 씨가 속옷을 찢어서 꽃제비 상처 부위를 감았다. 그러나 상처가 깊어서 쉽게 지혈되지 않았다.

"이대로 두면 목숨이 위태롭겠어. 봉수 엄마, 아버님 모시고 애들이랑 여기 있어요."

"봉수 아버지는요?"

"이 애를 데리고 병원에 가야겠소. 이대로 둘 수는 없잖소. 이 근처 병원으로 다녀오리다."

그 소리에 꽃제비가 번쩍 눈을 떴다.

"병원은 절대로 안 됩니다. 쇠고랑을 찬 채로 병원에 어떻게 갑니까? 아저씨까지 당장에 붙들립니다."

"우선 목숨부터 구하는 게 중요하다."

"이까짓 걸로 죽지 않습니다. 아저씨, 내가 말하는 대로 좀 가십시오. 번화가를 빠져 나가면 하천이 나옵니다. 거기서 오른쪽으로 두 번째 있는 다리 밑으로 좀 가 주십시오."

은장도 씨가 꽃제비를 업고 일어섰다. 봉수네 가족은 꽃제비가 이른 대로 붐비는 거리를 빠져 나갔다. 그 끝 하천에서 오른쪽 두 번째 다리까지는 족히 백여 미터는 되었다. 가로등 불빛 하나 비치지 않는 어두운 하천이었다. 물소리만 괴괴하게 흐르는 다리 밑에 도착하자 꽃제비가 간신히 목소리를 냈다.

"형! 형!"

주변에서 부스럭거리는 소리들이 났다. 꽃제비가 부르는 소리에 맨 땅에서 잠을 자고 있던 중국인 노숙자들이 인기척을 냈다.

"형!"

어둠 저편에서 발자국 끄는 소리가 나더니 더벅머리 청년이 나왔다. 더벅머리는 봉수네 가족을 보고는 멈칫했다. 그러나 은장도 씨 등에 업혀서 신음하는 꽃제비를 보고 경계를 풀었다. 더벅머리가 봉수네 가족을 들인 곳은 다리 밑에 나무판자로 바람만 피할 수 있게 만들어 놓은 곳이었다.

"오늘도 붙들렸었던 거냐? 맙소사, 웬 상처냐?"

더벅머리는 때가 덕지덕지 낀 이불을 뜯고는 솜을 꺼냈다. 이불 홑청을 이로 잘라서 꽃제비 다리에 솜을 대고 싸매고는 쇠꼬챙이로 능숙하게 수갑을 풀었다. 더벅머리가 봉수네 가족을 턱짓하며 꽃제비에게 물었다.

"누구냐?"

"우리 같은 처지지, 뭐. 회령에서 왔대. 형, 이 아저씨네 당분간 우리랑 숨어 있어야 돼. 지난번 우릴 추격했던 보안원들한테 쫓기고 있어. 형도 오늘은 밖에 나가지 마. 위험해. 아, 눈이 안 떨어져. 잠 좀 잘게."

더벅머리가 측은한 눈으로 잠든 꽃제비를 바라보았다.

"가여운 자식, 남들은 다 남쪽으로 내려가느라 바쁜데 저 혼자 거꾸로 올라가고 있으니."

"거꾸로 올라가다니요?"

은장도 씨가 조심스럽게 묻자 더벅머리가 한숨을 내쉬었다.

"말 그대롭니다. 양호는 지금 왔던 길을 되짚어서 북으로 돌아가는 중입니다."

꽃제비 이름이 양호인 모양이었다.

"양호 이 자식, 죽을 똥 싸가며 넘은 태국 국경을 되넘어 왔습니다. 청제비(꽃제비처럼 구걸이나 소매치기·절도 등을 하며 떠도는 탈북 청년) 생활 3년 동안 이런 녀석은 처음 봅니다."

"어째서……."

"아저씨 가족도 태국으로 가는 길이지요?"

"그래요."

"모두들 그리 가지요. 저도 겨울 되기 전에 청제비 생활 접고 그리로 갈 겁니다. 얼마 전부터 북한 보안원들이 시안에서 충칭을 들락대며 탈북자들을 쫓고 있어서 아주 귀찮습니다."

더벅머리는 구석으로 물러나 앉으며 말했다.

"워낙에 비좁아서 다리 뻗고 주무시긴 힘들겠습니다. 새우잠이라도 청하십시오."

꽃제비 양호는 이틀 뒤 점심 무렵이 되어서야 눈을 떴다. 그동안 봉수네 가족이 양호를 보살폈다. 봉수가 하천 물을 길어 오면 김매옥 씨와 은장도 씨가 서로 교대해 가며 물수건을 올려 주었다. 더벅머리는 시장에 나가서 때마다 끼니를 챙겨 왔다.

"얌마, 이제 정신이 드냐? 이 분들께 고맙다고 해라. 밤낮으로 널 간호해 주셨어."

양호가 일어나 앉자 더벅머리가 반가워하며 말했다. 봉화가 다가앉아 죽부터 내밀었다.

"아까부터 오빠 배에서 꼬르륵 소리나더라. 그래서 내가 많이는 아니고 조금 웃었어."

양호가 핼쑥한 얼굴로 피식 웃었다.

"오빠 이름 알았다. 양호 오빠지? 난 은봉화인데 오빠는 무슨 양호야?"

"손양호."

양호는 봉화가 떠 먹여 주는 죽을 받아먹었다.

"오빠는 왜 거꾸로 가? 그냥 우리랑 태국으로 가지. 같이 비행기 타지."

양호는 봉화가 무심코 던진 말에 갑자기 눈물을 보였다. 양호는 무릎에 얼굴을 묻고 한동안 어깨를 들썩거리며 흐느꼈다. 봉수가 양호 어깨에 손을 올렸다. 양호가 눈물을 훔치며 얼굴을 들었다.

"난 못 가. 청진으로 동생들 데리러 가야 돼."

"등신아, 불나서 집이 통째 탔다며? 그 바람에 네 어머니도 돌아가시고. 그럼 네 동생들도 어디로든 뿔뿔이 흩어졌지. 집도 절도 없는 곳에 남아 있겠냐? 헛수고 마라."

더벅머리가 퉁명스레 쏘아붙였다.

"나 때문이야. 나 때문에…… 나만 살겠다고 나오는 바람에……."

양호는 굵은 눈물을 쏟았다.

"에이, 신경질 나. 왜 이러고 살아야 돼."

더벅머리가 문을 박차고 나갔다. 봉수네 가족은 그저 양호를 지켜볼 뿐이었다. 양호는 가까스로 울음을 그치고 누더기 이불을 치웠다. 바닥에 새가 뜬 부분이 있었다. 양호는 그 곳을 들고 주먹만 한 돌을 몇 개 꺼냈다. 그러고는 눈에 익은 돈주머니를 꺼냈다. 은장도 씨가 티셔츠를 뜯어서 만든 돈주머니였다.

"그래서 소매치기를 했습니다. 청진으로 가서 동생들 데리고 오려면 돈이 필요하잖습니까."

양호가 돈을 은장도 씨 앞으로 밀었다.

"돌려 드리겠습니다."

은장도 씨는 돈을 받지도 물리지도 못했다. 은효만 씨가 안타까워서 끼어들었다.

"넌 어쩌려고 그러니?"

"걱정 마십시오. 그렇게 큰 돈은 아니지만 따로 뭉쳐 둔 돈이 얼마 있습니다."

봉수가 궁금해서 물었다.

"그런데 네 집에 일이 생겼다는 것은 어떻게 알았니? 넌 태국 국경에 있었다면서."

"거기서 막 국경을 넘어온 같은 동네 아저씨를 만났거든. 그 아저씨는 겨우 한 달 만에 중국 국경을 넘어왔더라. 난 아홉 달이나 걸렸는데 말이다."

은장도 씨가 돈주머니를 풀고 돈을 반으로 나누었다. 그러고는 반을 양호에게 밀었다. 양호가 돈을 밀어내자 은장도 씨가 다시 밀었다.

"아무 소리 말고 넣어 둬라."

양호는 말을 잃었다. 봉화가 양호 앞으로 죽 그릇을 당겨 주었다.

"아까 오빠가 울 때도 배에서 꼬르륵 소리나더라?"

양호는 사나흘 더 쉬고 나자 제법 몸을 움직일 수 있게 되었다. 봉수와 봉화를 데리고 나가서 하천에 사는 물고기를 보여 주기도 하고 물수제비를 떠 보이기도 했다. 다리 밑에 사는 노숙자들은 봉수네 가족을 보고도 시큰둥했다. 시장으로 구걸하러 가는 때 말고는 늘어져 잠만 잤다.

"이런 번화가에서 지내면 위험하지 않니?"

봉수가 하천 물에 다리를 담근 채 양호에게 물었다.

"시골이 더 위험해. 서로 아는 사람끼리 살잖아. 오히려 이렇게 사람들이 벅적거리는 데 숨어 있어야 안전해."

그러며 양호는 한쪽 눈을 찡긋 감아 보였다.

"사람들 주머니에서 슬쩍 돈 빼내기도 좋고."

그 날은 해가 저문 뒤에도 더벅머리가 나타나지 않고 있었다. 그 시간이면 저녁밥을 구해서 돌아오는 시간이었다. 밤 열한 시가 넘어도 더벅머리가 나타나지 않자 양호는 돈을 챙겼다.

"아무래도 낌새가 이상합니다. 여길 뜰 채비를 해야겠습니다."

양호 예감은 적중했다. 더벅머리가 새파랗게 질린 얼굴로 돌아와서는 방바닥에 숨겨 놓은 돈부터 챙겼다.

"보안원들이 너랑 봉수네 가족을 봤냐면서 시장을 돌고 있어. 여기로 와서 노숙자들한테 묻는 건 시간 문제야. 빨리 뜨자."

"어디로 갈 건데?"

"남온천공원(충청에서 남쪽으로 25킬로미터 떨어진 곳에 위치한

온천 휴양지)으로 가자. 네 다리 상처도 더운우물(온천)에 치료할
겸. 우리가 그리 갈 거라곤 보안원들도 생각 못 할 거야. 거기서
넌 시안으로 가고 난 창사(장사(長沙), 호남성의 성도)로 가면 돼.
요즘 창사에 남한 사람들이 많이 여행 온다더라. 거기서 온 청
제비가 그러는데 제법 수입이 짭짤하대.”

서두르는 더벅머리를 양호가 붙잡았다. 양호는 봉수네 가족
을 보며 잠깐 생각에 잠겼다.

“늦장부릴 때가 아니라니까.”

“더운우물 쪽으로 가면 아저씨네 가족이 쿤밍에서 너무 멀
어져. 우리가 가려고 하는 시안도 그렇고 창사도 그렇고.”

“그래서?”

“형, 그 전에 방 씨한테 먼저 가자.”

“미쳤냐? 지금 보안원들이 제팡베이를 뒤지고 다닌다니까.”

“아저씨네 가족부터 쿤밍으로 보내야겠어.”

“안 돼. 난 안 가.”

“그럼 형 먼저 가. 난 방 씨한테 들렀다가 더운우물로 갈 테
니까. 아저씨, 따라오십시오.”

양호가 다리를 절뚝거리며 봉수네 가족을 데리고 나섰다.

“아, 저 자식 때문에 돌겠네.”

뒤에 서서 투덜거리던 더벅머리도 따라왔다. 어두운 하천을

따라 걸으며 은장도 씨가 양호에게 물었다.

"애야, 어디로 가는 거냐?"

"야시장에서 육류상점(고깃집)을 하는 중국인 방 씨한테 갑니다. 방 씨가 탈북자 여럿을 쿤밍으로 보내 주었거든요."

"아무나 보내 주냐? 돈을 내야 보내 주는 거지."

제팡베이로 가는 길이 내키지 않아서 더벅머리가 투덜거렸다.

"돈은 내리다."

은장도 씨가 더벅머리를 돌아보며 말했다.

"방 씨라는 중국인 말이다. 믿을 만한 사람이니? 혹시라도……."

"믿어도 됩니다. 저도 방 씨가 마련해 준 차로 쿤밍까지 갔으니까요."

양호가 제팡베이 뒷골목을 돌아서 데려간 방 씨 고깃집은 제법 컸다. 양호가 봉수네 가족과 뒷문에서 기다리는 사이 더벅머리가 앞문으로 가서 방 씨를 불러왔다. 방 씨는 봉수네 가족을 보고는 물어 볼 것도 없이 손을 내밀었다. 더벅머리가 말했다.

"돈부터 보잡니다."

은장도 씨가 가지고 있던 돈을 모두 내놓았다. 돈을 펼쳐 본 방 씨는 그다지 구미가 당기지 않는 모양이었다. 양호가 그 표정을 읽고는 자기 돈을 더 얹어 주었다.

"애야, 그 돈은 우리가 너한테……."

"일없습니다."

양호가 건넨 돈을 세어 본 방 씨가 만족스럽게 웃었다. 방 씨는 곧 문을 닫고 고기를 운반하는 트럭을 내왔다. 봉수가 트럭에 타서 말했다.

"두만강 건너서 연길로 갈 때도 단고기 운반차를 타고 갔었는데."

양호가 웃으며 대답했다.

"어쩌냐? 이번엔 더 냄새나는 차를 타게 생겼는데."

"어떤 차?"

"가 보면 알아."

트럭은 제팡베이 거리를 빠져 나가 외곽지대로 달렸다. 한 시간 뒤 트럭이 멈추어 선 곳은 별빛이 소낙비처럼 쏟아지는 들판이었다. 그 가운에 돼지를 가둔 막사가 있었다. 방 씨가 돼지 막사 옆에 세워진 건물로 들어가더니 그 안에서 자고 있던 인부들을 소리쳐 깨웠다. 그는 곧 막사 뒤에서 대형 트럭을 몰고 나왔다.

"타세요."

양호가 트럭 뒤에 사다리를 대 주었다. 봉수가 의아해서 물었다.

"이렇게 훤히 트인 트럭을 타고 가면 중국 공안한테 걸릴 거야."

"그럴 일 없어. 타고 나서 말해 줄게."

봉수네 가족이 트럭에 오르고 나자 양호가 뒤따라 탔다.

"여기 운전석 뒤로 나란히 앉아 주십시오."

봉수네 가족이 가로로 어깨를 맞대고 앉자 양호가 위로 젖혀 놓은 덮개를 내렸다.

"이 덮개를 씌우고 그 위에 돼지들 사료 통을 얹을 겁니다. 그런 다음 돼지들을 실으면 밖에서 봤을 때 감쪽같습니다. 덮개는 보다시피 나무판자를 얽은 거라 숨쉬는 데는 문제없습니다. 그런데 용변 보는 건 아무리 급해도 방 씨가 정해 놓고 세우는 곳에서만 볼 수 있습니다."

봉수가 앉은 채로 물었다.

"돼지들은 일부러 싣고 가는 거니?"

"응, 돼지 팔러 가는 것처럼 위장하는 거야. 쿤밍에 너희 가족을 내려 주고 나면 다시 싣고 올 돼지들이야. 내가 타고 갔을 때도 그랬어."

"쿤밍까지는 얼마나 가니?"

"서른 시간이 좀 넘게 걸린다."

"그럼 고깃집 주인이 서른 시간 동안 운전하니?"

"인부 한 명 데리고 가더라. 교대해 가면서 운전하더라고."

양호가 은효만 씨를 걱정스러운 눈으로 바라보았다.

"할아버지께서는 좀 힘드실 겁니다. 계속 앉아 가시려면."

"아니다. 무사히 갈 수만 있다면 삼백 시간인들 못 견디겠니? 이렇게 도와 줘서 고맙구나."

양호는 지폐 몇 장을 은효만 씨 손에 쥐어 주었다. 은효만 씨가 사양하자 양호가 말했다.

"가져가십시오. 쿤밍으로 가는 동안은 방 씨가 먹을 것을 준다고 해도 당장 그 곳에 내려서는 빈주머니잖습니까?"

"고맙구나."

양호가 은장도 씨에게 말했다.

"아저씨, 쿤밍에서 어떻게든 찡홍(경홍(景洪), 운남성 최남단에 있는 시쐉빤나 지역의 중심 도시. 남쪽으로 라오스, 서남쪽으로 미얀마와 접해 있다. 해발 500미터 이상의 산들이 이어진 고산지대)이란 곳으로 가십시오. 태국으로 넘어가는 국경 마을인데요. 버스만 잘 얻어 타면 쿤밍에서 하루 반나절이면 갈 수 있습니다. 혹시라도 찡홍 가는 길을 잃게 되면 213번 국도를 찾아서 가십시오. 봉수야, 들었지? 213번 국도야. 찡홍에 가면 산길을 안내해 주는 길잡이들이 접근해 올 겁니다. 그런데 그 자들은 돈을 받고 태국으로 가는 산길을 안내해 줍니다……."

양호는 뒷말을 흐렸다. 봉수네 가족이 빈털터리는 것을 알고 있었기 때문이었다. 은장도 씨가 그 속내를 알아보곤 밝게 말했다.

"그렇게 중요한 정보를 줘서 고맙구나. 너를 만나지 않았다면 그 길을 어떻게 알았겠니."

은효만 씨도 고개를 끄덕였다.

"암, 널 만나서 참으로 다행이다."

봉수도 어떻게든 양호를 돕고 싶은 마음이 들었다. 그래서 김정옥 목사 이야기를 꺼냈다.

"혹시 고향으로 돌아가는 길에 따퉁이란 데 가게 되면 말이야. 거기에 한국인 교회가 있거든. 김정옥 목사님이라고 우리가 도움 받은 분이 계셔. 너도 도움 받을 일이 생기면 그 분께 한번 찾아가 봐. 우린 무사히 남쪽으로 잘 내려갔다고 전해 줘. 네가 말한 찡홍이란 데로."

"알았다. 모래밭에서 바늘 찾는 격이지만."

"이 넓고 넓은 세상 속에서 또 이 많고 많은 사람들 속에서 우리도 만났잖아."

"짜식."

"우린 꼭 만나야 할 사람들이었나 봐. 그런데 너, 그 분 주머니는 털면 안 돼, 알았지?"

봉수가 놀리자 양호가 배를 잡고 웃었다. 인부들이 익숙한 동작으로 막사에서 돼지들을 몰고 나왔다. 더벅머리가 트럭 아래서 소리쳤다.

"돼지 싣게 내려."

양호가 그 쪽을 내려다보다 생각난 듯 주머니를 뒤졌다.

"참, 이거 하나 가지고 계십시오. 산 속에 가면 꼭 필요합니다."

양호가 은장도 씨에게 준 것은 라이터였다.

"고맙구나. 내 것은 이미 잃어버린 뒤인데."

봉수가 양호에게 손을 내밀었다.

"고마웠어. 다시 만나자."

"그래, 꼭 다시 만나자. 청진에서 동생들을 데리고 나오면 바로 리남으로 뒤따라갈게."

봉화도 양호와 헤어지는 게 서운해서 손을 잡았다.

"오빠, 우리가 먼저 비행기 타고 가도 걱정하지 마. 리남에서 비행기가 자꾸자꾸 온다니까 기다렸다 타."

"알았어. 기다렸다 타고 갈게. 할아버지, 아주머니, 아저씨, 안녕히 가십시오."

양호가 트럭에서 내리자 인부 하나가 올라왔다. 인부는 봉수네 가족 위로 덮개를 내렸다. 그리고 그 위에 무거운 사료 통들을 올렸다. 곧 돼지들이 우르르 트럭 위로 올라왔다. 나무판자 틈으로 그 모습을 보며 봉화가 코를 잡았다. 트럭 아래서 양호 목소리가 들려 왔다.

"은봉수, 은봉화, 잘 가라."

더벅머리가 외치는 소리도 들려왔다.

"쿤밍까지 무사히 가시고 국경도 제비같이 펄펄 날아서 잘 넘으십시오."

돼지 한 마리가 봉수네 가족을 가리고 있는 나무판자에 코를 대고 킁킁거렸다. 봉수가 발로 탁 가리개를 찼다. 돼지가 놀라서 뒤로 떨어졌다. 그와 동시에 트럭이 움직였다. 봉수네 가족은 새로운 탈출구로 들어서며 서로 손을 마주잡았다.

14. 리남행 비행기

돼지를 실은 트럭은 벌써 스무 시간째 쿤밍(곤명(昆明), 해발고도 1,895미터에 위치한 운남성 중심 도시)으로 달려가고 있었다. 봉수네 가족은 비좁은 공간에서 서지도 눕지도 못한 채 지루하고 고된 시간을 버티고 있었다. 중국인 방 씨는 예닐곱 시간마다 한 번씩 봉수네 가족을 바깥으로 나오게 해 주었다.

"아버님, 잠깐만이라도 다리를 뻗어 보십시오."

트럭에서 내릴 때마다 가족들은 은효만 씨 다리를 주물렀다. 그러나 다리를 움직일 수 있는 것도 그 때뿐이었다. 쿤밍에 도착했을 때는 포개고 앉아 있던 다리를 펴는 일조차 힘들어했다. 서른 시간 이상을 쭈그리고 앉아 오다 보니 굳어 버리다시피 한 것이다.

"아버님, 걱정 마십시오. 시간이 지나면 다리가 풀릴 겁니다."

근심스러워하는 은효만 씨를 김매옥 씨가 위로했다. 중국인 방 씨는 오전 열 시쯤 쿤밍 외곽 지역에 봉수네 가족을 내려 주고는 뒤도 안 돌아보고 충칭으로 돌아갔다. 봉수네 가족은 낯선 거리에 서서 주변을 두리번거렸다. 약재를 등이 휘도록 실은 노새 두 마리가 지나갔다. 백발머리에 낡은 모자를 눌러쓴 중국인 촌로가 노새 뒤를 따라갔다.

"아버지!"

봉수가 이차선 도로 맞은편에서 달려오는 공안 차를 보고는 낯빛이 하얘졌다.

"장달음치기(줄달음치기)엔 늦었다. 침착해라. 저 노인 뒤를 따라가자."

봉수네 가족은 노새를 몰고 가는 촌로와 일행인 것처럼 걸었다. 촌로가 땅바닥에 코를 팽 푸는 사이 노새 등에서 두툼한 자루가 떨어졌다. 공안이 이 쪽을 건너다보고는 차를 세웠다. 봉수는 등에서 식은땀이 주르륵 흘렀다. 공안이 당장이라도 봉수네 가족을 불러 세울 것만 같았다. 중국인 촌로가 인기척을 느끼고 돌아섰다. 촌로는 은장도 씨 등에 업힌 은효만 씨를 보고는 물었다.

"위안퉁스(원통사, 곤명의 원통산 남쪽에 위치한 사찰)?"

알아들을 수 없었지만 봉수네 가족은 약속이라도 한 것처럼 똑같이 고개를 끄덕였다. 촌로가 반가워하며 노새들을 가리켰다. 봉수네 가족은 어색하게 따라 웃었다. 맞은편에서 바라보고 있던 공안이 경적을 울렸다. 촌로는 그 쪽을 돌아보지 않았다. 공안이 한 번 더 경적을 울렸다. 그래도 노인은 봉수네 가족만 바라보면서 뭔가를 얘기했다.

"아버지, 공안이 할아버지를 부르는 것 같아요."

은장도 씨가 촌로한테 공안 쪽을 보라고 손짓했다. 공안이 큰 소리로 뭔가를 물었다. 촌로는 눈만 멀뚱거리며 고개만 흔들었다. 은장도 씨가 상황을 눈치채고는 공안에게 촌로 귀가 막혀 안 들린다는 시늉을 해 보였다. 그러자 공안이 봉수네 가족 뒤쪽을 손으로 가리켰다. 방금 전에 땅에 떨어진 자루였다.

"아!"

봉수가 자루를 주워 노새 등에 얹었다. 중국인 촌로 얼굴이 환해졌다. 고맙다는 듯 봉수 어깨도 두드려 주었다. 공안은 더 이상 경적을 울리지 않고 지나갔다. 봉수네 가족은 가슴을 쓸어내리며 촌로를 따라 걸었다.

"이 노인 말이다. 귀가 안 들리는 분이야."

촌로는 자주 봉수네 가족을 돌아보며 웃었다. 봉수네 가족도 마주보고 웃었다. 김매옥 씨가 은장도 씨에게 물었다.

"지금 어디로 가는 겁니까?"

"아무래도 위안퉁스란 데로 가는 것 같소. 이 노인을 따라가 봅시다."

촌로는 노새들을 끌고 한 시간쯤 걷다가 걸음을 세웠다. 그러고는 노새 등에 매달린 자루에서 건초를 꺼냈다. 노새들이 코를 푸르릉 털며 건초를 먹었다. 촌로는 가로수 아래 앉으며 봉수네 가족도 와서 앉으라고 했다.

"봉수 아버지, 이 노인이 우리말을 못 알아들으니 다행인 것도 같습니다."

김매옥 씨가 촌로 옆에 앉으며 말했다. 촌로가 어깨에 지고 있던 가방에서 푸른 나뭇잎에 싼 주먹밥 두 개를 꺼냈다. 주먹밥 하나를 은효만 씨에게 먼저 주고 나머지 주먹밥도 반으로 나누어 봉화에게 주었다.

"할아버지, 고맙습니다."

봉수네 가족과 중국인 촌로는 도로 위에 피는 아지랑이를 보면서 주먹밥을 먹었다. 은효만 씨가 두꺼운 겨울 점퍼를 벗었다.

"쿤밍이란 곳이 더운 데로구나. 우리가 거쳐 온 곳보다 훨씬 날씨가 따뜻해. 저 꽃들 좀 봐라. 온통 붉고 노란 꽃들이구나."

미처 몰랐던 사실이었다. 여유 있게 앉아서 살피니 사방이 온통 꽃이었다.

"아버지, 거리나무(가로수)도 다 꽃이에요."

붉은 꽃들을 나무처럼 키워서 가로수로 늘어놓은 곳을 봉화가 가리켰다.

"고향엔 꽃이 피려면 아직 한참 더 있어야 하는데 여긴 꽃 천지로구나."

꽃을 보며 신기해하는 봉수네 가족을 보며 중국인 촌로가 웃었다. 촌로가 일어나자 봉수네 가족도 먼지를 털고 일어났다. 사십여 분 더 걷고 나니 한 사찰에 도착했다.

"위안퉁스."

촌로 손가락이 '원통사(圓通寺)'라는 현판을 가리켰다. 봉수가 이제야 알겠다는 듯 가족들에게 말했다.

"위안퉁스는 원통사란 절을 가리키는 말이었어요."

촌로는 은효만 씨에게 다가가 원통사를 가리켰다. 그러며 걱정 말라는 듯 은효만 씨 등을 다독였다.

"애비야, 이 노인이 자꾸 저 절을 가리키면서 뭐라고 하는데 알아들을 수가 없구나."

"그러게 말입니다."

촌로는 노새들을 절 문 밖에다 묶어 놓고 약재 꾸러미를 짊어지고 들어갔다. 입장료를 받는 남자가 봉수네 앞을 막았다.

중국인 촌로가 자기 앞가슴을 두드리며 뭐라고 했다. 그러자 매표소 직원이 소리 없이 자리를 비켜 주었다. 안으로 들어서자 봉수가 얼른 중국인 촌로가 지고 가는 약재를 받아서 어깨에 졌다.

봉수네 가족은 촌로를 따라서 개 같기도 하고 이리 같기도 한 동물 석상 앞을 지나갔다. 불상이 모셔진 법당 안에서 봉수네 가족은 촌로가 은효만 씨를 가리키며 했던 말이 무엇이었는지 깨달았다.

"하하, 그래서였구나."

은효만 씨처럼 몸이 아픈 사람들이 법당 앞에서 부축을 받으며 절을 하고 있었다. 그들은 불상을 향해 절을 하며 간절히 기도했다. 말이 통하지 않아도 어서 병을 낫게 해 달라고 축원하는 것임을 알 수 있었다.

"이 양반 뜻이 참 고맙구나."

중국인 촌로가 봉수네 가족을 법당 한쪽에 앉게 했다. 은효만 씨가 껄껄 웃었다.

"이 양반이 내가 애비 등에 업혀 가는 걸 보고는 이 절로 기도하러 오는 줄 알았던 거야. 마침 원통사 가는 길에 우릴 만났으니 말이다. 참 순박하고 인정 많은 양반이구나. 아무튼 이 노인 덕에 중국 절에도 들어와 보고 몸도 쉬어가게 됐구나."

봉수는 물끄러미 불당에 모셔진 불상을 바라보았다. 부드러운 눈매와 입매로 웃고 있는 불상이었다. 봉수는 그 웃음에 끌려 중얼거렸다.

"왠지 할아버지 몸이 좋아지실 것 같습니다."

향 연기가 구름처럼 피어나는 법당 마당에서 봉수는 태어나 처음으로 신이란 존재를 향해 두 손을 모았다. 물살을 타듯 어느 한 순간 들어선 신의 세계였다. 김정옥 목사를 통해 만났던 신의 세계처럼 그 곳도 낯설면서도 또 한편으론 매우 익숙한 세계였다. 봉수는 그 때까지 한 번도 경험한 적이 없었으면서도 자연스럽게 몸을 낮추고 절을 했다.

'지금까지 걸어온 길보다 남은 길이 더 멀다고 해도 가 보고 싶습니다. 이만큼 왔으니까 마저 남은 길을 가 보고 싶습니다. 바랍니다. 우리 할아버님, 우리 부모님, 그리고 제 동생 은봉화와 함께 무사히 리남으로 보내 주십시오.'

향 냄새가 코 속으로 들어왔다. 봉수는 더욱 납작하게 몸을 숙였다.

'리남행 비행기를 보내 주십시오…… 아니, 저희들을 꼭 리남행 비행기에 태워 주십시오.'

은장도 씨가 다가와 봉수 어깨에 손을 올렸다. 봉수가 웃으며 일어났다. 봉화는 마당에 세워진 대형 향로를 돌며 강아지처럼 향 연기를 쫓아다니고 있었다. 중국인 촌로는 그 옆에서 노란 승복을 입은 원통사 승려와 얘기를 주고받고 있었다. 노새 등에 싣고 온 약재를 승려가 살폈다.

"옳아, 원통사로 약재를 팔러 왔던 거로구나."

승려가 약재를 등에 지고 법당 옆으로 갔다가 다시 돌아와 촌로에게 돈을 주었다. 봉수는 퍼뜩 떠오르는 것이 있었다.

"아버지, 저 할아버지가 남은 약재를 가지고 또 다른 절로 팔러 갈까요?"

"글쎄다. 꼭 절로만 간다고 할 수는 없겠지만 보아하니 어디로든 팔러 가겠구나."

"계속 저 할아버지를 따라가면 어떻겠습니까? 함께 다니면 아까처럼 공안을 만나도 안전할 것 같습니다. 그러다 찡훙으로 가는 길을 찾으면 좋겠습니다."

김매옥 씨가 봉수 말에 맞장구를 쳤다.

"내가 보기에도 저 분이 우릴 남잡이(해코지)할 것 같지는 않습니다. 봉수 말대로 하십시오."

촌로가 봉수네 가족에게 다가와 자기는 이만 가 봐야겠다고 말했다. 은효만 씨가 같이 가자는 손짓을 하자 촌로는 흔쾌히 고개를 끄덕였다. 절 문 밖으로 나오자 촌로는 남은 약재를 한데 모으고 짐을 내린 노새 등에 은효만 씨를 태웠다.

"허허, 고맙소. 고맙소이다."

느릿느릿한 노새 걸음에 맞춰 촌로는 꽃들이 늘어선 공원에서 쉬었다 가기도 하고, 인파와 차량으로 왁자한 버스터미널을 지나기도 하면서 간간이 약재를 팔던. 쉬엄쉬엄 노새를 몰던 촌로는 서편 하늘로 노을이 질 무렵 야시장 불빛이 휘황한 곳으로 들어섰다. 중국인 촌로가 노새를 세운 곳은 약재를 파는 곳이었다.

약재를 팔러 온 수십 명이 노점을 펼치고 앉아 있었다. 촌로도 바닥에 천을 깔고 약재 쌓는 일을 시작했다. 은장도 씨와 봉수가 거들었다. 촌로는 고맙다고 웃을 뿐 봉수네 가족이 왜 갈길을 안 가고 자기를 거드는지 굳이 신경 쓰지 않았다. 봉수네 가족은 촌로 옆에 앉아서 손님을 기다렸다.

"봉수야, 옥수수라도 사 오렴."

은효만 씨가 품에서 돈을 꺼냈다. 충칭에서 양호가 넣어 준 돈이었다. 봉수는 옥수수 장수에게 벙어리 흉내를 내고 옥수수 여섯 통을 사 왔다. 봉수네 가족과 촌로가 옥수수를 먹는 사이 더러 사람들이 와서 약재를 만지작거리다 갔다.

"에구, 이 옷 좀 다시 벗어야겠다. 후덥지근해."

은효만 씨가 점퍼를 벗어서 바닥에 내려놓았다. 그러자 지나가던 중국인 아낙이 지폐를 내밀며 옷을 팔라고 했다. 은효만 씨는 엉겁결에 고개를 끄덕였다. 아낙은 돈을 쥐어 주고 흡족한 표정으로 점퍼를 가져갔다.

"허허……."

은효만 씨는 뜻밖에 생긴 돈을 들고 가족을 돌아보며 웃었다.

"목사님이 사 주신 옷이라 섭섭하긴 하지만 돈이 생기니 좋구나."

얼떨결에 옷을 팔아 버린 은효만 씨를 보고 중국인 촌로가 소리내 웃었다. 은장도 씨가 슬그머니 손목시계를 풀어서 바닥에 내려놓았다. 봉수도 두툼한 점퍼를 벗어서 손목시계 옆에 놓았다. 모두 김정옥 목사가 마련해 주었던 것들이었다.

"이게 돈이 됩니다."

김매옥 씨도 금가락지를 빼서 내려놓았다.

"봉수 엄마, 그건 안 돼요."

은장도 씨보다 재빨리 금가락지를 잡는 손이 있었다. 중국인 남자였다. 남자는 망설이지 않고 제법 비싼 값을 치르고 금가락지를 가져갔다. 김매옥 씨 얼굴이 환하게 펴졌다.

"이 돈을 보니 고향에 두고 온 어머니라도 본 것처럼 반갑습니다."

은장도 씨 손목시계와 봉수 옷도 바로 팔렸다.

"이 돈이면 국경을 넘을 때까지 충분히 견딜 수 있겠소."

봉수네 가족이 돈을 헤아리며 즐거워하는데 갑자기 비명이 터졌다. 약재를 팔던 한 노점상이 건장한 불량배에게 배를 걷어차여 쓰러져 있었다. 눈 밑에 흉터를 가진 청년이 쓰러진 노점상 주머니에서 돈을 빼냈다. 다른 불량배도 약재 장수들을 윽박지르며 돈을 빼앗았다.

"아버지, 어서 피해야겠어요."

그러나 자리에서 일어나기도 전에 불량배들이 몰려왔다. 눈 밑에 상처를 가진 불량배가 촌로에게 손을 내밀었다. 촌로가 돈이 없다고 고개를 젓자 약재들을 마구 걷어찼다. 약재들이 길바닥에 아무렇게나 내동댕이쳐졌다. 촌로가 일어나 삿대질을 하며 고함치자 불량배가 별안간 박치기를 했다. 촌로는 얼굴을 부여잡고 뒤로 넘어갔다.

"저런 못된 놈이 다 있나."

은장도 씨가 그 불량배 뒷무릎을 발로 찍었다. 불량배는 중심을 잃고 비틀거렸다. 은장도 씨가 이어 팔꿈치로 그 자의 등을 힘껏 내리쳤다. 그 자가 고통스러워하며 쓰러지자 같이 온 불량배가 매서운 눈으로 달려들었다. 봉수가 잽싸게 발을 걸었다. 그 자가 땅으로 엎어지자 봉수는 있는 힘껏 옆구리를 걷어찼다.

"봉수 엄마, 시장 밖으로 뛰어요. 빨리!"

은장도 씨가 은효만 씨를 업고 달렸다. 김매옥 씨도 봉화 손을 잡고 달리며 소리쳤다.

"봉수야, 도망쳐."

봉수는 비틀거리며 일어서는 불량배 얼굴을 한 번 더 걷어찼다. 중국인 촌로가 어서 달아나라고 손짓했다. 봉수는 촌로에게 고개를 숙여 보이고는 가족들 뒤를 따랐다. 봉수네 가족은 야시장 밖으로 나와 불빛이 비치지 않는 골목으로 뛰었다. 불량배들이 뒤쫓아 오고 있었다.

"아버지, 그 자들이 쫓아옵니다. 계속 달리십시오."

봉수네 가족은 골목을 달려 미니버스(곤명의 주요 도시와 관광지를 연결하는 소형버스)가 보이는 곳으로 나왔다. 중국인 남자가 고래고래 소리치며 승객들을 모으고 있었다. 중국인들이 그 사람에게 돈을 내고 미니버스에 탔다.

"차마당(주차장)으로 뛰어요. 저 버스를 탑시다."

은장도 씨가 주머니에 있는 돈을 꺼내 남자에게 보이며 얼마를 내면 되는지 눈으로 물었다. 남자는 흘깃 봉수네 가족을 돌아보고는 돈을 더 내놓으라는 듯 손을 벌렸다. 은장도 씨가 돈이 없다고 고개를 젓자 돌아서서 다른 사람들을 불러 모았다.

"아버지, 놈들이 왔습니다!"

불량배들이 주차장으로 달려오고 있었다. 김매옥 씨가 은장도 씨를 재촉했다.

　"봉수 아버지, 금가락지 판 돈을 다 내놓으십시오. 그 돈 아끼려다 죽습니다."

　은장도 씨는 별 수 없이 승객을 모으는 남자한테 돈을 모두 건넸다. 남자는 씩 웃으며 버스에 타라고 했다. 봉수네 가족은 버스 안으로 몸을 숨겼다. 창문으로 보니 불량배들이 주차장을 돌며 미니버스마다 기웃거리고 있었다. 봉수네 가족은 겁에 질려 목을 자라처럼 움츠리고 앉아 있었다.

　승객을 모으던 남자가 버스에 탔다. 그는 꽉 찬 버스 안을 둘러보고는 흐뭇한 얼굴로 운전석에 앉았다. 빈 자리 없이 승객을 모두 태워서인지 휘파람을 불며 버스를 출발시켰다. 봉수는 미니버스가 주차장을 벗어나 도로에 들어설 때까지도 가슴이 옥죄였다. 미니버스가 바람을 가르며 속도를 붙인 뒤에야 숨을 내쉴 수 있었다. 마음속은 여전히 불안했다. 또다시 목적지를 알수 없는 곳으로 흘러가고 있었다.

　'잘 될 거야…… 잘 될 거야…… 다 잘 될 거야…….'

　봉수는 창가에 기대 그렇게 되뇌며 눈을 감았다. 창문 너머에서 불어오는 바람에 이마가 시원했다. 가라앉았던 기분도 가벼워졌다. 이상한 바람이었다. 점점 몸까지 가뿐하게 만들더니 두 발을 둥둥 띄워 어딘가로 데려가려고 했다. 아니 자꾸만 어딘가로 날려 버리려고 했다. 봉수는 신기하다 하면서 눈을 떴다. 밤하늘에 별들이 무씨처럼 뿌려져 있었다. 그 곳을 뚫어져라 바라보던 봉수 눈이 크게 열렸다.

'저게 뭐지?'

무언가 쉭쉭 소리를 내면서 다가오고 있었다. 그것이 이 쪽으로 가깝게 다가올수록 버스 바닥에서 두 발이 점점 높이 떠올랐다. 봉수는 의자를 꽉 붙잡고 그것을 내다보았다. 코앞으로 거대한 새 한 마리가 유유히 지나갔다. 바람이 일며 봉수 몸이 더욱 높이 떠올랐다. 무슨 새일까. 봉수는 눈을 비볐다.

'새가 아니라 비행기잖아!'

비행기는 쭉 빠진 날개를 펼치고 별빛 속으로 날아갔다.

"은봉화, 저거 보이니? 저거 보이냐고?"

봉화는 잠이 들어 있었다. 봉수는 창문 밖으로 사슴처럼 목을 빼고 멀어지는 비행기를 바라보았다. 그것이 주먹만 해졌다가 별빛 속으로 사라졌을 때 봉수의 두 발도 바닥에 닿고 있었다. 봉수는 버스 창문 밖으로 손을 내밀었다. 밤바람이 손등을 스쳐 갔다. 바람도 별도 모두 그 자리에 있었다. 비행기만 꿈처럼 왔다 사라졌다. 문득 원통사에 엎드려 빌었던 것이 떠올랐다.

'그 비행기였나 봐…… 정말로 그 비행기였나 봐…….'

15. 폭우 속에서

"커주(개구(箇舊), 라오스, 베트남과 국경을 접한 중국 운남성의 도시)! 커주!"

버스 기사가 불이라도 난 것처럼 떠드는 소리에 봉수가 눈을 떴다. 잠깐 눈을 붙인 사이 목적지에 도착한 모양이었다. 중국인들이 짐을 챙겨 내렸다. 봉수네 가족도 그들을 따라 버스에서 내렸다. 별빛이 폭포처럼 떨어지는 고산마을이었다.

승객들을 내려놓은 버스는 왔던 방향으로 내려갔다. 이차선 도로를 마주보고 낮은 건물들이 앉아 있었다. 버스에서 내린 중국인 승객들은 빠른 걸음으로 뿔뿔이 흩어졌다. 봉수가 맨 마지막으로 버스에서 내리는 중국인 소년을 잡고 물었다.

"찡훙?"

"찡훙?"

소년은 여기는 찡홍이 아니라고 손을 흔들었다.

"커주!"

미니버스 운전 기사가 외치던 말이었다. 그 곳이 어디쯤 위치하는 마을인지는 몰라도 커주라는 곳인 것만은 확실했다. 소년이 버스가 내려가는 길을 가리키며 말했다.

"찡홍!"

찡홍은 그 쪽으로 내려가란 소리였다. 소년마저 가고 나자 거리에는 봉수네 가족만 우두커니 서 있었다. 은효만 씨가 일부러 기운내서 말했다.

"길은 잘못 들었어도 그 무자비한 놈들은 따돌렸잖니. 약재장수 노인도 별 탈이 없어야 할 텐데."

"그러게 말입니다."

"우리가 인복은 아주 많은 것 같다. 시안의 왕 씨 노인도 그렇고 여기 약재장수 노인도 그렇고 처음 보는 우릴 아무 거리낌 없이 도와 줬잖니."

봉화가 냉큼 끼어들었다.

"할아버지, 김정옥 목사님도 우리를 도와 줬어요. 양호 오빠도 우리를 도와 줬잖아요."

"그래. 그러니 힘내서 찡홍을 찾아 가자. 여기까지 와서 지치면 안 되잖니. 그럼 그 사람들 도움이 헛되잖니."

"아버님 말씀이 맞습니다."

봉수는 양호가 해 줬던 말이 생각났다.

"아버지, 아까 중국 애가 가르쳐 준 길로 나가서 큰 도로로 가요. 양호가 그랬잖아요. 찡홍으로 갈 때는 213번 국도를 찾아서 가라고."

"이제 생각나는구나."

인기척 끊긴 새벽 거리였다. 봉수네 가족은 묵묵히 버스가 내려간 길로 발을 옮겼다. 발끝에 차이는 돌멩이 소리와 나뭇잎을 쓸고 가는 바람 소리만 들렸다. 봉화가 밤하늘로 손을 뻗었다.

"이것 봐, 봉수 오빠. 별이 손에 잡힌다."

"또 허풍이다."

"참말이야. 오빠가 한번 잡아 봐."

봉수도 별을 향해 팔을 뻗었다. 봉화 말대로 머리통만 한 별들이 금방이라도 손에 잡힐 것처럼 가까웠다.

"우리가 잠든 사이 아주 높은 데로 올라왔었구나."

"난 안 자고 있었어. 모두 자고 있을 때 별들을 조몰조몰 빚었다. 그래서 하늘에다 뚝뚝 걸어 놓았어. 잘했지?"

"어휴, 네가 별을 빚었다고? 뭘 가지고 빚었는데?"

"바람이랑 이슬이랑 잘 섞은 다음에 내 입김을 호호 불어서 빚었지."

"얜 누굴 닮아서 이렇지?"

즐거운 웃음이 터졌다. 웃음 끝에 봉수가 말했다.

"그런데 말입니다. 아까 신기한 것을 봤습니다. 버스 안에서
요."

"뭘 말이니?"

"비행기를 봤습니다. 아주 큰 놈이었습니다. 새인 줄 알았는
데 아니었습니다. 꿈인 줄 알았는데 그것도 아니었습니다. 아
무튼 분명히 봤습니다."

은효만 씨가 봉수 어깨를 두드렸다.

"네가 봤다면 본 거다. 스스로 의심하지 마라."

내리막길을 걷는가 싶으면 오르막길이 나타났다. 봉수네 가
족은 밤새 산을 돌아 나왔다. 날이 밝고 평평한 국도를 걷게 되
었을 때 봉화가 213번 표지판을 발견했다. 기쁘기는 했지만 그
도로를 훤한 시간에 걷기에는 위험했다.

"아무래도 도로를 걷는 일은 어두워진 다음이 좋겠다. 산길
도 아니고 국도를 대낮에 걷다 공안이라도 만나면……."

김매옥 씨가 고개를 끄덕였다.

"당신 말이 맞습니다. 그럼 어두워질 때까지 숨어 있을 데를
찾아야지요."

주위를 두리번거리던 봉수가 산비탈을 가리켰다.

"저기서 쉬었다 가는 건 어떻습니까?"

그 곳은 차 밭이었다. 봉수네 가족은 푸른 물결처럼 일렁이는 차 밭 가운데로 비집고 들어갔다. 차 밭 주인이 온다고 해도 쉽게 눈에 띄지 않는 곳이었다. 봉수네 가족은 편하게 자리를 잡고 누웠다.

"어머니, 배고파요."

"이렇게 한번 해 보렴."

김매옥 씨가 어린 찻잎을 따서 입에 넣고 우물거렸다. 다른 가족들도 손에 닿는 대로 찻잎을 따서 입에 넣었다. 씁쓰름한 찻잎을 우물거리며 앉고 눕고 하다 보니 땅거미가 졌다. 봉수네 가족은 차 밭을 나와 국도로 올라섰다. 차량이 많지 않은 한적한 도로였다.

"애비야, 길이 편하니 내 발로 걸어 보마. 날 내려 놔라."

"길이 편하니 제가 아버님 업고 가기 더 편하지요. 그대로 계십시오."

"날 업고 다니느라 네 등이 거북이 등짝처럼 딱딱해졌다."

"별 말씀을 다 하십니다. 이제 쩡훙에만 가면 모든 고생이 끝납니다. 거기서 국경만 넘으면 되요. 조금만 참으십시오."

봉수네 가족은 213번 국도 표지판을 따라 걸었다. 그 표지판은 어떤 가로등 불빛보다도 환하게 봉수네 가족을 비추는 것이었다. 봉수는 구부러졌다 펼쳐진 길을 따라 213번 표지판이 나올 때마다 가슴이 벅차서 울렁거릴 정도였다. 그러나 마음과 달리 몸이 따라 주지 않았다. 허기진 채로 몇 시간을 걷고 나니 모두들 지쳐 버렸다.

봉수네 가족을 스쳐 가던 낡은 트럭이 저만큼 앞에서 섰다. 트럭은 봉수네 가족이 다가올 때까지 멈춰 있었다. 트럭 운전석 창문이 열리고 깡마른 중국인 운전수가 고개를 내밀었다. 앞을 가리키며 타라고 했다. 봉수가 "찡홍?" 하고 물었다. 트럭 운전수가 고개를 끄덕이며 타라고 했다.

"타고 가요. 213번 표지판이 안 보이면 내리면 되니까."

봉수네 가족은 모래가 실린 트럭으로 올라탔다. 모래더미에 등을 기대고 앉아 지친 몸을 쉬었다. 봉수는 앞쪽으로 고개를 빼고 213번 표지판이 계속 나타나는지 뚫어져라 살폈다. 트럭은 대여섯 시간 동안 구불구불한 도로를 쉬지 않고 달렸다. 그 사이 날이 밝았다. 봉수네 가족은 설핏 잠이 들어 있었다.

"찡홍!"

트럭 운전수가 뒤를 보고 내지른 소리에 먼저 눈을 뜬 사람은 봉수였다. 트럭 운전수는 갈림길에 트럭을 세우고 왼편을 가리키고 있었다.

"찡홍! 찡홍!"

그 쪽이 찡홍이란 소리였다. 봉수네 가족은 황급히 트럭에서 내렸다. 국도 건너편을 가로막은 야산 너머로 새벽 안개에 쌓인 도시가 보였다. 봉수네 가족이 그 곳을 바라보느라 고맙단 인사도 잊은 사이 트럭 운전수는 바쁘게 가 버렸다.

"아버님, 마침내 찡홍입니다. 다 왔습니다, 이제."

국도를 건너 들어선 마을은 제법 번화한 곳이었다. 식당이며 여인숙도 줄지어 서 있고 기와집들도 마을 광장을 끼고 모여 있었다. 아직 이른 새벽이었다. 봉수네 가족은 이슬이 떨어진 길을 걸었다. 귀 밝은 개가 대문 밖으로 나와서는 컹컹 짖었다. 봉수 덩치만큼 큰 개였다. 봉수네 가족이 맞은편 길로 건너가자 그 놈도 따라오며 짖었다. 봉화가 울먹였다.

"아버지, 무서워요. 물면 어떡해요."

"뛰지 말고 천천히 걸어라. 겁먹은 모습을 보이면 안 된다."

개는 봉수네 가족 발꿈치에 코를 대고 킁킁대며 따라왔다. 봉수네 가족이 산 속으로 들어서자 개도 따라왔다. 개는 산 중턱까지도 끈질기게 따라오며 으르렁거렸다.

"이 놈을 쫓아 버려야겠습니다."

봉수가 산길을 걸으며 슬며시 주먹만 한 돌멩이를 양손에 주웠다. 김매옥 씨와 봉화도 돌멩이를 주웠다. 은장도 씨는 슬그머니 은효만 씨를 내려놓고 나뭇가지를 들었다. 은장도 씨가 나뭇가지를 휙 산길 아래로 던졌다. 나뭇가지가 떨어지는 소리에 개가 놀라서 돌아섰다.

"이 때다!"

봉수네 가족이 일제히 돌을 던졌다. 개는 놀라서 산길을 내려갔다. 봉수네 가족은 개가 완전히 꽁무니를 뺄 때까지 돌을 날렸다. 개를 쫓고 나자 모두들 힘이 빠져서 털퍼덕 주저앉았다.

"이슬 피할 만한 곳을 찾아봐야겠소."

은장도 씨가 나무 사이를 헤집고 다녔다. 봉수도 숲을 헤치고 다니며 쉴 자리를 찾았다. 그러다 낙엽에 발이 미끄러지며 아래로 굴렀다. 봉수는 잡을 만한 것을 찾아 안간힘을 쓰다 간신히 나무 뿌리를 잡았다. 그 순간 봉수 얼굴이 활짝 펴졌다.

"아버지, 여기요!"

덩굴처럼 늘어진 나무 뿌리 너머에 굴이 있었다.

"기다려라!"

은장도 씨가 기다란 나뭇가지를 굴 속에 넣고 조심스레 흔들어 보기도 하고 툭툭 쳐 보기도 했다. 아무 기척도 없었다. 은장도 씨와 봉수는 굴 입구를 가리고 있는 나무 뿌리를 벌리고 낙엽 더미와 돌멩이들을 치웠다. 여우가 쓰던 굴인지 곰이 쓰던 굴인지 제법 큼지막한 굴이었다.

"할아버지를 모셔와야겠다."

봉수네 가족은 차례차례 굴 속으로 들어갔다. 그리고 그 속에서 새벽을 보냈다. 새들이 깨어나 펄럭거리는 아침 숲은 분주했다. 은장도 씨가 굴 밖으로 나와서 이슬 맺힌 나뭇잎을 뜯어다 가족들에게 주었다. 나뭇잎을 입에 넣고 목이라도 축이니 배고픔도 덜한 것 같았다.

"먹을 것을 좀 찾아보고 오겠습니다."

은장도 씨를 따라서 봉수가 막 굴 밖으로 나왔을 때였다. 산을 타고 올라오는 사람들이 있었다. 그들은 큰 소리로 떠들며 산나물을 뜯었다. 머리에 쓴 두건하며 앞치마를 두른 모습을 보아하니 산 아래 마을사람들인 모양이었다. 은장도 씨는 봉수를 데리고 굴 속으로 들어와 돌과 낙엽으로 입구를 가렸다.

마을사람들은 온종일 산을 오르내리며 산나물을 캤다. 봉수네 가족은 허기와 갈증을 견디며 지루한 시간을 버티었다. 마을사람들은 해질녘에야 산을 내려갔다. 봉수네 가족은 퀴퀴한 굴에서 나와 밤 공기를 마시며 풀잎 위로 드러누웠다. 모두들 기운이 빠져서 꼼짝할 수 없었다.

"아버님, 시장하시죠?"

은장도 씨와 봉수가 먹을 것을 찾아서 어둑해진 숲을 비척거리며 돌아다녔다. 그런데 땅거미가 질 무렵부터 숲에 몰아치는 바람이 예사롭지 않았다. 나뭇가지들을 부러뜨리며 휘몰고 다녔다. 그러더니 삽시간에 빗줄기를 뿌렸다. 은장도 씨와 봉수는 더 어쩌지 못하고 굴 속으로 들어갔다. 봉수네 가족은 빗물로 배를 채웠다.

"아버님, 내일은 뚝비(폭우)가 물러갈 겁니다. 시장하셔도 오늘 밤만 참으십시오."

비는 다음 날 오후까지도 무섭게 쏟아졌다. 은장도 씨와 봉수가 굴 밖으로 나갔지만 홍수라도 진 것처럼 쏟아지는 빗줄기 때문에 한 걸음 내딛기도 어려웠다. 겨우 여린 잎사귀 한 줌을 따서 돌아왔다.

"아버님, 이거라도 드십시오."

봉수네 가족은 나뭇잎을 입에 넣고 씹으면서 오후를 넘겼다. 밤이 되자 모두들 허기에 지쳐 쓰러져 잠들었다. 다시 날이 밝았다. 봉수는 무언가 손등을 훑고 지나가는 것이 있어서 눈을 뜨다 기겁을 하고 일어나 앉았다. 흙벽이 무너지며 지렁이들이 떨어져 꿈틀대고 있었다.

"엄마, 무서워."

봉화가 김매옥 씨 품으로 파고들었다. 봉수가 지렁이를 나뭇가지로 집어서 굴 밖에 내놓았다. 하늘에 구멍이라도 난 것처럼 빗줄기는 멈추지 않고 쏟아졌다. 은장도 씨가 걱정스러운 눈으로 은효만 씨를 보았다. 은효만 씨는 반듯하게 누워 눈도 뜨지 않고 있었다.

"아버님? 아버님?"

김매옥 씨가 흔들자 은효만 씨는 힘겹게 눈을 떴다. 벌써 나흘 가까이 굶고 있었기 때문에 눈을 뜨는 일조차 힘에 부쳐 보였다. 은효만 씨가 대답도 않고 도로 눈을 감아 버리자 은장도 씨는 마음이 조급했다. 손으로 빗물을 받아서 은효만 씨 입에 넣어 주었다.

"아버님, 빗물이라도 넘기십시오."

봉수가 굴 밖에 내놓았던 지렁이들이 자꾸만 기어들어왔다. 그러면 봉수가 나뭇가지로 잡아서 바깥으로 내놓고 있었다. 그 모습을 바라보던 은장도 씨는 주머니를 뒤졌다. 라이터가 손에 잡혔다. 은장도 씨는 라이터 불로 굴 안을 비추었다. 바람에 밀려 들어와 쌓인 낙엽들이 구석에 있었다.

"봉수야, 낙엽들 좀 굴 입구 쪽에 모아 봐라."

봉수가 낙엽들을 굴 입구에 모아 놓자 은장도 씨가 불을 지폈다. 굴 안에 매캐한 연기가 퍼졌다. 불이 살아나자 은장도 씨는 지렁이들을 잡아서 그 속에 넣었다. 봉화가 손으로 눈을 가렸다. 은장도 씨는 구워진 지렁이를 꺼내 은효만 씨 입에 넣어 주었다. 은효만 씨는 겨우 입을 움직였다.

"굶어 죽을 수는 없잖소. 봉수 엄마도 들어요. 얘들아, 이리
오너라."

봉수네 가족은 말없이 지렁이를 먹었다. 은장도 씨가 나뭇가
지로 축축한 흙벽을 파냈다. 그러자 꿈틀대는 지렁이들이 흙과
함께 쏟아졌다.

"눈 꼭 감고 먹어라. 먹고 기운 차려야 한다. 여기까지 왔는
데 이대로 주저앉을 수는 없잖니. 곧 태국 국경으로 가는 길을
찾을 수 있을 거다."

지렁이를 구워 먹었어도 배는 여전히 고팠다. 봉수네 가족은
허리 힘을 잃고 바닥으로 쓰러지듯 누웠다. 비가 그치기라도 해
야 무슨 수를 내도 낼 수 있을 것 같았다. 말발굽처럼 숲을 때리
는 빗줄기를 바라보다 봉수네 가족은 지쳐 잠이 들었다. 도무지
그 끝이 보이지 않을 것 같은 폭우였다.

봉수가 가까스로 눈을 떴을 때는 늦은 오후였다. 그 때도 폭
우는 수그러들지 않고 들이붓고 있었다. 봉수는 온몸이 나른해
서 눈만 떴다 감았다 했다. 쩝쩝거리는 소리가 들렸다. 옆을 보
니 봉화가 손톱만큼씩 흙을 주워 먹고 있었다. 봉수는 짐짓 모
른 체했다. 봉화는 몇 번인가 흙을 더 주워 먹다 잠이 들었다.

봉수도 슬쩍 비에 젖은 흙을 퍼 입에 넣었다. 깔깔한 모래만

씹혔다. 모래를 뱉어 내고 봉수는 일어나 앉았다. 가족들 얼굴이 한겨울 가랑잎처럼 부석부석했다. 봉수는 빗속을 내다보다가 굴 밖으로 나갔다. 창날 같은 빗줄기가 어깨를 짓눌렀다. 코로 들어오는 빗물 때문에 제대로 숨을 쉴 수조차 없었다. 팔을 뻗어서 더듬거리며 산길을 타야 할 만큼 한 치 앞도 보기 어려웠다.

빗물에 발이 미끄러지며 봉수는 뒤로 벌렁 넘어졌다. 봉수 몸은 산비탈을 타고 아래로 굴렀다. 무엇이든 잡아 보려고 두 팔을 허우적거렸지만 십여 미터 이상을 그대로 굴러 떨어졌다. 나무 밑동에 허리를 부딪치며 멈춘 순간 지독한 통증이 밀려왔다.

"으……."

봉수는 한동안 버려진 헝겊인형처럼 널브러진 채 빗물을 맞았다. 무섭게 쏟아지는 빗줄기에 여기저기서 나뭇가지 꺾이는 소리가 났다. 봉수는 허리를 잡고 비척비척 일어나 산길을 탔다. 어떻게든 먹을 것을 구해야 했다. 다행히도 인가 가까이 내려왔을 때쯤에는 두 눈을 제대로 뜨고 앞을 살필 수 있을 만큼 빗줄기가 약해져 있었다.

봉수는 산기슭에 자리한 기와집으로 다가갔다. 빗속이라 그런지 인기척이 없었다. 마당 저편에 헛간이 보였다. 헛간 문은 잠겨 있지 않았다. 봉수가 젖은 몸을 떨며 안으로 들어가자 장작들이 쌓여 있는 것이 보였다. 못 쓰는 솥이며 옷가지들도 쌓여 있었다. 그리고 한쪽에 감자도 있었다. 봉수는 눈이 훤하게 열렸다.

봉수는 날감자를 한 입 물었다. 그러고는 미친 듯이 감자를 옷 속에 집어 넣었다. 바지 주머니 속에도 넣고 양말 속에도 넣고 윗옷 속에도 넣었다. 그 순간 헛간 문이 부서질 듯 열렸다. 집주인 남자였다. 봉수는 입 안 가득 날감자를 우물거리다 그대로 굳어 버렸다. 남자 손에는 굵은 장작이 들려 있었다. 봉수는 손에 들고 있던 감자를 툭 떨어트렸다.

"악! 악!"

장작이 날아왔다. 발길질도 날아오고 주먹도 날아왔다. 봉수는 손으로 입을 막았다. 탈북자란 사실이 밝혀지면 큰일이었다. 봉수 옷 속에서 감자들이 하나둘 굴러 나왔다. 집주인은 집 밖을 향해 고래고래 소리쳤다. 사람들을 부르는 소리 같았다.

'안 돼. 여기서 붙잡히면 안 돼.'

봉수는 벌떡 몸을 일으켜 집주인 남자를 어깨로 밀었다. 남자가 땅으로 나동그라진 사이 산 속으로 뛰었다. 그 때는 뜀박질이 바람처럼 가벼웠다. 집주인 남자는 욕지거리를 쏟으며 쫓아오다 빗줄기에 막혀 멀어졌다. 봉수는 단숨에 가족들이 있는 굴까지 뛰었다. 굴 앞에 닿아서야 거친 숨을 몰아쉬며 뒤를 돌아볼 수 있었다. 빗물에 섞여 어둠이 내리고 있었다.

"봉수야, 도대체 어딜 갔던 거냐?"

은장도 씨가 인기척을 듣고 굴 속에서 고개를 내밀었다. 봉수는 은장도 씨를 보자 감자 생각이 퍼뜩 났다. 온몸을 더듬는 봉수를 은장도 씨가 잡아끌었다.

"어서 들어오너라."

물귀신이 돼서 굴 속으로 들어온 봉수를 보고 가족들이 놀라서 일어나 앉았다. 모두들 눈 밑이 퀭하니 가라앉아 있었다.

"봉수야, 대체 어딜 갔었니?"

봉수는 씩 웃으며 양말 속에서 감자 두 개를 꺼냈다. 윗옷을 들고 툴툴 터니 거기서도 감자가 두 개 떨어졌다. 봉화가 냉큼 감자를 잡아서 깨물었다. 아린 맛은 둘째였다.

"전 벌써 먹고 왔습니다. 배가 너무 고파서요. 어서 드십시오."

봉수는 배를 두드리며 감자를 내밀었다. 집주인한테 들켜서 매를 맞기 전에 감자를 한 입 먹은 것이 다였지만 봉수는 애써 배부른 척했다.

"이걸 구하러 어디까지 갔던 거니?"

봉수는 차마 헛간에서 훔쳐 왔다는 말을 할 수 없었다.

"산 아래 사는 중국인이 줬습니다. 무더기비(폭우)를 맞고 돌아다니는 게 불쌍했나 봅니다."

가족들은 말없이 감자를 먹었다. 봉화는 벌써 감자 하나를 다 먹어치우고 있었다. 은효만 씨도 찐 감자를 먹듯 맛있게 먹었다. 김매옥 씨가 감자를 오물거리며 봉수 얼굴에서 흐르는 빗물을 닦아 주었다. 그러다 감자를 던지고는 급히 말했다.

"봉수 아버지, 여기다 불 좀 켜 보십시오. 빨리 켜 보란 말입니다."

은장도 씨가 라이터 불을 봉수 얼굴 가까이 가져왔다. 매 맞은 봉수 얼굴이 선명하게 드러났다. 눈두덩이며 입술이 퉁퉁 부어오르고 핏물까지 보였다. 목과 팔에도 긁힌 자국이 길게 나 있었다.

"어디서 이렇게 됐니? 누가 널 이랬느� 말이다."

"어, 어두워서 부딪쳐서 그래요."

"두들겨 맞고 온 게 뻔한데. 아이고, 우리 봉수를 어느 놈이 그랬어."

가족들은 먹던 감자를 내려놓았다. 은효만 씨가 슬픈 눈으로 말했다.

"감자를 구해 오다 그렇게 됐구나. 이 늙은이는 손자가 그런 일 당한 것도 모르고 정신없이 먹어 대기만 했어. 에구, 목에 걸려 더 못 먹겠다."

"할아버지……."

김매옥 씨가 봉수를 안았다. 참고 있던 눈물이 봉수 눈에서
떨어졌다. 봉화가 봉수 등 위로 얼굴을 묻었다. 빗소리가 천둥
치듯 숲을 때렸다. 그 빗소리가 아무리 커도 봉수네 가족은 알
아들을 수 있었다. 굴 밖을 내다보며 떨어트리는 서로의 눈물방
울 소리를.

16. 열심히 걸어가라

　은효만 씨가 눈을 떴을 때는 빗줄기가 국수 가닥처럼 얇게 내리고 있었다. 날도 밝은 뒤였다. 가족들은 배고픔에 지쳐 아직 잠에 빠져 있었다. 은효만 씨는 바로 곁에서 서로 끌어안고 잠든 봉수와 봉화를 지그시 바라보았다. 김매옥 씨는 달팽이처럼 몸을 구부린 채 자고 있었다. 은장도 씨는 자리가 비좁아 흙벽에 등을 기대고 앉아서 잠을 자고 있었다.

　"내가 이러고 있으면 안 되지. 여기서 너희들을 굶겨 죽일 수는 없어."

　은효만 씨는 봉수와 봉화 얼굴을 쓰다듬었다. 그리고 비틀거리며 굴 밖으로 나왔다. 비바람에 부러져서 땅으로 떨어진 나뭇가지가 있었다. 그것을 지팡이 삼아 산 속을 돌았다. 나무 열매라도 떨어진 것이 있나 둘러보았다. 하지만 나뭇가지와 나뭇잎

뿐이었다. 은효만 씨는 어린 나뭇잎을 따서 입에 넣고 우물거리며 더 깊은 곳으로 발을 옮겼다.

다람쥐 한 마리가 땅에 내려와 돌아다니고 있었다. 은효만 씨는 나뭇가지를 짚고 그 쪽으로 다가갔다. 다람쥐가 땅에 떨어진 작은 씨앗을 주워 먹는 사이 냅다 나뭇가지를 내리쳤다. 다람쥐는 나무를 타고 줄달음쳤다. 은효만 씨가 달려가 나무를 내리쳤다. 헛손질이었다. 은효만 씨는 기운이 빠져서 털썩 주저앉았다.

"아니지, 아니야. 뭐든 구해야지."

산 아래쪽으로 고개를 돌리니 마을이 보였다. 은효만 씨는 물끄러미 그 곳을 내려다보다 일어났다.

"그래도 사람 먹을 것은 사람 사는 데 가서 구하는 게 낫지."

은효만 씨는 마을로 내려가기로 마음먹었다. 가족이 잠들어 있는 굴을 뒤로 하고 산길을 탔다. 진흙으로 변한 산길이 여간 미끄러운 게 아니었다. 한 걸음도 뗄 수 없어서 나중에는 아예 땅에다 엉덩이를 붙이고 미끄럼 타듯 산길을 내려갔다. 겨우 산을 내려오고 나니 온몸이 흙투성이였다.

은효만 씨는 가랑비를 맞으며 산 아래 집들을 찾아갔다. 일을 나갔는지 집집마다 사람을 볼 수 없었다. 봉수네 가족을 쫓아서 산까지 따라왔던 개마저도 보이지 않았다. 가랑비만 추적 추적 내릴 뿐 고요했다. 은효만 씨는 나뭇가지를 짚으며 마을 안쪽으로 들어갔다.

높지도 낮지도 않은 건물들이 제법 널찍한 광장을 가운데 두고 둥그렇게 모여 있었다. 광장에서 북쪽으로 난 골목으로 들어서자 크고 작은 음식점들이 장사를 하고 있었다. 버섯 요리집이며 국수집들이 가마솥을 내걸고 한창 장사 중이었다. 가마솥마다 하얀 김이 솟고 있었다. 은효만 씨 걸음이 자연스럽게 그 쪽으로 향했다.

은효만 씨는 음식점을 돌며 애처로운 눈으로 손을 벌렸다. 가게 주인들은 온몸에서 빗물이 흐르는 은효만 씨를 밖으로 내쫓았다. 은효만 씨는 덜덜 몸을 떨면서 이 집 저 집을 돌았다. 과일 꼬치며 고기 꼬치 따위를 파는 노점들 앞에 이르러서는 가슴을 부여잡고 해수 기침을 쏟았다. 계속 가랑비를 맞으며 돌아다닌 탓이었다. 은효만 씨는 숨넘어갈 듯 기침을 쏟다가 겨우 숨고르기를 했다.

감자를 으깨서 옥수수 가루에 섞어 떡을 만들던 노점 주인이 힐끗 은효만 씨와 눈이 마주쳤다. 남자 턱에 호두알만 한 사마귀가 붙어 있었다. 사마귀는 은효만 씨한테 저리 가라고 손짓한 뒤 솥을 열었다. 구수한 냄새가 퍼졌다. 은효만 씨가 김이 보슬보슬 피는 떡을 쳐다보다 신발을 벗었다. 은효만 씨는 옷으로 신발에 묻은 진흙을 닦았다.

"여보시오. 이거라도 받고 빵 좀 하나만 주시오."

은효만 씨가 신발을 보이며 말했다. 사마귀 눈빛이 번쩍 빛났다. 사마귀가 은효만 씨에게 가까이 오라는 손짓을 했다. 은효만 씨가 다가오자 사마귀가 떡을 하나 집어 주었다. 은효만 씨는 허리를 굽실거리며 떡을 받았다.

"고맙소. 정말 고맙소이다. 덕분에 산 속에 있는 아이들이 허기를 면하겠구려."

사마귀 눈빛이 좀 전보다 더욱 예리해졌다. 그가 인심 쓰듯 떡 하나를 더 건넸다. 은효만 씨는 감격해서 허리를 굽실거렸다.

"아이고, 고맙소. 정말 고맙소. 이 은혜를 어떻게 갚소."

사마귀 입가에 뜻 모를 웃음이 걸렸다. 사마귀가 은효만 씨 신발을 툭 던져 주며 신으라는 시늉을 했다. 은효만 씨는 눈시울을 붉혔다.

"잊지 않으리다. 이 은혜 잊지 않으리다."

은효만 씨가 축축한 땅에 주저앉아서 신발을 신는 사이 사마귀는 도로 건너편으로 뛰었다. 은효만 씨는 떡을 놓칠세라 품에 안고 광장 쪽으로 되짚어 나왔다. 비는 어느덧 그쳐 있었다. 지팡이를 짚지 않아도 걸음걸이가 날아갈 듯 가벼웠다.

"애들아, 잠시만 기다려라. 먹을 것을 구했다. 먹을 것을 구했어.”

은효만 씨가 광장을 건너는데 은장도 씨와 봉수가 두리번거리며 뛰어오는 게 보였다. 바로 뒤를 따라 김매옥 씨도 봉화 손을 잡고 뛰어왔다. 은효만 씨가 기쁜 나머지 그 자리에서 소리쳤다.

“애들아, 먹을 것을 구했다! 먹을 것을 구했어!”

은효만 씨가 가족들을 향해 떡을 들어 보였다.

“아버님!”

은장도 씨가 은효만 씨를 보고 길을 건너왔다. 은효만 씨가 껄껄 웃었다. 그 순간 누군가 은효만 씨 어깨를 우악스레 낚아챘다. 중국 공안들이었다. 그 모습을 본 가족들은 그 자리에 돌처럼 굳어 버렸다. 은효만 씨는 가족과 공안들을 번갈아보며 얼굴빛이 변했다. 공안들이 은효만 씨를 잡고 무언가를 연신 물어댔다. 은효만 씨는 고개만 저었다.

공안을 데려온 사마귀가 중국말로 요란하게 떠들며 은효만 씨를 가리켰다. 금세 중국인들이 광장으로 모여들었다. 노점상들이며 장을 보러 온 사람들이 겹겹이 에워싸고 은효만 씨를 지켜보았다. 그들은 은효만 씨를 향해 수군대며 구경했고, 은효만 씨는 절망스러운 눈으로 서 있었다.

공안이 은효만 씨를 거칠게 돌려 세우고 수갑을 채우자 떡이 땅으로 떨어졌다. 공안들 구둣발에 밟혀 떡은 흙투성이가 되어서 굴러다녔다. 비루하게 생긴 개가 나타나 그 떡을 물고 달아났다. 은효만 씨가 고개를 돌리니 은장도 씨가 사람들 앞으로 나오고 있었다.

"안 된다. 오지 마라."

김매옥 씨와 봉수, 봉화도 놀란 눈으로 나타났다. 은효만 씨가 얼른 공안을 향해 돌아섰다. 그리고 공안 얼굴에 대고 소리쳤다.

"애비야, 가만히 있어!"

그 소리에 앞으로 달려들려던 은장도 씨 걸음이 주춤했다. 은효만 씨가 공안을 향해 애절하게 소리쳤다.

"애야, 제발 가만히 있어 다오. 애비 마지막 소원이다."

은장도 씨는 울 것 같은 얼굴로 서 있었다. 은효만 씨가 계속 외쳤다.

"다시 돌아가는 건 나 하나로 족해. 그 먼 길을 너희들까지 다시 돌아가게 할 수는 없어. 난 이만큼 온 것만으로도 족하다."

은장도 씨가 고개를 저으며 한 걸음 앞으로 나왔다.

"이 놈아, 가만히 있으래도! 장도야, 여기서 이만 너희들 배웅해 주고 난 고향으로 돌아가련다. 칠십 평생 살아온 고향 산천으로 돌아가는데 무엇을 걱정하니? 난 영도한테 가련다. 진

즉에 그랬어야 했어. 너희들은 남은 길을 가라."

은효만 씨가 알아들을 수 없는 말을 공안에게 계속하자 둘러서 있던 중국인들이 쑥덕거렸다. 손가락질하는 사람들도 보였다. 은효만 씨가 공안에게 살려 달라고 애원하는 모양이라고 생각하는 듯했다.

"아버님……."

은장도 씨는 미어지는 가슴을 어쩌지 못하고 속울음을 토했다. 중국인들 틈에 섞여 뒤에 서 있던 김매옥 씨도 봉화를 끌어안고 숨죽여 울었다. 봉수는 어금니를 질끈 깨물고 울음소리를 삼켰다. 은효만 씨가 다시 소리 높여 말했다.

"장도야, 부디 내 말대로 해야 한다. 그게 이 애비 원이니까."

공안이 차 안으로 은효만 씨를 밀었다.

"영도랑 기다리마. 넌 가족들 데리고 아무 일 없는 것처럼 열심히 걸어가라. 알아들었니? 열심히 걸어가란 말이다."

은효만 씨는 공안 차에 타서도 가족들 쪽으로 고개를 돌리지 않았다. 혹시라도 공안이나 광장에 몰려선 중국인들이 가족들을 눈치챌까 해서였다. 공안 차는 빗물을 튀며 광장을 건너갔다. 중국인들도 하나둘씩 흩어졌다. 봉수네 가족만 우두커니 서서 숨죽여 울었다. 공안 차가 광장 모퉁이를 돌아 사라질 즈음 은장도 씨가 외쳤다.

"아버님!"

공안 차를 따라 달려가는 은장도 씨 앞을 막아서는 사람이
있었다.

"안 됩니다."

김정옥 목사였다.

"아버님 말씀을 못 들으셨나요? 열심히 걸어가라고 하셨습
니다."

은장도 씨는 주먹으로 가슴을 치며 울었다. 김정옥 목사가
다가와 은장도 씨 어깨를 안았다. 김매옥 씨도 쓰러질 듯 다가
와 은장도 씨를 안았다.

"목사님."

봉수와 봉화도 달려와 김정옥 목사를 안았다. 김정옥 목사가
서럽게 우는 봉수네 가족을 부둥켜안고 나직하게 말했다.

"열심히 걸어가라고 하셨습니다. 그 분께서 분명히 그렇게
말씀하셨습니다."

가랑비도 걷히고 어느덧 광장에 햇살이 비치고 있었다. 봉수
는 넘실거리는 햇살 속에서 언뜻 은효만 씨의 웃음소리를 들었
다.

17. 비행기 안에서 금만에게 쓴다

짝패동무 금만에게,

금만아, 리남행 비행기 안에서 이 편지를 쓴다. 왼쪽 어깨 너머 창문으로 화산재처럼 일어나는 구름이 보인다. 고향의 눈 쌓인 백사봉 같기도 하고 거길 떠나서 지금까지 걸어온 꿈같은 시간들 같기도 하다.

꽃제비 양호란 아이에게 말했었다. 이 넓고 넓은 세상 속에서 또 이 많고 많은 사람들 속에서도 꼭 만날 사람은 만나진다고. 그래서였나 봐. 국경 마을 찡홍에서 김정옥 목사님을 다시 만난 것도. 그 분 도움으로 우리 가족은 무사히 국경 마을을 넘었고 태국 수용소에서 석 달 동안 머물다 오늘 아침 비행기를 탔어.

김정옥 목사님은 따퉁에서 우리를 구해 주시고 시안까지 함께 오셨다가 헤어진 분이야. 우리 가족이 떠난 뒤에도 목사님은 계속 시안에서 우릴 찾아다니시다 양호를 만난 거야. 그 애를 통해서 우리 가족이 찡홍으로 갔단 소리를 듣고 찾아오신 길이 었고. 네가 기다리는 백두산 약수천 사슴처럼 이 분도 사람들을 구하러 오신 분인가 봐.

금만아, 백두산 사슴은 만났니? 네가 사는 너와집 너머에서 백두산 사슴이 우우 울면 이제 나도 들을 수 있는 땅으로 가고 있어. 그 곳에서 어떤 일이 나를 기다리고 있을지 알 수 없지만 한 가지 확실한 것은 할아버지 말씀대로 열심히 걸어갈 거란 사실이야. 정말 열심히 걸어갈 거야. 새로운 시간을 향해서, 또 새로운 꿈을 향해서.

할아버지는…… 금만아, 우리 할아버지는 지금 회령을 향해 가고 계신다. 우리를 위한 선택이셨어. 낯선 땅으로 가지만 그 곳에서 잘 걸어갈 수 있을 거란 희망은 할아버지께서 보여 주신 값진 선택 때문이야. 나도 그런 선택을 하며 살고 싶어. 너를 만나서 네 단추를 돌려 주고 내 단추를 돌려받는 그 날까지.

리남 땅까지는 앞으로 한 시간 밖에 안 남았대. 그래서 그런 지 자꾸만 손바닥에서 땀이 난다. 벌써 물을 다섯 잔은 마셨는 데도 또 목이 말라. 저 구름기둥 너머에 우릴 닮은 사람들이 살고 있대. 그 사람들도 백두산 약수천 사슴 이야기를 알고 있을까, 금만아? 거기에 대해서는 다음 편지에 쓸게. 오늘은 이만 짧게 쓴다. 아, 여름 햇살에 눈이 시리다.

6월 하늘을 건너가며,

봉수가.

자유와 꿈을 찾아 리남으로

이 작품의 중심인물인 봉수와 그 가족의 탈북 노정은 몇 해 전 스치듯 보게 된 신문 기사로부터 시작되었습니다. 탈북자를 '새터민'이라고 부른다는 것, 그리고 그 새터민이 나와 같은 지역에도 살고 있다는 사실을 알게 된 순간이었습니다. 중국에서 떠도는 탈북 난민에 관한 방송을 간간이 보기는 했지만 막상 그들이 내가 사는 곳에 살고 있으리라고는 생각하지 못했던 것입니다. 그 때 처음으로 그들의 이야기를 엮어 보면 어떨까 생각했습니다.

그 뒤 개인적인 일로 여러 차례 중국에 다녀오며 대다수의 탈북 난민들이 중국을 거쳐 태국으로 넘어간다는 사실을 알게 되었습니다. 그들은 두만강에서 태국 국경에 이르는 수만 리 길을 횡단하고 있었습니다. 지도를 펼쳐 놓고 봉수네 가족의 남한행 노정을 더듬어 보았습니다. 사실 봉수네 가족의 노정은 일반적인 탈북 노정이 아닙니다. 그간 내가 다녀왔던 중국 지역을 임의대로 설정해 놓은 것입니다. 그 속에서 낯선 땅을 맨몸으로 지나며 자유와 꿈을 찾는 그들의 이야기를 시작했습니다.

한때 사상이나 체제에 가려 가장 인간적인 것, 그래서 그 무엇보다도 절실하게 다가오는 희망이나 꿈 같은 가치들로부터 애써 눈을 돌리고 살던 때가 있었습니다. 그래서 똑같은 하늘을 바라보고 똑같은 공기를 마시며 살면서도 북녘의 사람들은 우리와 다른 존재였습니다. 황소 뿔처럼 사나운 외양에다 호전적인 마음보를 가진 사람들이었지요. 사람과 사람 사이의 소통보다 이념이 우선시된 결과였습니다.

물론 지금도 남과 북은 민주주의와 공산주의 이념에서 자유로울 수 없지만, 남북 정상회담과 이산가족 상봉과 같은 변화 속에서 예전보다 자유롭게 사람과 사람 사이의 소통에 대해 말할 수 있게 되었습니다. 한민족이라는 사실을 가슴 깊이 받아들이기 위해서는 그들도 우리처럼 말하고 웃고 꿈을 꾸는 존재들이란 사실을 먼저 인정해야 합니다. 그래서 그들도 우리처럼 사랑하는 가족이 있고 친구가 있으며, 서로 헌신적인 배려와 정을 나눈다는 것을 말입니다.

봉수와 그 가족은 바로 그런 가치를 보여 주는 인물들입니다. 열다섯 살 봉수는 사랑하는 영도 삼촌과 둘도 없는 친구 금만을 북에 두고 두만강을 건넙니다. 또 할아버지의 희생으로 중국과 태국 국경도 넘습니다. 어쩔 수 없는 상황으로 고향을 등지고 이별도 겪지만 그 혼란한 시간 속에서도 내일을 향한 꿈을 저버리지 않습니다. 그러기엔 고향에 두고 온 소중한 기억들이 너무 많고 그리움이 너무 크니까요. 또한 남한 땅으로 향하며 헤쳐 나온 역경의 시간들이 있으니까요.

봉수네 가족에게 남한 땅에서의 새로운 시간은 자신들의 소중한 것과 바꾼 꿈과도 같습니다. 남한행을 가능하게 해 준 가족 혹은 은인들의 헌신과 희생이 담긴 꿈입니다. 그래서 험난한 노정 속에서도 잃지 않은 봉수네 가족의 희망이 더욱 가치 있는 것입니다. 이러한 봉수네 가족의 꿈과 희망은 만 명을 헤아리는 탈북자들의 꿈을 대변하는 것입니다.

이렇게 꿈을 찾아 남한에 정착한 사람들 말고도 중국 땅을 헤매는 탈북자의 수가 십만여 명에 이른다고 합니다. 그들도 봉수네 가족처럼 시장 귀퉁이에 숨어서 새우잠을 자거나 중국 공안에게 쫓겨 어두운 골목을 달리고 있을 겁니다. 그러면서도 언젠가는 자유와 꿈을 찾아 떠나는 희망을 저버리지 않을 겁니다. 그렇게 달려온 그들의 고단한 시간을 돌아보고, 또 그들이 품고 온 희망을 반갑게 끌어안는 우리가 되었으면 합니다.

2007년 가을이 한창인 날에
김현화

김현화

1968년 대전에서 태어났으며, 충남대학교에서 국어국문학 박사 학위를 받고 같은 대학교에서 강의를 하고 있다. 1999년 동화 「천도복숭아」로 〈문학세계〉 신인상을, 2000년 동화 「미술관 호랑나비」로 '눈높이아동문학상'을 각각 수상하며 본격적인 작품 활동을 시작했다. 2007년 청소년소설 『리남행 비행기』로 푸른문학상 '미래의 작가상'을 수상했고, 2008년 장편동화 『구물두꽃 애기씨』로 MBC 창작동화대상을 수상했다. 지은 책으로 동화집 『별』, 장편동화 『뻐꾸기 둥지 아이들』, 『동시 짓는 오일구씨』, 『구물두꽃 애기씨』, 청소년소설 『리남행 비행기』, 『조생의 사랑』, 『기린이 사는 골목』 등이 있다.

푸른도서관

푸른도서관은 '10대에서 20대까지' 눈부신 성장을 거듭하는
'푸른 세대'를 위한 본격 문학 시리즈입니다.
당대 청소년들의 현실을 생생하게 반영한 성장소설과
다양한 시대상을 반영한 역사소설,
청소년시집 그리고 흥미진진한 판타지에 이르기까지
국내 작가들이 공들여 창작한 감동적인 작품들을
푸른도서관에서 더 만나 보세요!

1. 뢰제의 나라 강숙인 지음
교통사고로 가사 상태에 빠진 열두 살 소년이 저승사자의 손에 이끌려 저승인 '뢰제의 나라'를 여행하면서 벌어지는 모험담을 담은 판타지소설.
★ 윤석중문학상 수상작   ★ 동화읽는가족 추천도서

2. 아버지가 없는 나라로 가고 싶다 이규희 지음
아픈 결핍의 가족사를 벗어던지고 마침내 더 너른 세상을 향해 나아가는 소녀를 통해 성장의 의미를 곰곰이 곱씹게 해 주는 가슴 뭉클한 성장소설.
★ 세종아동문학상 수상작가

3. 까망머리 주디 손연자 지음
좋아하는 남학생에게 외모에 대한 조롱 섞인 말을 듣고, 입양아인 자신이 미국 사회의 이방인이라는 사실을 깨닫는 사춘기 소녀 주디가 정체성을 찾아가는 이야기.
★ 책따세 추천도서   ★ 학교도서관사서협의회 추천도서   ★ 부산광역시교육청 독서인증제 권장도서

8. 화랑 바도루 강숙인 지음
부모님을 일찍 여읜 바도루가 김충현 장군 밑에서 생활하며 그의 자제인 경천과 함께 피나는 노력과 뜨거운 우정을 나누며 꿈에 그리던 화랑이 되는 이야기를 그린 본격 역사소설.
★ 동화읽는가족 추천도서

10. 마사코의 질문 손연자 지음
일본인 소녀의 입으로 일본인의 죄를 묻는 이야기. 일제 강점기에 우리 민족이 겪은 온갖 수난을 생생하고 절실하게 그려 낸 9편의 작품이 실려 있다.
★ 세종아동문학상 수상작   ★ SBS 어린이미디어대상 수상작   ★ 한우리독서토론논술 필독도서

11. 아, 호동 왕자 강숙인 지음
비극적 사랑의 대명사 호동 왕자와 낙랑 공주, 그들이 정말 사랑하는 사이였는가에 대한 의문으로 시작된 역사소설. 우리가 알고 있던 이야기를 뒤집어 전혀 새로운 시각을 제시한다.
★ 한우리독서토론논술 필독도서   ★ 서울독서교육연구회 추천도서   ★ 책읽는교육사회실천협의회 추천도서

12. 길 위의 책 강 미 지음
'책'을 통해 자연스럽게 자신의 고민과 방황을 해결하고 상처를 치유해 나가는 여고생들의 이야기를 잔잔하게 그렸다. 청소년들을 위한 성장소설들이 '책 속의 책'으로 가득 담겨 있다.
★ 제3회 푸른문학상 수상작   ★ 책따세 추천도서   ★ 문화체육관광부 우수교양도서

13. 느티는 아프다 이용포 지음
'지금 여기'의 '가장 낮은 곳'을 이야기하는 성장소설. 독자들에게 이웃을 바라보는 시선을 바꾸고 존재의 소중함을 돌아볼 수 있는 시간을 마련해 준다.
★ 한국문화예술위원회 우수문학도서   ★ 평화박물관 선정 청소년 평화책

14. 발끝으로 서다 임정진 지음
베스트셀러 『행복은 성적순이 아니잖아요』의 임정진 작가가 펴낸 청소년소설. 낯선 땅으로 홀로 유학을 떠난 주인공을 통해 조기 유학생활의 어려움과 외로움을 절절하게 그렸다.
★ 책따세 추천도서

15. 마지막 왕자 강숙인 지음
역사의 그늘에 가려져 있던 인물이자 신라의 마지막 왕인 경순왕의 아들 마의태자를 주인공으로 한 역사소설로, 그의 새로운 영웅적 면모를 보여 준다.
★ 〈중앙일보〉 좋은책 100선 선정도서   ★ 어린이도서연구회 청소년 권장도서

16. 초원의 별 강숙인 지음
마의태자를 주인공으로 한 『마지막 왕자』의 후속작. 사라져 버린 나라를 그리워하던 주인공 새부가 광활한 만주 대륙에서 아버지의 꿈을 이루는 과정을 흥미진진하게 그리고 있다.
★ 동화읽는가족 추천도서

18. 쥐를 잡자 임태희 지음
원치 않는 임신을 한 여고생의 이야기로 성에 대해 여전히 취약한 우리 청소년의 현실을 돌아보고 위험성을 인식하게 만든다. 동시에 대책 마련이 시급하다는 사실을 새삼 일깨운다.
★ 제4회 푸른문학상 수상작   ★ 아침독서 청소년 추천도서   ★ 어린이도서연구회 청소년 권장도서

19. 바람의 아이 한석청 지음
우리나라 아동청소년문학 최초로 발해를 소재로 한 장편역사소설. 고구려 멸망 뒤 옛 고구려 지역에 살던 이들의 비참한 삶과 나라를 되찾고자 하는 투쟁을 생생하게 그려 냈다.
★ 한우리독서토론논술 필독도서   ★ 책읽는교육사회실천협의회 추천도서

21. 리남행 비행기 김현화 지음
봉수네 가족이 북한을 탈출해 리남행 비행기에 오르기까지의 여정이 긴장감 있게 그려져 있다. 온갖 역경 속에서도 인간애와 가족애를 잃지 않는 모습이 진한 감동을 선사한다.
★ 제5회 푸른문학상 수상작   ★ 책따세 추천도서   ★ 한국문화예술위원회 우수문학도서

22. 겨울, 블로그 강 미 지음
자신만의 길을 찾아가는 청소년들이 종횡무진 활동하는 네 편의 작품을 담았다. 청소년들의 일상을 정확하고 섬세하게 묘사하여 그들이 나아갈 수 있는 길을 오롯이 보여 준다.
★ 문화체육관광부 우수교양도서   ★ 아침독서 청소년 추천도서   ★ 한국출판인회의 선정 이달의 책

23. 네가 하늘이다 이윤희 지음
1894년 동학 농민 운동을 배경으로 새로운 세상을 꿈꾸었지만 결국 이름조차 남기지 못하고 스러져 간 농민군의 이야기를 감동적으로 그려 낸 대하역사소설.
★ 아침독서 청소년 추천도서   ★ 한국어린이문화대상 수상작

24. 벼랑 이금이 지음
원조 교제, 첫 키스, 협박, 폭력…….. 거친 현실의 이면에 감춰진 청소년들의 내면을 섬세하게 다루고 있는 이금이 작가의 연작청소년소설.
★ 한국문화예술위원회 우수문학도서   ★ 아침독서 청소년 추천도서   ★ 네이버 북리펀드 선정도서

25. 뚜깐뎐 이용포 지음
서기 2044년, 한국에서 영어 공용화 법안이 통과된 뒤 영어가 일상어로 자리를 잡은 때와 한글이 박해를 받던 연산군 시절을 오가며 현대인들에게 진지한 성찰의 기회를 제공한다.
★ 아침독서 청소년 추천도서   ★ 대한출판문화협회 올해의 청소년도서   ★ 〈중앙일보〉 선정 이달의 책

26. 천년별곡 박윤규 지음
천 년의 시간을 애증과 그리움으로 버틴 주목나무의 이야기를 절제된 감성으로 그린 작품. 시 형식을 차용한 소설인 '시소설'이란 신선한 장르에 애절한 정서를 잘 녹여 냈다.
★ 한우리가 선정한 좋은 책

27. 지귀, 선덕 여왕을 꿈꾸다 강숙인 지음
지귀 설화 속에 숨어 있는 선덕 여왕 이야기를 담은 역사소설. 지귀와 선덕 여왕, 김춘추와 김유신 등 시대의 격랑에 휘말린 이들의 삶과 사랑이 독자들의 가슴속에 파고든다.
★ 책따세 추천도서   ★ 네이버 북리펀드 선정도서   ★ 아침독서 청소년 추천도서

■ 푸 른 도 서 관 ■

28. 청아 청아 예쁜 청아 강숙인 지음
〈심청전〉을 현대적으로 재해석한 소설. 새로운 시각의 심청과 서해 용왕 그리고 그의 아들을 등장시켜 '보이지 않는 사랑 이야기'를 통해 참다운 사랑의 의미를 되새기게 한다.
★ 한국출판인회의 선정 이달의 책   ★ 중앙독서교육 선정도서

30. 사라지지 않는 노래 배봉기 지음
세계적 미스터리의 하나인 이스터 섬 모아이 석상의 비밀을 소재로 인간의 파괴적 욕망과 그것을 극복했을 때 찾을 수 있는 평화를 보여 준다.
★ 문화체육관광부 우수교양도서   ★ 네이버 북리펀드 선정도서   ★ 국립어린이청소년도서관 추천도서

31. 김홍도, 조선을 그리다 박지숙 지음
김홍도의 그림을 통해 그의 삶을 다룬 연작으로, 작가 특유의 상상력과 깊이 있는 통찰력으로 '인간 김홍도'의 삶을 생생하게 되살려낸 본격 역사소설이다.
★ 문화체육관광부 우수교양도서   ★ 〈소년조선일보〉 추천도서   ★ 아침독서 청소년 추천도서

32. 새가 날아든다 강규규 지음
한국 전쟁을 직접 경험한 세대가 전쟁과 분단과 이산이라는 문제를 다른 시각에서 조명한 작품. 역사의 굴곡을 넘어 당대의 사람들이 더불어 살아가는 이야기를 일곱 편의 소설에 담았다.
★ 아침독서 청소년 추천도서

34. 밤나무정의 기판이 강정님 지음
1950년대를 배경으로 소년 기판이의 각별하고도 애틋한 성장과 모험과 죽음을 다룬 이야기. 작가 특유의 입담과 사투리에 실린 당시의 일상과 풍속이 눈앞에 생생하게 되살아난다.
★ 한국문화예술위원회 우수문학도서   ★ 대한출판문화협회 올해의 청소년도서   ★ 아침독서 청소년 추천도서

35. 스쿠터 걸 이은 지음
질풍노도의 시기인 청소년기의 한복판에 서 있는 열다섯 살 중학생들을 본격적으로 등장시킴으로써 중학생들의 삶을 밀도 있게 그려 낸 청소년소설집.
★ 한국간행물윤리위원회 우수청소년저작 당선작   ★ 학교도서관저널 추천도서

36. 우리 반 인터넷 소설가 이금이 지음
거짓이 휘두르는 보이지 않는 폭력에 '진실'이 어떻게 왜곡되고 유배되는지를 청소년들의 생생한 세태 묘사와 치밀한 구성을 바탕으로 보여 준다.
★ 네이버 북리펀드 선정도서   ★ 학교도서관저널 추천도서   ★ 국립어린이청소년도서관 추천도서

37. 열네 살, 비밀과 거짓말 김진영 지음
습관적인 도둑질에 빠져들면서 비밀과 거짓말이 늘어나게 된 평범한 열네 살 소녀 하리가 다시 삶의 진실을 찾아가는 성장소설.
★ 한국간행물윤리위원회 청소년 권장도서   ★ 문화체육관광부 우수교양도서

38. 허황옥, 가야를 품다 김정 지음
먼 바다를 건너 가야로 온 인도 아유타국 공주 허황옥의 삶을 조명하면서, 철을 바탕으로 국제 무역의 중심지로 자리했던 가야의 역사를 생생히 전하는 역사소설이다.
★ 학교도서관저널 추천도서   ★ 대한출판문화협회 올해의 청소년도서

40. 그래도 괜찮아 안오일 지음
현실의 부정과 좌절에 길항하는 청소년들의 고민을 진정성 있게 담아낸 청소년시집. 청소년들이 지닌 '생기'를 유감없이 보여 주며 긍정과 희망의 메시지를 전한다.
★ 한국간행물윤리위원회 우수청소년저작 당선작   ★ 한국문화예술위원회 우수문학도서

42. 조생의 사랑 김현화 지음
조선시대를 배경으로 청년 '조생'이 청나라에 파견되는 연행사로 길을 떠나 사랑과 우정, 정의, 신념 등 삶의 진리를 깨달아가는 과정을 그린 청소년 역사소설.
★ 서울시교육청 남산도서관 사서 추천도서　★〈아침햇살〉 선정 좋은 청소년책

43. 아버지, 나의 아버지 최유정 지음
위탁가정에 맡겨진 열여섯 살 연수가 자신의 친아버지를 찾아 떠나는 여정을 통해 진정한 자아 정체성을 확립해 가는 과정을 밀도 있게 그렸다.
★ 한국문화예술위원회 우수문학도서　★〈아침햇살〉 선정 좋은 청소년책

44. 타임 가디언 백은영 지음
타임 슬립이라는 장치를 통해 개인과 사회에서 일어나는 현실의 문제들을 조명하는 본격 청소년 SF소설. 시공간을 뛰어넘는 구성과 예측할 수 없는 독특한 상상력을 맛볼 수 있다.
★〈아침햇살〉 선정 좋은 청소년책

45. 분청, 꿈을 빚다 신현수 지음
고려 최고의 사기장의 아들인 강뫼가 왜구 침입과 왕조의 변혁 등 극한 시대 상황 속에서 분청사기를 만들기까지의 과정을 흡인력 있게 그린 역사소설.
★ 대한출판문화협회 올해의 청소년도서　★ 아침독서 청소년 추천도서

47. 악어에게 물린 날 이장근 지음
현직 중학교 교사인 시인이 청소년과 함께 호흡하면서 체험한 담백하고 직설적인 언어가 공감을 불러온다. 청소년들 질풍노도가 마음껏 활개 칠 수 있도록 기운을 북돋는 청소년시집.
★ 책따세 추천도서　★ 대한출판문화협회 올해의 청소년도서　★ 어린이도서연구회 청소년 권장도서

48. 찢어, Jean 문부일 지음
아르바이트, 집단 따돌림 등 청소년들이 공감할 수 있는 일곱 편의 이야기가 담겼다. 현실에 갇혀 사는 청소년들의 일탈을 유쾌하면서도 진정성 있게 담았다.
★ 아침독서 청소년 추천도서　★ 한국문화예술위원회 우수문학도서

49. 불량한 주스 가게 유하순 외 지음
실수와 시행착오를 반복하다가 돌연 성장의 분기점을 지나는 청소년들의 '오늘'을 포착했다. 좌절과 반성의 언어조차 싱그러운 청소년들을 응원하게 만드는 네 편의 단편소설 모음.
★ 제9회 푸른문학상 수상작　★ 아침독서 청소년 추천도서　★ 네이버 북리펀드 선정도서

50. 신기루 이금이 지음
엄마와 엄마 친구들과 함께 몽골 사막 여행을 떠난 열다섯 다인이가 보낸 6일간의 여정을 통해 또 다른 생명의 고리로 순환되는 모녀 관계에 대한 고찰을 여행기 형식으로 그렸다.
★ 네이버 북리펀드 선정도서　★ 서울시립어린이도서관 추천도서　★ 아침독서 청소년 추천도서

51. 우리들의 매미 같은 여름 한 결 지음
섭식장애를 앓고 있는 모녀, 성추행, 보이콧 등 청소년들이 겪는 지독하게 뜨겁고 아픈 이야기가 담겨 있다. 청소년들이 자신 그리고 세상과 화해하는 여정을 솔직담백하게 그렸다.
★ 한국문화예술위원회 우수문학도서　★ 네이버 북리펀드 선정도서

52. 모래시계가 된 위안부 할머니 이규희 지음
일본군 위안부로 끌려가 꽃다운 처녀 시절을 유린당한 황금주 할머니의 실제 이야기를 김은비라는 소녀의 이야기와 엮어 액자 형식으로 쓴 소설로, 일본어로도 번역 출간되었다.
★ 국제펜문학상 수상작　★ 학교도서관저널 추천도서　★ 경기도교육청 추천도서

53. 까레이스키, 끝없는 방랑 문영숙 지음
소련의 강제 이주 정책으로 시베리아 횡단 열차를 탔던 17만여 명의 까레이스키들의 고난과 역경, 도전과 설움을 절절하게 그린 역사소설이다.
★ 한국문화예술위원회 우수문학도서 ★ 아침독서 청소년 추천도서 ★ 한우리가 선정한 좋은 책

54. 나는 랄라랜드로 간다 김영리 지음
기면증을 앓는 소년과 그의 가족이 게스트하우스를 사수하기 위해 펼치는 소동을 재기 발랄하게 그렸다. 절망 속에서도 웃으며 싸울 줄 아는 청춘의 싱그러운 맨얼굴이 돋보인다.
★ 제10회 푸른문학상 수상작 ★ 아침독서 청소년 추천도서 ★ 한국문화예술위원회 우수문학도서

56. 눈썹 천주하 지음
암에 걸려 1년 4개월 동안 치료를 받던 열일곱 살 소녀가 일상으로 돌아온 뒤의 이야기를 담고 있다. 가족과 친구, 일상이 얼마나 가치 있는 것인지를 새삼 깨우쳐 준다.
★ 국립어린이청소년도서관 사서 추천도서 ★ 한국문화예술위원회 우수문학도서 ★ 아침독서 추천도서

57. 나는 지금 꽃이다 이장근 지음
청소년들의 삶을 제대로 들여다보고 마음을 헤아리는 시 창작 과정을 통해 나온 본격적인 청소년을 위한 시로, 삶이 점점 피폐해지고 있는 청소년들의 마음을 어루만져 준다.
★ 문화체육관광부 우수교양도서 ★ 어린이도서연구회 청소년 권장도서 ★ 학교도서관저널 추천도서

58. 우리들의 사춘기 김인해 지음
겉으로 잘 드러나지 않는 소년들의 감성을 날카롭게 포착하여 진솔하고 강렬하게 그려낸 '소년들을 위한' 소설집. 표제작을 비롯한 여섯 편의 단편청소년소설을 담고 있다.
★ 국립어린이청소년도서관 사서 추천도서 ★ 한국문화예술위원회 우수문학도서

59. 여우 소녀 미랑 김자환 지음
조선시대 임진왜란 발발 즈음의 여수 지방을 배경으로, 구미호에게 아버지를 잃은 묘남과 구미호의 딸 여우 소녀 미랑의 애틋한 사랑 이야기를 담고 있다.
★ 새벗문학상 수상작가

60. 얼음이 빛나는 순간 이금이 지음
아이와 어른의 경계에서 몸살을 앓던 두 소년이 5년 뒤 전혀 다른 풍경을 띠게 된 각자의 삶을 응시한다. 우연으로 시작해 선택으로 이루어지는 인생의 내밀한 진실을 담았다.
★ 윤석중문학상 수상작가 ★ 학교도서관저널 추천도서

61. 택배 왔습니다 심은경 지음
질풍노도를 겪는 청소년과 그의 가족, 친구, 사회의 풍경을 그린 여섯 편의 단편청소년소설. 건강하게 자립하고 따뜻하게 소통할 줄 아는 인물들의 모습에서 희망을 엿볼 수 있다.
★ 한국문화예술위원회 우수문학도서 ★ 학교도서관저널 추천도서 ★ 아침독서 청소년 추천도서

63. 나에게 속삭여 봐 강숙인 지음
어느 날 갑자기 죽음을 맞이한 열일곱 살 소년 서준과 혼령의 기를 느끼는 소녀 아리 그리고 서준의 쌍둥이 여동생 유주가 각자의 방법으로 성장해 나가는 청소년 판타지소설.
★ 윤석중문학상 수상작가 ★ 학교도서관저널 추천도서

64. 아버지의 알통 박형권 지음
촌스러운 아빠와 바닷가 마을에 살게 되면서 정직하게 일하는 사람들을 만나며 한층 성장해 가는 주인공의 이야기가 유쾌한 감동을 선사한다.
★ 한국안데르센상 수상작가

65. 나는 나다 안오일 지음
청소년들에게 자신의 꿈이 무엇인지 알게 해 주어 스스로 자신의 삶에 당당하게 맞서는 모습을 보고 싶다는 작가의 바람을 담은 청소년시 57편이 실려 있다.
★제8회 푸른문학상 수상작가

66. 순희네 집 유순희 지음
순희네 집에 얽힌 가슴 아프지만 따뜻한 이야기와 성장통을 겪는 순희의 모습을 작가 특유의 섬세한 문장 안에 담아낸 자전적 소설이다.
★제14회 MBC 창작동화대상 수상작 　★제8회 푸른문학상 수상작가 　★한국출판문화산업진흥원 선정 세종도서

67. 첫 키스는 엘프와 최영희 지음
제11회 푸른문학상 수상작가의 첫 청소년소설집으로, 미래에 대한 압박감에 갇혀 십 대 시절을 보내는 오늘의 청소년들에게 부치는 편지 같은 소설 여섯 편을 묶었다.
★제11회 푸른문학상 수상작가 　★아침독서 청소년 추천도서 　★어린이도서연구회 청소년 권장도서

71. 우리는 가족일까 유니게 지음
5년 만에 엄마의 부고와 함께 미국에서 돌아온 동생으로 인해 방황하는 열일곱 살 소녀의 성장기를 그렸다. 고통스러운 시간을 함께 이겨 내는 가족의 소중함을 다시금 일깨워 준다.
★한국출판문화산업진흥원 선정 세종도서 　★서울시교육청 어린이도서관 청소년 권장도서

73. 신라 공주 파라랑 김정 지음
고대 페르시아 서사시 「쿠쉬나메」의 시공간을 배경으로 한 역사소설. 낯선 이국 땅 페르시아로 건너가 사랑으로 고난을 극복하는 신라 공주 파라랑의 삶은 희망이라는 인간 본연의 메시지를 전한다.
★제1회 푸른문학상 수상작가 　★학교도서관저널 추천도서

74. 옥상에서 10분만 조규미 지음
제10회 푸른문학상 수상작가의 첫 청소년소설집으로, 관계 속에서 사소한 말이나 장난이 큰 사건이 되어 돌아왔을 때 겪게 되는 고민과 갈등을 섬세하게 다룬 소설 다섯 편을 묶었다.
★제10회 푸른문학상 수상작가 　★아침독서 청소년 추천도서 　★학교도서관사서협의회 추천도서

75. 별에서 별까지 신형건 지음
지난 30여 년간 아이들과 어른들 모두에게 사랑받는 동시를 써 온 시인의 작품 중 특별히 청소년들에게 공감을 살 만한 시들을 골라 엮었다. 자극적이지 않은 언어로 마음을 어루만지는 청소년시집.
★대한민국문학상 수상작가 　★한국출판문화산업진흥원 청소년 권장도서

76. 뱅뱅 김선경 지음
어른들은 몰라서 더 재미있는 진짜 우리 이야기, 지금 청소년들의 속마음을 거침없이 그려 낸 개성 강한 청소년시집. 긴 방황의 끝에서 진정한 자신을 찾기를 바라는 시인의 바람이 담겼다.
★어린이도서연구회 청소년 권장도서 　★아침독서 청소년 추천도서 　★학교도서관사서협의회 추천도서

77. 우리들의 실연 상담실 이수종 지음
실연 극복 프로젝트에 참가하는 다섯 명의 아이들이 서로를 보듬으며 사랑의 아픔을 극복하는 과정을 담았다. 청소년들의 마음결을 다독이는 위로의 목소리는 다시 사랑할 에너지를 불어넣는다.
★제12회 푸른문학상 수상작가 　★학교도서관사서협의회 추천도서

78. 연애 세포 핵분열 중 김은재 지음
꽃보다 아름다운 열일곱 살 청춘들이 진정한 사랑을 찾기 위해 나섰다. 아름다운 사랑을 꿈꾸지만, 사랑에 서툴러 좌충우돌, 고군분투하는 청소년들의 성장을 그린 여섯 편의 청소년소설을 한데 엮었다.
★제13회 푸른문학상 수상작가 　★학교도서관저널 추천도서 　★아침독서 청소년 추천도서

79. 데이트하자! 진 희 지음

옴니버스 형식으로 구성된 다섯 편의 단편으로 이야기의 구조적 완결성과 섬세한 심리 묘사가 뛰어나다. 청소년 특유의 발랄한 일상과 그 안에 깃든 고민, 성장통을 따뜻한 시선으로 담아냈다.
★제13회 푸른문학상 수상작가　★학교도서관저널 추천도서　★울산남부도서관 올해의 책

80. 세 번의 키스 유순희 지음

현대 미디어의 중심이 된 '아이돌'과 그들의 일거수일투족을 놓치지 않으려는 '사생팬'의 심리를 날카롭게 포착했다. 언제든 다시 출발선에 설 수 있는 청춘의 무한한 가능성을 깨닫게 한다.
★제8회 푸른문학상 수상작가　★국어 교과서 수록작가

81. 파란 담요 김정미 지음

「스키니진 길들이기」로 제12회 푸른문학상 '새로운 작가상'을 수상하며 깊은 인상을 남겼던 김정미 작가의 첫 청소년소설집. 청소년들의 다양한 고민들을 폭넓게 아우른 여섯 편의 소설이 그들의 상처입은 마음을 따스하게 위로한다.
★한국문화예술위원회 문학나눔 선정도서　★학교도서관저널 추천도서　★학교도서관사서협의회 추천도서

82. 그 애를 만나다 유니게 지음

완벽하다고 믿었던 일상이 한순간에 무너진 순간, '그 애'가 나타난다. 그 애와 함께하는 동안 자신이 진정으로 바라는 모습이 무엇인지 고민하며, 절망을 희망으로 바꾸어 나가는 주인공의 성장기가 진한 감동을 선사한다.
★아침독서 청소년 추천도서　★학교도서관저널 추천도서　★학교도서관사서협의회 추천도서

83. 너를 읽는 순간 진 희 지음

바쁜 현대의 삶 속에서 따뜻하게 보살핌받지 못하는 우리 청소년들의 아픔과 외로움을 고스란히 담았다. 주인공 '영서'를 향한 다섯 인물들의 연민과 동정, 질투나 죄책감 같은 본연의 감정들이 엇갈리듯 그려진다.
★한국문화예술위원회 문학나눔 선정도서　★대한출판문화협회 해외전파사업 선정도서

84. 기린이 사는 골목 김현화 지음

타인의 고통에 둔감한 현대인들의 마음속 순수의 세계를 밝혀 줄 이야기. 아픔과 슬픔을 공유하고 건강한 성장통을 앓는 열다섯 살 선웅, 은형, 기수의 가슴 따뜻한 이야기가 펼쳐진다.
★제5회 푸른문학상 수상작가

*〈푸른도서관〉 시리즈는 계속 나옵니다!